HEYNE BÜCHER

Das Buch

Willa Jansson ist Mitte Dreißig und eine mittlerweile ganz schön selbstbewußte Rechtsanwältin. Ihr Schrank ist voll Designerklamotten, ihr schickes Apartment vollgestopft mit Luxusmöbeln. Doch daß es einmal so mit ihr enden würde, hätte sie sich nie im Traum vorgestellt. Ausgerechnet sie, Willa Jansson, die Tochter von gnadenlos fortschrittlichen Eltern, sie, die vom Säuglingsalter an mit linken Parolen gefüttert wurde, ist zum Yuppie hoch drei geworden. Das einzige, was noch an ihren Nonkonformismus von früher erinnert, sind die Joints, die sie sich ebenso genießerisch wie regelmäßig reinzieht. Daß Kiffen nicht unbedingt zu einer Anwältin paßt, die in der renommiertesten und teuersten Kanzlei von ganz Los Angeles arbeitet, ist ihr klar. Aber Haschisch und Marihuana ganz aufgeben, würde bedeuten, die alte Willa Jansson ganz zu begraben. Also was tun? Von nun an den betuchten Klienten nicht mehr bekifft gegenübertreten? Oder den Job hinschmeißen? Willa macht Nägel mit Köpfen: Sie schmeißt ihr Luxusleben hin und geht zurücknach San Francisco – dahin, wo sie herkommt und wo ihre Eltern noch immer verbissen versuchen, die Welt zu verändern. Sie will wieder ein bißchen Luft zum Atmen, ein normales Leben nach all dem Yuppie-Getue. Deshalb steigt sie als Schriftführerin in das Büro von Michael J. Shanna ein, dem Bundesrichter des Bezirks Kalifornien-Nord. Aber Ruhe findet sie dort nicht, denn gleich bei ihrem ersten Fall tauchen alte Politkumpel auf, die vor lauter Love und Peace auch vor einem Mord nicht mehr zurückschrecken …

Die Autorin

Lia Matera, 1952 in Vancouver, Kanada, geboren, war selbst Rechtsanwältin, bevor sie sich mit ihren selbstbewußten Krimi-Heldinnen Willa Jansson und Laura di Palma ihr altes Ego erfand.

Im Wilhelm Heyne Verlag liegen vor: *Altlasten*. Kriminalroman mit Willa Jansson (05/8), *Facelifting*. Kriminalroman mit Willa Jansson (05/75), *Der aufrechte Gang*. Ein Laura-di-Palma-Kriminalroman (05/31), *Harte Bandagen*. Ein Laura-di-Palma-Kriminalroman (05/56).

LIA MATERA

ALTLASTEN

Roman

Aus dem Amerikanischen von
Sonja und Edith Winner

Deutsche Erstausgabe

WILHELM HEYNE VERLAG
MÜNCHEN

HEYNE ALLGEMEINE REIHE
Nr. 01/9667

Die Originalausgabe
»Prior Convictions«
erscheint 1993 bei Simon & Schuster, New York.

Umwelthinweis:
Dieses Buch wurde auf
chlor- und säurefreiem Papier gedruckt.

Printed in Germany 1993
Umschlagillustration: Bavaria-Bildagentur/TCL, Gauting
Umschlaggestaltung: Atelier Ingrid Schütz, München
Gesamtherstellung: Elsnerdruck, Berlin

ISBN: 3-453-09662-2

Prolog

Tom, Tom, Tom. Immer im Kreis. Tom, Tom, Tom, all die Jahre. Tom, mit seiner verrückten Schwester und seiner dikken, kleinen Mutter mit dem südländischen Teint. Tom, dieser Körper – der am besten aussah, wenn er naß war; sein Bizeps, seine Stimme. Ein Tier aus Haaren und Muskeln. *Bestia* nannte seine Mutter ihn. Eingezwängt in seine Kleider, die Nähte kurz vorm Platzen.

Ich sehe ihn vor mir, auf den Anti-Kriegs-Demonstrationen, die breite Brust, hinter der die heftigste Leidenschaft wallte. Tomasino Rugieri, was mögen die vielen Jahre Gefängnis aus dir gemacht haben?

Wer weiß, vielleicht ist das, was man über Gefängnisse hört, alles übertrieben, eine Übertreibung, um uns alle in Schach zu halten. Ich habe es mich oft gefragt und immer gehofft, daß es so ist. Damals jedenfalls haben wir uns davon nicht beeindrucken lassen.

»Früher oder später werden sie uns sowieso alle einlochen«, schrie er von der Tribüne herunter, und die Menge tobte schon, bevor er seinen Satz zu Ende gebracht hatte: »Also warum nicht gleich am 17. April« oder am 18. Dezember oder wann immer die nächste Demonstration angesetzt war.

Ich wollte auch keine Angst vor dem Gefängnis haben, aber ich hatte welche. Genauso, wie ich Angst vor den Nationalgardisten hatte, die die Demonstrationen der Bostoner Colleges umringten, und Angst vor den bewaffneten Spezialeinheiten der Polizei, die aus ganzen Konvois von Lastwagen strömten. Ich blieb deswegen zwar nicht zu Hause, aber ich achtete immer darauf, mich in den hinteren Reihen zu halten. Irgendwo, wo ich mich schnell aus dem

Staub machen und in den Schutz der Anonymität flüchten konnte. Hätte Nixon nicht die unschuldigen Kinder vietnamesischer Bauern verbrannt, wäre ich mit Sicherheit daheim geblieben. Aber so lief ich mit, immer furchtsam, immer auf dem Sprung – die anderen konzentrierten sich auf die Redner, auf die Sprechchöre. Ich bewunderte die Wut auf ihren Gesichtern.

Dabei wurde am Ende doch so gut wie niemand von uns eingesperrt. Bis auf ein paar Kriegsdienstverweigerer, diese Unglücksraben mit den niedrigen Losnummern. Die nicht mit der richtigen Mischung aus Bibelzitaten und Gandhi aufwarten konnten, um die von der Einberufungsstelle zu überzeugen, die keine pazifistischen Begründungen aus dem Ärmel schütteln konnten.

Tom weigerte sich, so eine Begründung zu schreiben. »Das hier, Christine, ist der einzige Aufsatz, den die Einberufungsstelle von mir kriegt«, drohte er und zeigte mir den Ziegelstein, den er in seiner Pranke hielt.

Seine Mutter wurde wütend, wenn sie ihn so reden hörte. Einmal griff sie in seine dicken, schwarzen Haare und zog so fest an seinen Locken, daß er sie am Handgelenk packte und festhielt. *»Bestia«* – Tier, sie ließ einen Schrei los, den ich mein Lebtag nicht vergessen werde. Dann ballte sie die andere Hand zur Faust, hämmerte ihm auf Brust und Kopf und brüllte: »Umbringen willst du mich, *bestia.*«

»Ich schreibe keine Aufsätze für Faschisten«, schrie er zurück. Er hielt auch noch ihre andere Hand fest, so daß sie sich nicht mehr bewegen konnte, und sah sie bitterböse an, bis sie sich mit einem Ruck befreite – um ihm schon im nächsten Augenblick schluchzend um den Hals zu fallen.

Seine Schwester Irene stürzte zur Küchentür herein, die dichten schwarzen Brauen vor Zorn zusammengezogen, die Zähne entblößt. »Laß sie zufrieden«, schrie sie, »du bist ein Tier!«

Und mir schlug das Herz bis zum Hals beim Anblick dieses animalischen Körpers unter dem gespannten Hemd. Tom – diese dichtbehaarte, starke, breite Brust unter meinen gierigen Händen!

Die Leute aus seinem Kollektiv mochten mich nicht. Sie warfen Tom vor, daß er in seinem Engagement meinetwegen nachlasse. Er hätte, so sagten sie, eine Mauer um uns beide errichtet, und die Arbeit, die getan werden müsse, darüber vergessen. Tom reagierte wütend und bestand darauf, daß er ein Recht auf eine persönliche Beziehung habe. Das hätte er vielleicht, bekam er daraufhin von ihnen zu hören, wenn es sich um eine gleichberechtigte Partnerschaft handeln würde mit einem »bewußten und befreiten Individuum, das für unsere Sache kämpft«.

Als sie das sagten, sprang Tom von seinem Stuhl auf. »Mein Privatleben geht niemanden etwas an. Es hat nichts mit Politik, nichts mit Strategie zu tun, und es steht hier überhaupt nicht zur Diskussion.« Es folgte längeres Schweigen, dann zog eine Frau eine Zeitschrift hervor: eine Ausgabe des ›Prairie Fire‹ vom Weather Underground. Tom schlug sie ihr aus der Hand. Die Ausgabe enthielt einen Artikel, in dem die Monogamie verteufelt wurde, weil sie die Bildung kollektiver Strukturen verhindere.

Jemand anders sagte: »Da seht ihr es, er hat Chris bereits auf ein Podest gestellt.«

Ich packte meine Sachen und ging. Tom folgte mir. In jener Nacht holte Tom meine Sachen aus dem Studentenwohnheim, und ich zog zu ihm in seine Wohnung. Gut möglich, daß dies auch die Nacht war, in der ich schwanger wurde; meine Pillen steckten irgendwo in einem Umzugskarton.

Ich hätte Tom ohnehin geheiratet. Seiner Mutter Santina brach es das Herz, daß wir ohne Trauschein zusammenlebten. Und aus irgendeinem Grund bedeutete mir ihr Herz etwas, eine zarte Blüte auf einem stacheligen, alten Kaktus. Bedeutete mir mehr als die Gefühle meiner eigenen Mutter. Meine Eltern, das wußte ich, würden damit drohen, mich zu enterben – das schwache Waffenarsenal der Vorstadt. Aber für mich war meine Mutter nur eine kalte, gepuderte Wange, Vaters schlankes Gesellschaftspüppchen. Santina dagegen war etwas Besonderes, so lebensprühend und ungebändigt, eben unverkennbar, unentschuldbar südländisch. Die ungestüme Umarmung, als ich ihr sagte, ich würde Tom heiraten, und die Art, wie sie sagte: »Ich habe gewußt, du bist nicht eine wie diese billigen *puttane*« – das ließ meine kleinen Reserven an Selbstwertgefühl anwachsen.

Meine Freunde waren entsetzt, als sie von meiner Heirat erfuhren. »Warum?« war die allgemeine Reaktion. Auch Leute ohne ideologische Vorbehalte gegen die Monogamie hielten die Ehe für eine einschränkende und unbequeme Einrichtung.

Aber ich konnte sehen, daß es für Tom einen Unterschied machte, verheiratet zu sein. Mir war nicht ganz klar, was für einen Unterschied und weshalb, aber bereits an unserem Hochzeitstag lag in seinen Augen Stolz, oder so etwas. Genau wie bei Santina, die abwechselnd an meiner Schulter schluchzte, so daß ihr festes Haar mich am Kinn kratzte, und mir mit Sambuca zuprostete, die Wangen gerötet und mit einem Zahnlückenlächeln.

Von diesem Tag an gab mir Santina gute Ratschläge. Sie hatte sich bereits ein Dutzend Wege ausgedacht, wie Tom zu retten war, aber glaubte, daß ich als seine Frau mehr Anrecht darauf hatte, ihm meinen Willen aufzuzwingen. »Du sagen, er soll gehen nach Kanada, auf dich er hört«, war einer ihrer Lieblingsvorschläge. »Luigi, die Sohn von Lebensmittel, ist gegangen Kanada, und sie haben nicht eingezogen.«

Vier ihrer Brüder waren im Zweiten Weltkrieg gefallen. Einer war in Griechenland umgekommen, einer in deutscher Kriegsgefangenschaft, der dritte, ein Partisan, war von den Amerikanern erschossen worden »wie eine Bandit«, und der jüngste, zu jung für den Militärdienst, war vor ihren Augen in Stücke gerissen worden, auf einer Piazza, während seine Schwestern auf dem Balkon ihrer Stadtwohnung standen.

»Nie vergesse ich«, erzählte Santina mir mehr als einmal. »Ich schaue hinauf, ich sehe diese amerikanische Flugzeug. Nächste Moment, Francuccio und ganze Piazza Giulia ist eine große Knall und Feuer und Staub. Oh, diese Staub.« Dabei legte sie sich die Hand an die Wange und bedeckte das halbe Gesicht mit ihren dicken, kurzen, unberingten Fingern. »Nächste Tag, wir hören von eine *compare*, daß die *maledetti* Deutsche haben geschnappt meine Bruger Gigetto.«

Jeden Morgen ging sie zur Messe, und jeden Morgen fragte sie Gott, warum ihr ältester Bruder Partisan werden mußte, warum er den Faschisten einen Grund geben mußte, das Haus der Familie in ihrem Heimatdorf niederzubrennen. »Wenn wir nicht gehen müssen von Terra Spaccata nach *la città*, Francuccio, er wäre hier, bei mir, in Amerika, vielleicht wäre reiche Mann.« Und sie beendete ihre Geschichte, wie sie alle ihre Geschichten beendete: indem sie sich die Tränen aus dem Gesicht wischte und den Kochlöffel in den großen Topf mit Spaghettisauce senkte, die allezeit auf dem Herd blubberte.

Als Tom die Losnummer sechzehn bekam, flehte ich ihn an, einen Anwalt aufzusuchen. »Ich habe nichts verbrochen, und *ich brauche verdammt noch mal keinen, der mich verteidigt, schon gar nicht so einen billigen Paragraphen-Heini.*« Und seine schwarzen Augen blitzten mich drohend an: Ende der Diskussion.

Ich ging in die Selbsterfahrungsgruppe, die ich mit Freundinnen gegründet hatte, aber mir kamen ihre Probleme, verglichen mit Toms, banal vor. Ihre Konflikte mit überkommenen Geschlechterrollen, was war das schon, gemessen an Toms Schwierigkeiten? Sie konnten dafür nicht ins Gefängnis kommen – so dachte ich jedenfalls, bis ich selber Kinder hatte. Die Frauen sahen auf mich herab, weil ich so viel über Tom sprach.

Ich wartete darauf, daß der Staat gegen meinen Mann Anklage erhob.

Und während ich wartete, traf ich einen Mann. In einem Seminar über italienische Literatur, das ich Santina zuliebe belegt hatte, obwohl sie nicht das geringste Interesse an meinen Studien zeigte und selbst nicht lesen konnte.

Sein Name war Edward Hershey. Er war groß, schlank, langbeinig, mit grünen Augen und einem ernsten Gesicht. Er war sehr männlich, aber weicher als Tom, vielleicht sogar netter, aber vor allem war er sanfter. Erst war er ein guter Freund, dann wurde er mein Liebhaber. Ich glaube, ich liebte Tom wegen seines Körpers, unserer Körper, wegen dieser animalischen Verbindung, die zwischen uns bestand. Ich liebte sein Feuer, das Fremde in ihm, wie verschieden er von mir doch war. Aber ich verstand Edward; er war genau wie ich, Mayonnaise auf Weißbrot, ohne daß es einem schmeckt. Es war so leicht, sich mit ihm zu unterhalten, wir hatten den gleichen Hintergrund, die gleiche Herkunft und gefühlsmäßig die gleiche Wellenlänge. Für ein paar außergewöhnliche Wochen schlief ich mit beiden.

Zwanzig Jahre ist das her. Danach war ich sehr lange Zeit ohne Mann.

Als Tom das über Edward und mich herausfand, wurde er zum Berserker und brach mir den Arm. Ich nehme an, er hatte seit geraumer Zeit etwas geahnt. Manchmal bestand er darauf, daß ich zu Hause blieb. Er drängte mich mit seinem mächtigen Körper gegen die Wand. »Wir sind jeden verfluchten Abend auf irgendeiner Veranstaltung. Solange wir zu Hause sind, laß uns auch wie Verheiratete zusammensein.«

An dem Abend, an dem er es herausbekam, war ich zu weit gegangen. Als ich Edward unter einer Straßenlaterne küßte, hörte ich mich selbst sagen: Ich liebe dich. Es machte mir angst, und ich glaube, Edward machte es auch angst; er erwiderte meine Liebeserklärung nicht.

Vielleicht hatte jemand uns gesehen, als wir über den Campus gingen. Vielleicht hatte Tom uns gesehen. Er war nicht in seinem Kollektiv an diesem Abend, wo ich ihn vermutete. Er war vor mir zu Hause. Noch bevor ich die letzte Treppe zu unserer »Hütte«, wie wir sie nannten, erreicht hatte, öffnete er die Tür.

Ich fühlte eine Beklemmung. Mir wurde schwindlig, ich bekam weiche Knie und zitterte – pure Vorahnung. Ich versuchte in der engen, kleinen Wohnung etwas zu finden, an dem ich mich festhalten konnte, um nicht so zu zittern.

Tom packte mich am Handgelenk, verdrehte mir den Arm, bis ich den Knochen knacken hörte.

Großer Gott, es tat weh! Die Angst lähmte mich, ich stand da wie versteinert, wie in einem Alptraum. Ich sah Tom an. Ich hob schützend meinen freien Arm hoch, der Haß in seinen Augen überwältigte mich, während er mit tränenüberströmtem, verzerrtem Gesicht auf mich einschlug, wie eine Sprungfeder schnellte sein kräftiger Arm vor und zurück. Ich stand derart unter Schock, daß ich nicht schreien konnte, nicht ein Laut kam aus meiner Kehle.

Tom sagte etwas auf italienisch. Italienisch!

Santina hatte mir die Geschichte von einer Schneiderin aus ihrem Dorf erzählt. Ihr Mann war nach Deutschland gegangen, um dort zu arbeiten, wie so viele andere Arbeitslose aus dem Süden Italiens. Die Schneiderin galt im Dorf als eine hübsche junge Frau, und nach etlichen einsamen Jahren nahm sie sich einen Liebhaber. Einer der Dorfbewohner kam nach Deutschland und erzählte es ihrem Mann. Dieser setzte sich in den nächsten Zug, schlich bei Nacht in das Dorf zurück und entstellte das Gesicht seiner Frau mit einer Rasierklinge – während das ganze Dorf ihre Schreie und Hilferufe hörte. Dann riß er ihr die Kleider vom Leib und jagte sie von Haus zu Haus und denunzierte sie als Ehebrecherin.

»Und dann paar Tage seine Mamma hat gerufen alle in ihr Haus, ›kommt schauen, die *puttana*‹, und sie, *poverella*, hat geweint auf die Bett, *nuda*, und ganze Gesicht und ganze Brust . . .« Santina deutete mit den Händen die Schnittwunden an. Der Mann suchte noch tagelang nach dem Liebhaber, um ihn zu töten, aber der war auf ein Schiff nach Amerika gegangen. Der Ehemann ging nach Deutschland zurück und schickte seiner Frau nie wieder einen Penny. »Sie ist weggegangen und ist geworden eine *prostituta* in Roma«, schloß Santina mit betrübter Miene, »für die *porchi Americani.*« Die Familienehre, erklärte sie. Der Mann hatte keine andere Wahl.

Ich hatte Tom immer für einen Amerikaner mit einer italienischen Mutter gehalten. Ich hatte mich geirrt.

Tom sprach danach kein Wort mehr mit mir. Ich hörte, daß er von unseren Freundinnen bei Versammlungen beschimpft und zur Rechenschaft gezogen wurde. Er ging dann nicht mehr hin. Als ich wieder in der Lage war, nach ihm zu suchen, war er wie vom Erdboden verschluckt. Ich sehnte mich nach ihm, gab mein ganzes Geld für Detektive, Zeitungsanzeigen aus. Inzwischen war ich im vierten Monat schwanger, rundlicher, aber man sah noch nichts.

Seine Mutter schlug mir die Tür vor der Nase zu. *»Puttana«*, Hure, war alles, was sie sagte, »nichts Scheidung«.

Sie ließ mich stehen, heulend, den Arm noch immer in Gips, und ich fragte mich, wie sie nach all den Geschichten über Pasta und all dem Bangen um Toms Zukunft denken konnte, ich wolle mich scheiden lassen.

Da kam Toms Schwester aus der Tür gestürzt. Ihr derbes Gesicht war rot. Sie sah wütend aus, wie immer. Ich glaubte, sie wolle mich anspucken, und wich zurück. Aber statt dessen schloß sie mich in die Arme und sagte die scheußlichsten Dinge über Tom, wie ich sie noch nie von einem Menschen über einen anderen gehört hatte. Ich befreite mich. Ihre Umarmung tat mir weh. Sie geiferte und höhnte. Mir wurde übel. Sie sagte mir, daß Tom sich Highway 61 angeschlossen hatte, einer radikalen Gruppierung, die ab und zu jemanden aus dem Bostoner Hauptquartier zu unseren Demos schickte, um uns zu Bombenattentaten auf irgendwelche Fabriken anzustiften. Als mir das Geld ausging, zog ich zu meinen Eltern, die einen Blick auf meinen Arm warfen und dachten, ich hätte mir den Bruch selbst beigebracht. Ihr einziger Kommentar war: »Das ist keiner von uns.« Einer von uns hätte so etwas nie getan. Während sie vor dem Fernseher saßen und sich Bilder der brennenden vietnamesischen Dörfer anschauten, erklärten sie mir, die mediterranen Völker seien von Natur aus gewalttätig. Als sie milder gestimmt waren, schlug meine Mutter vor, ihr Bruder, der kalifornische Anwalt, könne Tom vielleicht helfen, seine Anklage wegen Wehrdienstverweigerung abzuweisen – wenn Tom in die Scheidung einwillige.

Ich hielt den Mund, sie schienen mir nicht wert, mit ihnen zu streiten. Außerdem hatte ich nicht die Energie dazu. Ich tat, was ich immer getan hatte, ich lebte neben ihnen her. Vielleicht ist das mein Grundmuster; später mit meinem zweiten Ehemann verhielt ich mich genauso. Tom war der einzige, mit dem ich immer gestritten und gekämpft habe.

Ich nahm Kontakt zu Highway 61 auf. Sie nannten

sich nach einem Bob-Dylan-Song, in dem Gott Abraham befiehlt, seinen Sohn zu töten, und zwar auf dem Highway 61. Ich sagte nicht, daß ich auf der Suche nach Tom war, und gab den Mädchennamen meiner Mutter an, damit er keinen Verdacht schöpfen konnte, wenn er von meinem Anruf hören sollte. Es dauerte zwei Monate, bis sie mir soweit trauten, daß sie mich jemand Wichtigen treffen ließen. Ich half ihnen, wo ich konnte, in der Hoffnung, Tom zu sehen, kochte Kaffee, baute Sprengsätze; ich versuchte, daran zu glauben. – Das Zusammenleben mit meinen Eltern machte den Klassenhaß leicht.

Dann beging ich den größten Fehler meines Lebens.

Ich erzählte einem der Highway-Leute, daß meine Eltern eine Europareise planten und ich den ganzen Sommer lang ihr schönes großes Haus für mich allein hätte.

Wenn ich am Unabhängigkeitstag, am 4. Juli, nicht schon so starke Wehen gehabt hätte, daß eine Hausgeburt nicht mehr in Frage kam, dann wäre ich eine Gefangene in dem Haus geworden. Und der andere Gefangene in dem Haus, ein unschuldiges Baby (nicht meins), wäre wahrscheinlich ermordet worden. Und mein Mann Tom wäre womöglich nie ins Gefängnis gekommen.

1. KAPITEL

Da schwamm es davon, mein schönes Gras. Ich stand am Santa Monica Pier und sah zu, wie die Brösel wegtrieben. Im letzten Augenblick kamen sie in einen Strudel, machten kehrt und schwammen zu mir zurück. Als ob das Zeug sagen wollte: *Willa, nein, ich bin dein letztes Körnchen Nonkonformismus.* Um ein Haar wäre ich in die graue Brühe gesprungen, um die aufgeweichten Überbleibsel meines letzten verbliebenen Lasters wieder herauszufischen. Meines letzten verbliebenen Lasters – großer Gott, war ich langweilig geworden!

Aber ich hielt mich zurück, indem ich mir sagte, denk an all die Tage, an denen du dich schon morgens beim Aufwachen gefühlt hast wie ein mieser Westernsong. Sämtliche Tage des vergangenen Jahres. Und etliche Tage in etlichen Jahren davor. Genaugenommen kiffte ich seit meinem dreizehnten Lebensjahr, seit ein süßer Junge mit einem Ohrring mir einen Joint in die Hand gedrückt hatte. In der Haight Street, gleich um die Ecke von dem Haus, in dem wir wohnten. Mir war gerade noch genug Grips geblieben, um mir darüber klar zu sein (wenn nicht sogar genau zu kapieren, was das hieß), daß das nunmehr fünfundzwanzig Jahre zurücklag. Erstaunlicherweise hatte ich einiges erreicht – trotz der Kifferei und trotz des Hanges zum Nomadisieren, den mein bewegtes politisches Leben mit sich brachte. Ich hatte – wenn auch mit rund zehn Jahren Verspätung gegenüber den meisten meiner Altersgenossen – die Stanford University und die Malhousie Law School hinter mich gebracht sowie zwei reguläre Jobs in Anwaltsbüros; beim ersten hatte die politische Farbe gestimmt, beim zweiten das Gehalt. Vielleicht hatte das Gras mir geholfen, diese ganze Scheiße überhaupt zu ertragen. Aber was mir nicht gefiel, das war, daß ich es inzwischen jeden Tag brauchte.

Jedenfalls sagte ich mir, daß jetzt der richtige Zeitpunkt gekommen war, um damit aufzuhören. Ich befand mich nämlich auf dem besten Weg in eine (wenn auch reichlich frühe) Midlife-crisis. Den besten Job, den ich je hatte – nun ja, den bestbezahlten – soeben aufgegeben; mein Liebesleben lag irgendwo hingestreckt mit einem Pfahl im Herzen; und meine Laune war jenseits von Gut und Böse. Was sprach dagegen, meinen grauen Zellen eine Regenerationspause zu gönnen?

Hinter mir auf dem Landungssteg klappte ein persisches Ehepaar geräuschvoll einen fahrbaren, aus Schrotteilen zusammengesetzten Hot-dog-Stand auf. Ein paar Frühaufsteher streiften sich Knieschoner über und schlüpften in ihre Rollschuhe. Ein von Eimern umgebener Vietnamese spießte Köder auf Angelhaken. Ich schüttelte die letzten Marihuana-Krümel aus dem Plastiktütchen und sah zu, wie sie durch einen gelblichen Schleier zu Boden schwebten. Dann warf ich, nicht ganz so ungeniert, auch das Tütchen ins Wasser. Für Umweltverschmutzung konnte man in Santa Monica unter Umständen länger ins Kittchen wandern als für Drogenbesitz.

Ich ging den Steg entlang zurück und rieb mir den letzten Rest des grünen Staubs von den Fingern. Santa Monica, dieses Miami der ehemaligen politischen Aktivisten – sehr passend, mein Gras ausgerechnet hier den Fluten zu übergeben. Jetzt war ich also angepaßt, langweilig, und endgültig herausgewachsen aus meiner überholten Jugenduniform: gebleichte Jeans, Mokassins und Batik-T-Shirt. (Von der Langhaartracht mit Mittelscheitel hatte ich mich schon vor einem Weilchen verabschiedet, zugunsten einer echten Frisur – schulterlang mit Seitenscheitel –, der einzigen, mit der eine einszweiundfünfzig große Blondine, die Make-up und hohe Absätze verabscheut, noch einigermaßen erwachsen aussieht.)

Mißmutig und einsam einen dicken Joint zu rauchen, das war meine Alternative zu Sushi-Bars und Fitneß-Studios gewesen, in denen sich die Anwälte herumtrieben, von deren Gesellschaft ich schon in den Arbeitsstunden genug hatte. Gras war meine kleine Privatparty, das letzte flakkernde Lämpchen an einer alten Lichtorgel. Und ohne Gras wäre ich vielleicht eine Marilyn Quayle geworden. (Wobei die Kleiderordnung *meiner* Jugend mich wenigstens nicht zwang, Hüte zu tragen, die einem Hundenapf täuschend ähnlich sahen.)

Ich warf einen letzten unfreundlichen Blick auf die Motels und Flachdach-Restaurants des Santa Monica Boulevard. Dann stieg ich in mein Auto, einen vollgepackten Kombi, in dem sich meine sämtlichen Habseligkeiten befanden, hauptsächlich Kleider, sorgsam verstaut in Hängekoffern. Das eine Jahr in dem Anwaltsbüro mit den höchsten Gehaltsschecks von Los Angeles hatte Wunder in meiner Garderobe bewirkt. Ein paar Monate mehr, und ich wäre die bestangezogenste Anwältin der Betty-Ford-Klinik geworden.

Ich ließ den Motor an. Ich schlotterte, weniger vor Kälte als vor Nervosität. Die längste Zeit meines Lebens hatte ich in San Francisco zugebracht, wo man mit Bus, Straßen- und U-Bahn überall hinkommt. Ich hatte nie einen Grund gesehen, einen Führerschein zu machen. Erst als ich in Los Angeles mit meinen Fahrten ein ganzes Taxiunternehmen allein über Wasser halten konnte, sagte ich mir, daß ich vielleicht doch noch nicht zu eingerostet wäre, um Autofahren zu lernen. Heute hatte ich bis zum Einbruch der Dunkelheit noch einige hundert Meilen vor mir.

Endlich brach ich die Zelte ab. 346 Kreidestriche hatte

ich an die Wand gemalt, in meinem Apartment in Westwood (selbstverständlich mit Stuck, Teppichboden und jener zeitlos häßlichen Einrichtung, die ebenso sauber wie langweilig ist, so wie ich es allmählich wurde). Ich hatte meine Zeit abgesessen und durfte auf Bewährung in die Freiheit.

Daß ich aus Los Angeles wegging, war die gute Nachricht. Die schlechten würden Bände füllen.

Ja, ich hatte meine Zeit abgesessen und meine berufliche Karriere rehabilitiert. Meine Strafe hatte darin bestanden, ein Jahr lang in irgendwelche Kreditverträge zu starren und mit widerlichen, machtgierigen Männern mit roten Krawatten zu verhandeln, aber ich hatte es hinter mich gebracht. Jetzt war ich markttauglich – eine Anwältin mit vierjähriger Prozeßerfahrung, spezialisiert auf Familien- und Wirtschaftsrecht; das reichte aus, um einer Kanzlei von Nutzen zu sein, und war zu wenig, um von Kollegen als unliebsame Konkurrentin um eine Partnerschaft beargwöhnt zu werden. Ich würde keine großen Schwierigkeiten haben, wieder in einer Kanzlei unterzukommen.

Leider haßte ich meinen Beruf.

Im Grunde wollte ich – ich geb's ja zu – nur wieder zurück in mein geliebtes San Francisco. Ich hatte es so vermißt, hatte mich grün und blau geärgert, als das Erdbeben losging und ich nicht da war, um an der allgemeinen Panik teilzuhaben und jedem im Weg zu stehen. Eigentlich hätte ich mich freuen sollen, es nun endlich wiederzusehen. Aber da war noch die Sache mit meinen Eltern, diesen Betroffenheitsfanatikern (mein frühester Kindheitstraum war nicht, meinen Namen auf einer Plakatwand am Broadway zu sehen, sondern die Parole »Freiheit für Willa Jansson« auf einem hektographierten Flugblatt). Als allzeit engagierte Polit-Aktivisten hatten sie es mir krummgenommen, daß ich diesen gelinde gesagt »sozial unnützen« Job in Los Angeles angenommen hatte. Und ich hatte ihnen krummgenommen, daß sie mir das krummnahmen.

Und da war die Sache mit diesem dummen Gefühl, gegen das ich anzukämpfen hatte. Man hätte es wohl »Liebe« nennen können, wenn der Kerl, um den es sich handelte, mir je eine Chance gegeben hätte, es ihm gegenüber so zu nennen. Aber Don Surgelato hatte das ganze Jahr, das ich in L. A. darbte, nichts von sich hören lassen.

Als ich kurz davor war, deswegen zu verzweifeln, wandte ich mich an einen brillanten jungen Therapeuten. Er sollte mir bei meinen Problemen helfen. Als erstes half er mir dabei, mich komplett lächerlich zu machen, indem ich mich auch in ihn gleich verknallte.

Ich war also auf dem Weg nach San Francisco, aber ich wollte nicht wirklich hin. Ich war markttauglich, aber wollte keinen Job in meinem Metier. Und ich wurde langsam, aber sicher eine Marilyn Quayle.

Mein Therapeut (dem ich meine pubertäre Gefühlsaufwallung verschwiegen hatte) war der Meinung, ich sollte wenigstens so lange in L. A. – und im Büro von Wailes, Roth, Fotheringham & Beck – bleiben, bis ich meine übrigen Probleme im Griff hätte.

Aber ich entschied mich anders. Als ich aus heiterem Himmel ein Job-Angebot bekam, griff ich sofort zu. Montag in einer Woche sollte ich im Büro von Michael J. Shanna, Bundesrichter des Bezirks Kalifornien-Nord, eine Stelle als Schriftführerin antreten.

Schriftführerstellen werden normalerweise gern mit frischgebackenen republikanischen Jura-Absolventen besetzt. Ich hatte mich für den Posten eigentlich nur deshalb beworben – und ihn mir mit ein paar gewandten Phrasen beim Vorstellungsgespräch auch geangelt –, weil ein alter Freund und früherer Arbeitgeber mich dazu überredet hatte. Der zweite Grund, der für den Job sprach, war, daß er auf ein Jahr befristet war. Jede Kanzlei, bei der ich mich beworben hätte, hätte von mir erwartet, daß ich einen Vertrag auf unbefristete Zeit unterschrieb, und das konnte ich nicht. Mir war schon mulmig genug bei dem Gedanken, ein ganzes Jahr lang die Disziplin für ein läppisches Schriftführerdasein aufbringen zu müssen. Aber ein Jahr war wenigstens ein überschaubarer Zeitraum, die Stelle machte sich im Lebenslauf nicht allzu schlecht, und sie war die beste Gelegenheit, L. A. auf Wiedersehen zu sagen. Ich packte die Gelegenheit beim Schopf.

Mein Therapeut schien sich Sorgen zu machen, auf seine betont unaufdringliche Art. Ich sah ihn vor mir, wie er in seinem Rattansessel saß, in seinem makellosen Manhattan-Look – Laserstrahl-Blick, zerzauste Haare, grauer Zweireiher, Nickelbrille. (Ich ging davon aus, daß sich alle seine weiblichen Patienten in ihn verliebten; ich hielt es für ein Klischee der modernen Neurose.) Sein Vorschlag hatte gelautet, ich sollte mich »von dem Gedanken lösen«, jetzt im Moment wichtige Entscheidungen für meine Karriere oder mein Leben treffen zu müssen. Ich sollte mich »noch eine Weile treiben lassen« – und ich sollte mich auch davor hüten, richtige Entscheidungen aus falschen Gründen zu treffen.

Vielleicht hatte er nicht mal so unrecht; vielleicht hätte ich tatsächlich besser in L. A. bleiben sollen. Bei allen Fehlern, die man dieser Stadt nachsagen konnte – dort gab es wenigstens jemanden, der bereit war (für 85 Dollar die Stunde), sich meine Probleme anzuhören, ohne sie mit denen von Müttern in der dritten Welt zu vergleichen.

Aber es sieht ganz so aus, als ob ich den Ratschlägen von Leuten, die es gut mit mir meinen, grundsätzlich nicht folgen kann. Ich folge statt dessen meinen eigenen.

So fuhr ich die Küstenstraße nordwärts, blind für die wogende Brandung, die emporschnellenden Pelikane, die mit Eiskraut bedeckten Klippen. Das ist der Eintrittspreis für die Midlife-crisis: Man wird blind für alles, was nicht mit einem ins Bett steigt.

2. KAPITEL

Es war schon spät, deshalb fuhr ich direkt zu der Wohnung meiner Eltern. Mein Vater hatte mich morgens noch angerufen, um mich zum Abendessen einzuladen. Er wollte ein neues Rezept ausprobieren, »Buddhas Festtagsschmaus«. Schön, hatte ich zu ihm gesagt, ich bringe Ketchup mit.

Als ich aus dem Wagen stieg, fühlte sich mein Körper wie eine fest geballte Faust an. Neun Stunden lang hatte ich mir den Rücken verspannt. Ich schaffe es nicht, mich beim Autofahren zurückzulehnen. Irgend etwas zwingt mich, mit aller Kraft das Lenkrad festzuhalten, als ob der Wagen von der Straße abheben könnte, wenn ich den Griff lockere.

Meine Eltern wohnen in einem Häuserblock, der aussieht wie eine Retrospektive der architektonischen Trends der letzten paar Jahrzehnte – Kuppeln und Türmchen Seite an Seite neben glattem, schmucklosem Putz. Das bunte Durcheinander wirkte im Mondlicht wie die Silhouette einer Märchenstadt. Ich blieb einen Moment lang stehen, sog das Bild in mich ein und freute mich, wieder daheim zu sein.

Die Abendluft war kühl und frisch, wohltuend anders als der ewige drückende Dunst in L. A. Aus der Wohnung meiner Eltern stieg mir ein Geruch von schwarzen Bohnen und Knoblauch in die Nase. Mein Vater ist ein Anhänger des Glaubens, daß sich der Geschmack von Tofu mit Gewürzen verfeinern läßt; vielleicht ließe er sich, wenn Tofu überhaupt einen Geschmack hätte.

»Willa Jansson.«

O nein. Ich wollte die Stimme nicht wiedererkennen.

Es konnte nicht wahr sein. So hinterhältig und gemein konnte das Schicksal nicht sein. (In der Tat spielte das Schicksal hier überhaupt keine Rolle.)

Aber da stand er, zehn Meter von der Veranda meiner Eltern entfernt, und streckte mir die Arme entgegen. Edward Hershey, in Lederjacke und Baseballstiefeln, einhundertachtzig Zentimeter höchst unangenehmer Erinnerungen.

»Was machst du denn hier?« fragte er, ganz erstaunt.

»Meine Eltern.« Ich wies auf das schmale viktorianische Häuschen mit der abgeblätterten Fassade. »Und was suchst du hier?«

»Jemanden besuchen.« Er stand da und rührte sich nicht: Porträt eines Mannes unter einer Straßenlampe. Die goldverzierten Simse hinter seinem Rücken gaben im Mondschein einen prachtvollen Bilderrahmen ab. »Du bist wieder im Lande?«

Woher wußte er, daß ich fort gewesen war?

»Ich fange nächsten Montag bei Richter Shanna an, als Schriftführerin. Im Bundesgericht.«

Edward ließ sich ein paar Sekunden Zeit, bis er wieder sprach. Damit ich mir in Ruhe seinen guten Haarschnitt, seinen hübschen Lockenkopf, seine breiten Schultern ansehen konnte? »Willa, ist es dir schon mal passiert, daß du dir etwas gewünscht hast, und prompt geht dein Wunsch im gleichen Moment in Erfüllung?«

»Hast du dir gewünscht, mir auf einer dunklen Straße über den Weg zu laufen?« Ich mußte an all die Jahre denken, in denen ich mir regelmäßig gewünscht hatte, seinen Reißverschluß für Zielübungen vor mir zu haben.

»Ich hab mir gewünscht, einen Anwalt zu kennen, der mir einen Gefallen schuldet.«

»Der dir einen Gefallen schuldet?« Den »verdammten Mistkerl« brauchte ich nicht hinzuzufügen, er lag bereits in meinem Tonfall.

Vor zwei Jahren war mir zu Ohren gekommen, daß Edward Hershey Detektiv geworden war, und ich hatte mich an ihn gewandt, damit er den Absender von ein paar anonymen Briefen für mich herausfand. Er hatte seine Sache gut gemacht; na und? Sollte ich deswegen vielleicht die zwanzig Jahre vergessen, in denen ich vor Wut über ihn kochte, weil er es war, dem ich eine äußerst heikle Beeinträchtigung meines Sexuallebens verdankte? Wenn ich ihm noch etwas schuldig war, dann allenfalls einen zweiten Schlag ins Gesicht. (Ich hatte es damals nicht sonderlich gut aufgenommen, als er mir eröffnete, daß er mir ein Virus angehängt hatte, das zu der Zeit alle Welt noch widerlicher als Lepra fand.)

Er grinste. »Du siehst blendend aus. Wirklich, phantastisch.«

Ich sah aus, als hätte ich das ganze letzte Jahr vor Liebeskummer siebzig Stunden die Woche geschuftet und den Rest der Zeit zuviel gekifft. Meine Haut war so weiß, daß man auf den Armen sämtliche Venen sehen konnte und unter den Augen lauter blaue Äderchen; wie ein Axolotl sah ich aus. Aber ich war schlank, und ich war blond; und mehr hatte Hershey noch nie interessiert.

Hershey und eine Menge anderer Witzfiguren. Ich muß mal etwas tun, damit man mir eine gewisse Übellaunigkeit und Arroganz gleich auf den ersten Blick ansieht. Ich habe es satt, immer wieder in diese unangenehm überraschten Gesichter zu sehen.

Egal. Wenn Hershey darauf wartete, daß ich sein Kompliment erwiderte, dann hatte er Pech. Natürlich sah er blendend aus – er sah immer blendend aus. Aber von mir würde er das nicht hören. Er hatte genug Schmeicheleien von mir zu hören bekommen, damals, 1970.

1970, das war das Jahr, in dem ich mich als frischgebackene Absolventin einer alternativen High-School nach Boston aufmachte, in der munteren Absicht, diese Stadt in einen sozialistischen Stadtstaat zu verwandeln. Damit sei nur gesagt, wie naiv ich zu jener Zeit war, als Edward Hershey ins »Friedenszentrum« geschlendert kam (hinter dem schönen Namen verbarg sich eine häßliche, kakerlakenverseuchte Studentenwohnung in Cambridge), wo ich gerade Dienst als Beraterin für Kriegsdienstverweigerer tat.

»Nicht, daß du dich falschen Hoffnungen hingibst«, sagte ich, »aber wofür brauchst du einen Anwalt, der dir einen Gefallen schuldet?«

»Nicht, daß du dich falschen Hoffnungen hingibst«, wiederholte er. »Brillant.«

Hershey kam ein paar Schritte näher, aber im selben Moment besann er sich und trat wieder ins Scheinwerferlicht der Straßenlaterne. Er schaute mich an, als bedeutete ich ihm etwas. Zum Glück wußte ich es besser und konnte seinem Blick standhalten. »Wie geht's dir, Willa? Ich hab oft an dich gedacht in letzter Zeit.«

Zu viel der Ehre – ich dachte es nur, ich sprach es nicht aus. Ein Jahr lang Verhandlungen mit widerlichen Managertypen mit roten Krawatten hatten mich die Kunst des verschwiegenen Sarkasmus gelehrt.

»Und was hast du da so gedacht?«

Er schenkte mir ein Lächeln und sein unnachahmlich anzügliches Augenzwinkern. Ich bereute meine Frage.

Ich bereute noch viel mehr.

Edward Hershey kam in mein Leben geschlendert, als die sexuelle Revolution sich auf ihrem Höhepunkt befand. Der gängigen Theorie zufolge mußte Sex Spaß machen, und man war ein Spaßverderber, wenn man sich zu viele Gedanken darüber machte, welche Person an dem Körperteil hing, mit dem man sich Spaß verschaffte. Aber wie bei den meisten Theorien waren die wenigsten ihrer Anhänger Puristen. Die meisten Leute hatten doch, wenn auch insgeheim, gewisse Mindestansprüche an ihre Bumspartner. Meine Mindestansprüche waren höher als die der meisten. Ich weigerte mich strikt, mit Spießern zu schlafen. Im Zeitalter von *Games People Play* und *Die Möwe Jonathan* war das für mein Sexualleben fast genauso fatal wie das Virus, das ich mir dann von Hershey einfing.

Wenn man ihm auch alles mögliche nachsagen konnte, ein Spießer war er nie gewesen. Man sollte sich seine Prinzipien genauer überlegen.

Er brachte sich noch einmal besser in Position, damit die Straßenlaterne sein Gesicht voll ausleuchten konnte. Kantige, zerfurchte Züge, mit buschigen Augenbrauen und Schnurrbart; Tom Sellecks häßlicher Bruder.

»Ich hab mich nur gefragt, ob du das ganze Chaos heil überstanden hast.«

Als das Filialbüro von Wailes, Roth, Fotheringham & Beck in San Francisco sich aufgelöst hatte – drei der Anwälte hatten gekündigt, zwei waren gestorben, und einer war ins Gefängnis gewandert –, war ich als einzige übriggeblieben.

»Ich bin nach L. A. gegangen. Ins Hauptbüro. Und da bin ich ein Jahr lang geblieben. Kürzer ging es nicht, das hätte sich im Lebenslauf schlecht gemacht.« Ich drückte mich noch näher an meinen Wagen. Dreihundertsechsundvierzig Kreidestriche an der Wand; ich wußte noch genau, wie ich mich fühlte, als es erst sechs waren oder sechzig oder hundert.

»Und wo wohnst du jetzt? Hier in der Gegend?«

»In meiner alten Wohnung. Ich hatte sie untervermietet. Gestern wollte der Mieter eigentlich draußen sein.«

»Dann bist du also gerade erst zurückgekommen?«

»Gerade in diesem Moment.« Ich deutete auf mein vollgepacktes Auto.

»Wenn das kein Wink des Schicksals ist!« Edward

streckte die Hand aus und drückte mich fest am Arm. »Daß wir uns ausgerechnet in diesem Moment über den Weg laufen. Ich glaub es kaum.«

»Edward!« Ich riß meinen Arm los. Schicksal, daß ich nicht lache; Schicksal wäre es, wenn ich ein Fleischermesser in der Hand hätte, und er würde mir direkt hineinfallen.

»Eine Bekannte von mir hat ein Problem und braucht dringend einen Anwalt, aber es darf keiner aus Santa Cruz sein – ich wohne immer noch unten in S'Cruz –, es soll niemand aus dem Ort sein, und es muß jemand sein, dem ich vertrauen kann.«

Ich mußte lachen. Edward Hershey dachte also, er könne mir vertrauen.

Acht Monate, nachdem ich Edward kennengelernt hatte, verließ ich Boston für kurze Zeit. Ich wollte heim nach San Francisco, um bei einer Verhandlung dabeizusein – bei der Verhandlung gegen meine Eltern. Ihnen drohten vier bis zehn Jahre, wegen Vernichtung von Staatseigentum (Einberufungsbescheide, soweit ich mich erinnere).

Gleich am ersten Tag, als ich wieder in San Francisco war, nahm ich an einer Demonstration vor dem Presidio teil und wurde festgenommen. Ich bat den Anwalt meiner Eltern, Julian Warneke, mich zu vertreten.

Meine Eltern kamen ohne Haftstrafe davon, aber ich wurde eingebuchtet. Ich verbrachte zwei Monate im San-Bruno-Gefängnis, es war ein Alptraum.

Ich schrieb an Edward und flehte ihn an, an die Westküste zu kommen.

Als er endlich kam, wurde ich gerade aus der Haft entlassen. Ständig mußte ich ohne Grund weinen und wachte nachts schweißgebadet auf.

Hershey wußte, daß er sich einen Herpes eingefangen

hatte, aber er nahm an (das hat er immer wieder behauptet), daß das Virus schon inaktiv sei. Und er habe unser freudiges Wiedersehen nicht verderben wollen.

Als er es mir sagte, schlug ich zu, so fest ich konnte. Ich machte ihm eine große, häßliche Szene mitten auf dem Washington Square, direkt vor der Peter and Paul's Cathedral. Und wenn nicht eine Nonne dazwischengegangen wäre – ich wäre imstande gewesen und hätte ihn umgebracht.

Als ich ihn Jahre später auf der Beerdigung von Julian Warneke wiedersah, war ich immer noch wütend auf ihn.

Meine Mutter hatte mir jahrelang gut zugeredet, ich solle mich doch »von meiner Wut befreien«. Sie ist sehr stark darin, sich von dieser oder jener Wut zu »befreien«, außer wenn es sich um eine Wut auf den Staat handelt.

Mit der Zeit befreite ich mich dann doch wenigstens so weit von meiner Wut, daß ich ihm eines Tages den Auftrag gab, den Absender mehrerer anonymer Briefe für mich ausfindig zu machen. Und mittlerweile hatte ich mich so weit von meiner Wut befreit, daß ich ihm gelassen gegenüberstehen konnte, ohne ihn wüst zu beschimpfen.

Aber ihm einen Gefallen tun?

Ich wollte gerade sagen »Schmink's dir ab«, als ich eine piepsige Stimme rufen hörte: »Willa! Und Edward Hershey – du meine Güte! So eine Überraschung!«

3. KAPITEL

Mutter hatte ihre einzige Seidenbluse angezogen, ein knallrotes Prunkstück mit gesmokten Säumen, die eine salvadorianische Frau einmal aus Dankbarkeit für sie genäht hatte. Das Rot ließ ihre Wangen noch rosiger und ihre graublonden Haare noch gelblicher wirken. Dazu hatte sie einen Rock gewählt, wie ihn die Indiofrauen in Guatemala tragen, wenn sie mit Urnen und Paketen auf dem Kopf im Gänsemarsch durch die Gegend laufen. Sie saß im Schneidersitz auf dem Boden, die Beine unter dem Rock, umringt von einer Inselgruppe aus Bodenkissen, die man auf den ersten Blick für eine Schar Liliputaner halten konnte.

Daneben saß mein Vater, eine alte Schürze um den Bauch, die ich einst mit dem Spruch »Love Tofu – Don't Eat It« verschandelt hatte. Er wirkte so mager, blaß und schmächtig auf mich, daß in mir unwillkürlich mütterliche Gefühle erwachten und ich Lust bekam, ihn einer Zwangsernährung mit Schweinebraten zu unterwerfen. Sein Gesicht verzog sich jedesmal zu einem Lächeln, wenn unsere Blicke sich kreuzten.

Die Wand hinter den beiden war zugekleistert mit Plakaten, ein buntes Durcheinander von Aufrufen, Bekanntmachungen und Heiligenbildern, das dem Raum den Charme einer Bushaltestelle gab. Als ich den Blick darüberwandern ließ, fiel mir auf, daß ein Themenwechsel stattgefunden hatte – von der Rettung El Salvadors und Nicaraguas zur Verköstigung der Obdachlosen von San Francisco und zum Desinfizieren von gebrauchten Heroinspritzen.

Ich setzte mich auf das schlichte Leinensofa, ganz an den Rand, möglichst weit weg von Edward Hershey. Ich hatte keine Lust, die Couch mit ihm zu teilen. Ich hatte auch keine Lust, meine Eltern mit ihm zu teilen und ihn bei dieser kleinen Wiedersehensfeier dabeizuhaben. Ich wollte nicht einmal die gleiche Luft atmen wie er. Zum Teufel mit ihm. Zum Teufel mit meiner Mutter, die ihn hereingebeten hatte.

Den einzigen bequemen Sessel des ganzen Zimmers hatte Clement Kerrey besetzt, ein Freund der Familie und mein ehemaliger Arbeitgeber – einer der wenigen, die noch lebten. Ich hatte gleich nach meinem Examen für ihn und seinen damaligen Partner Julian Warneke gearbeitet. Jetzt hielt Clement Vorlesungen an der Malhousie Law School, wo ich studiert hatte. Clement war derjenige, der mich zu dem Job bei Richter Shanna überredet hatte – einerseits, damit ich wieder zurück nach San Francisco kommen könnte; andererseits, um mich politisch wieder auf Linie zu bringen.

Ich hatte ihn vor anderthalb Jahren zum letzten Mal gesehen und war ziemlich erstaunt, wie sehr er sich verändert hatte. In die stahlgrauen Haare und den getrimmten Bart hatten sich weiße Strähnen gemischt. Die Sorgenfalten waren von seiner Stirn verschwunden, und die Augen hatten ihren feurigen Glanz verloren. Seine helle Haut hatte eine durchscheinende Blässe bekommen, und seine Haltung war gebeugter als früher. Nichts erinnerte mehr an den nimmermüden Gewerkschaftsanwalt, der von einer Verhandlung zur nächsten hetzte, um vor Gericht gegen widerrechtliche Arbeitsbedingungen zu kämpfen. Eher wirkte er wie ein in die Jahre gekommener Rechtsprofessor, der viel Zeit für seine Seminarvorbereitungen hat. Und genau das war er auch geworden, wie sich rasch herausstellte.

Bei seinem Anblick mußte ich an meine Schrankladung neuer Kleider und meinen gestylten Haarschnitt denken: Ob ich inzwischen wie eine x-beliebige Yuppie-Anwältin aussah?

Hinter ihm an der Wand hing eine Sammlung von Kunstfotografien, gerahmte Schwarzweißbilder, alle mit demselben Motiv: arbeitende Menschen. Es waren Geschenke von Clement, Aufnahmen von seinen Klienten.

Er war es, der das Eis brach. »So eine Freude! Lauter alte Freunde wiederzusehen. So viele gute Erinnerungen.« Und viele schlechte – aber er war nicht der Typ, sich mit denen lange aufzuhalten. »Erst heute morgen habe ich von dir gesprochen, Willa. Mit Harry Prough, dem alten Schlitzohr.«

Harry Prough, ein Titan unter den linken Anwälten, hatte fast vier Jahre im Gefängnis verbracht wegen Mißachtung des Gerichts im Prozeß gegen die Radikalengruppe Highway 61, bei dem er einer der Verteidiger gewesen war.

»Ihr habt von mir gesprochen?« Ich hatte Proughs Karriere mit Interesse verfolgt. Während des Prozesses gegen Highway 61 hatte ich noch in Boston gewohnt und mehrmals einen Anlauf unternommen, zu der Verhandlung zu gehen. Aber ich war jedesmal zu spät aufgestanden, um noch einen Sitzplatz zu ergattern. Als ich Jahre später bei Julian Warneke die Gelegenheit bekam, ihn kennenzulernen, war ich ganz aus dem Häuschen. Aber weshalb er sich noch an mich erinnern sollte, das konnte ich mir nicht vorstellen.

»Mhm.« Clement grinste, eine Spur des alten Feuers flakkerte in seinen Augen auf. »Nächste Woche muß er zu Richter Shanna, wegen eines Antrags. Ich hab ihm gesagt, er soll mal bei dir vorbeischauen.«

Aus dem Augenwinkel bemerkte ich, wie Mutter aufschreckte und die bleiche Hand zitternd vor den Mund hielt. Mein Vater griff nach ihrer Hand, drückte sie sanft und legte sie wieder auf das Kissen zurück.

»Highway 61«, murmelte er. »Interessanter Fall.«

»Dummköpfe. Aber das waren wir ja alle.« Ich war ein wenig überrascht, mich das sagen zu hören. Mir war nicht mal ganz klar, was ich damit meinte.

»Die Bewegung, meinst du? Weil sie Gewalt mit Gewalt beantwortet hat und sich damit den Militarismus der Ge-

genseite aufzwingen ließ?« Clement beugte sich vor und schlang die Arme um eines seiner dürren Knie.

Edward Hershey antwortete für mich, zum Teufel mit ihm. »Weil sie sich ihre Realitätssicht von der Rechten aufzwingen ließ. Die haben uns doch nur deshalb mit Tränengas und Gummiknüppeln niedergemäht –«

»Die haben noch viel Schlimmeres gemacht«, mischte Mutter sich ein. »Denk doch an Chicago oder an die Kent State University.«

»– damit wir uns einbilden, es herrscht Krieg. Der berühmte Krieg im eigenen Land. Die großartige Revolution.« Hershey hörte sich genauso zynisch an, wie ich es eigentlich immer war, was ihn mir einen Augenblick lang fast sympathisch machte.

Noch bevor ich meine Meinung äußern konnte (mir war so, als ob ich inzwischen wüßte, was und wie ich es meinte), sprach, unter heftigem Kopfschütteln, Clement weiter: »Vergeßt bitte eines nicht; ob es eine Revolution war, lasse ich meinetwegen dahingestellt sein, aber daß es eine ganze Reihe von Gefechten gab, das läßt sich ja wohl nicht leugnen. Nehmt nur mal den Fall Highway 61, seht euch an, was sie mit Harry Prough gemacht haben. Und das, obwohl er nicht mal die Entführer selbst verteidigt hat; seine Mandanten standen lediglich wegen Mitwisserschaft vor Gericht. Habt ihr das schon vergessen?«

Prough war wegen wiederholter Mißachtung des Gerichts zu einer vierjährigen Haftstrafe verurteilt worden. Der Richter in dem Prozeß wegen Mitwisserschaft war ein waschechter Faschist gewesen, um einiges schlimmer als der Richter, der die Verhandlung gegen die eigentlichen Entführer geleitet hatte.

»Aber wie seine Mandanten vor Gericht aufgetreten sind, das war auch reichlich dreist.« Die Gruppe Highway 61 hatte das Baby eines Industriellen entführt und damit gedroht, es zu verbrennen, als Rache dafür, daß eines seiner Unternehmen Napalm produzierte. Einer von Proughs Mandanten hatte den Mann während des Prozesses vor aller Öffentlichkeit angegriffen: »Mit den Chemikalien aus Ihren Fabriken werden die Babys in Vietnam bei lebendigem Leib verbrannt. Warum soll Ihr Baby davon verschont bleiben?«

»Gegen Dreistigkeit gibt es kein Gesetz. Und wenn ihr das Ganze mal im größeren Zusammenhang betrachtet«, ereiferte sich Clement, »dann müßt ihr eines zugeben: Die Linke hat einige Schweinereien, sei es die Rassentrennung, sei es Vietnam, für den Staat erheblich schwerer gemacht, indem sie die öffentliche Meinung gespalten hat. Und in diesem großen Zusammenhang gab es für jeden was Nützliches zu tun, für die Theoretiker genauso wie für die Terroristen.«

Clement Kerrey, Sprachrohr für die Kindesentführer.

Mein Vater strich sich die Schürze glatt. »Mir kommt das ziemlich kaltherzig vor, das Ganze unter Kosten-Nutzen-Relationen zu betrachten. Und leider hat der terroristische Flügel der Bewegung ja auch einige sehr wertvolle Organisationen auf dem Gewissen. Wenn die Weathermen-Gruppe den SDS nicht gespalten hätte, dann hätten wir vielleicht heute noch eine Basis für gesellschaftliche Veränderungen. Wir hätten vielleicht –«

»Papperlapapp«, unterbrach Mutter ihn. »Der SDS war längst ein viel zu großer, träger Haufen, viel zu *liberal.*« Sie meinte es unmißverständlich als Schimpfwort. »Den Schwarzen – den Afro-Amerikanern, wollte ich sagen – dabei helfen, korrekte Anträge auf Zebrastreifen für ihre Wohnstraßen zu stellen – *Zebrastreifen*! Man ändert die Gesellschaft doch nicht Zebrastreifen für Zebrastreifen.«

Wenn sie jetzt noch vom Generalstreik anfing, bekäme ich einen Schreikrampf. »Die Gesellschaft läßt sich überhaupt nicht ändern. Punktum. Damals nicht und heute schon gar nicht.« Es war mir einfach so herausgerutscht, aber es wirkte wie ein lauter Rülpser in der Kirche. »Das System ist viel zu festgefahren. Zu viele Leute haben sich damit arrangiert.« Da sprach ich aus Erfahrung.

»Da muß ich aber energisch widersprechen.« Clement umklammerte sein Knie noch eine Spur energischer, als müßte der Körper mit seinem Argument mithalten. »Kommen wir noch mal auf den Prozeß gegen Highway 61 zurück. Einverstanden, es ist vollkommen in Ordnung, daß die tatsächlich an der Entführung Beteiligten verurteilt worden sind. Gegen sie sprach schließlich die Zeugenaussage des Mädchens, deren Haus für die Entführung benutzt wurde.« Er fixierte irgendeinen Punkt hinter meinem Rücken, als ob er dort alles von einem Teleprompter ablesen könnte. »Obwohl mir nie eingeleuchtet hat, weshalb sie ihre Zeugenaussage unter Ausschluß der Öffentlichkeit machen durfte.«

Edward unterbrach ihn. »Das war nicht unter Ausschluß der Öffentlichkeit; es war lediglich verboten, sie zu fotografieren.« Er war rot geworden und hatte die Stirn gerunzelt. »Ich meine, verdammt noch mal, stellt euch doch vor, gegen wen sie aussagen mußte. Man kann ihr doch wirklich keinen Vorwurf daraus machen, daß sie anonym bleiben wollte.«

»Natürlich nicht.« Clements Ton war leicht eisig. »Ich wollte damit nur sagen, daß sie dem Richter dadurch ein beachtliches Maß an ungehindertem – und vor allem unbeobachtetem – Handlungsspielraum verschafft hat.«

Hersheys Stirnrunzeln war noch da. »Proughs Rede.«

In seinem Schlußplädoyer hatte Prough eine leidenschaftliche und aufsehenerregende Philippika gegen die Rechtsprechung im allgemeinen und die jenes Richters im besonderen gehalten, während der Hammer des Richters unablässig und vergeblich niedergesaust war, um ihn mundtot zu machen.

Die eigentlichen Entführer waren mit geringeren Strafen davongekommen als ihre Mitangeklagten, die übrigen Mitglieder von Highway 61, die lediglich wegen Mitwisserschaft verurteilt werden konnten. Sie hatten abgestritten, von dem Entführungsplan gewußt zu haben.

Mein Vater schüttelte den Kopf. »Liebes, du sagst, wir könnten das System nicht verändern – vielleicht können wir das im Moment wirklich nicht. Aber glaubst du nicht, daß die Geschichte eine dialektische Bewegung ist? Wenn wir auch im Moment in einer Talsohle sind –«

»Du würdest die Dinge verändern, wenn du könntest, Willa.« Clement klang ein wenig verzweifelt. »Du würdest helfen, wenn du wüßtest, was zu tun ist.«

Er meinte doch wohl nicht, daß ich noch immer Mitleid mit vertriebenen Salvadorianern und Wanderarbeitern haben müßte? Mein Blick glitt über die Bilder hinter seinem Rücken – Männer beim Kistenverladen, ganze Familien beim Tomatenpflücken, Frauen in der Fischfabrik. Ich mußte an das alte Gewerkschaftslied denken: *Which side are you on, boys, which side are you on?*

»Es muß ja nicht gleich Karma Yoga sein«, fuhr Clement fort. »Aber auch wenn das politische Klima im Moment nicht danach ist, auf die Straße zu gehen –«

Mutter hielt ihre Empörung erstaunlich im Zaum: »Warum sagst du das?«

» – wir können immer noch in unserer Arbeit politisch wirken.«

Ich spürte vier Paar Augen auf mir.

Als ich bei Wailes & Roth anfangen wollte, hatte meine Mutter alle Register gezogen. Jeden einzelnen der sorgfältig vorprogrammierten Knöpfe hatte sie gedrückt, vom radikalen Katechismus bis zu Muttertränen, nichts hatte sie ausgelassen. Aber meine Reflexe hatten trotzdem nicht angesprochen.

Vielleicht hätten sie ihren Glauben an mich wiedergefunden, teilweise wenigstens, wenn ich ihnen erzählt hätte, wie sehr ich den Job gehaßt hatte, daß ich mich gefühlt hatte wie jemand, dem der Konkurs langsam die Kehle zudrückt, daß meine Kollegen etwa so viel Elan wie Geckos hatten, die man in Anzüge und Krawatten gesteckt hatte. Ich hatte meinen Eltern gegenüber immer betont, daß ich die Banken und Großunternehmen nur in ihren komplizierten Verhandlungen untereinander vertrat; daß meine Neunzigtausend im Jahr relativ sauber verdientes Geld waren (selbst wenn man davon ausging, daß allein meine Moral schon so viel wert war). Daß Großunternehmen sich gar nicht die Umstände machten, kleine Leute zu treten, weil ihnen das viel zuwenig hartes Geld einbrachte.

Ich sah meine Eltern an. Ich dachte an ihr jahrelanges Engagement in der Entwicklungshilfe, ich dachte an ihre elf Verurteilungen, ich dachte an all die Konsumboykotts, mit denen sie sich das Leben schwermachten.

»Wir haben keine Chance«, beharrte ich. »Euch fällt das gar nicht mehr auf, weil ihr immer nur mit euresgleichen zusammen seid. Aber die Mehrheit in unserer Gesellschaft ißt brasilianisches Rindfleisch, ohne sich um die abgeholzten Regenwälder zu scheren. Der Mehrheit der Leute ist es egal, welche Waffen oder Gifte sie durch ihre Arbeit mitproduzieren, Hauptsache, das Gehalt stimmt.«

»Und deshalb soll es uns auch egal sein?« höhnte Hershey. Mr. Aktivismus. Ein billiger kleiner Detektiv, den man für Zivilstreitigkeiten kaufte.

»Ich frage mich, was es bringen soll, einfach irgend etwas zu tun. Wenn man damit sowieso nichts erreicht. Wenn man nicht mal einen kleinen Kratzer hinterläßt.«

»Woher willst du das wissen, bevor du's nicht versucht hast?« fragte mein Vater seelenruhig.

Als ob ich nach den zweitausend Stunden, die ich mich abgerackert hatte, in der Stimmung wäre, mich auf großangelegte Versuchsanordnungen einzulassen. »Es ist ja so einfach, daran zu glauben, daß man etwas bewegt, wenn rundherum nur Leute sind, die das gleiche glauben. Aber wenn du dann rausgehst ins wirkliche Leben . . .«

Ich spielte geistesabwesend mit einem Buch aus der Bücherei, das neben mir auf der Couch lag. Eine Biographie vom Meister des Kompromisses persönlich, Hubert Humphrey.

»Dein Vater liest so was«, sagte meine Mutter verächtlich. Sie duldete die Aufgeschlossenheit meines Vaters, wie eine andere Frau Eskapaden geduldet hätte. »Noch so ein Schwatzkopf, der sich die Komplexe von der Seele schreiben muß. Diese ganzen halbherzigen Liberalen schämen sich doch bloß für alles, was sie in den sechziger und siebziger Jahren nicht getan haben.«

»Und die Radikalen schämen sich für das, was sie getan haben«, ergänzte ich.

Meine Mutter warf mir einen vernichtenden Blick zu.

Ich mußte mich schwer zusammenreißen, um nicht auf der Stelle abzuhauen. Aber wahrscheinlich bin ich nicht die erste Frau, der es nach einer halben Stunde in Gesellschaft ihrer Eltern so geht.

Auf der anderen Seite hatte es etwas von Luxus, über Politik zu plaudern. In L. A. plaudern die Leute über ihre Besitztümer, nicht über ihre Überzeugungen.

»Und – wie war die Fahrt?« Mein Vater leitete zum Small talk über, etwas abrupt, um es beschönigend zu sagen.

Ich lieferte eine Kurzfassung dessen ab, was in jedem Reiseführer über Big Sur und den Seventeen-Mile-Drive zu lesen ist. In Wirklichkeit konnte ich mich an gar nichts erinnern, außer an das regelmäßige Hupen der anderen Autofahrer, die sich über mein Schneckentempo aufregten.

Clement machte während meines ganzen Vortrags ein mißmutiges Gesicht und wippte mit dem Fuß. Vermutlich wartete er nur darauf, daß das vorangegangene Gespräch wieder aufgegriffen würde.

Mutter saß mit gespitztem Mund da. Sie ist der Typ von weißhäutiger Blondine, deren Haut mit zunehmendem Alter wie Dörrobst aussieht. Wahrscheinlich würde es mir mit meiner Haut ähnlich ergehen.

Mein Vater ließ sie keine Sekunde aus den Augen. Sein Blick sprühte vor Sorge und Ereiferung. Als er ihren Blick endlich erhascht hatte, hob er leicht das Kinn. Und sie hob das ihre. Zum Teufel mit dieser einstudierten Mimik; als ob sie hier auf einem Sitzstreik wären!

Niemand sagte mehr etwas, als ich mit meinem Vortrag fertig war. Schließlich fragte ich meinen Vater: »Hast du Lissa mal wieder gesehen?«

Er seufzte, seine knochigen Schultern sanken resigniert herab. Vermutlich hatte er mal wieder meine Gedanken erraten. (Wie er sie immer erraten hatte: Kondome zu meinem vierzehnten Geburtstag, eine Brieftasche zum dreißigsten, und zum fünfunddreißigsten eine Wasserpfeife.)

Lissa war meine Lehrerin gewesen, an der Alternativen Schule Haight Street. Jedesmal, wenn meine Eltern verhaftet worden waren, hatte man mich zu ihr gebracht. Insgesamt elfmal hatte ich bei ihr in der Wohnung gesessen und mir ihre Lobreden über meine ach so uneigennützigen und engagierten Eltern anhören müssen, während mir ihre Räucherstäbchen das Hirn benebelten. Und als die anderen Kinder *Hallo, Meister Dachs* lasen und *Bonanza* sehen durften, drückte man mir *Ziviler Ungehorsam* in die Hand und schleppte mich mit in *Harvest of Shame*. Oder zu Solidaritätskundgebungen, zu Strategiekonferenzen, zu Spendensammlungen für den Rechtshilfefonds – Patty Hearst kann keiner so gründlichen Gehirnwäsche unterzogen worden sein.

»Lissa ist noch immer da«, sagte mein Vater. »Sie mußte neue Schwerpunkte setzen – musikalische Früherziehung und zweisprachigen Unterricht. Jaja, Lissa ist noch da. Sie haben die Schule umbenannt.«

»In was denn? Daniel-Berrigan-Heim für verwaiste Aktivistenkinder?«

Zugegeben: Einfallsreich war der Witz nicht; aber daß Mutter ihn derart schlecht aufnahm, überraschte mich doch. Sie erstarrte und begann tief durchzuatmen, sichtlich um Fassung ringend. Sie suchte den Blick meines Vaters. Wenn ich sie dafür nicht zu gut gekannt hätte, hätte ich ihren Gesichtsausdruck für ängstlich gehalten. Aber Ängstlichkeit war nicht ihre Art. Elf Verhaftungen hatte sie durchgestanden, ohne eine Spur von Angst zu zeigen; immer war sie erhobenen Hauptes zum Schafott gegangen.

»Und ihr, geht es euch gut?« Ich haßte es, die Frage in Hersheys Anwesenheit zu stellen; ich fühlte mich von ihm belästigt, in meiner Privatsphäre gestört. Warum zum Teufel mußte der Kerl hier sein?

Mein Vater legte die Stirn in Falten – um sie sofort wieder zu glätten. »Nicht, wenn wir nicht bald was zu essen kriegen. Ich weiß ja nicht, wie es euch geht, aber ich bin allmählich am Verhungern.«

Mutter machte ein unentschlossenes Gesicht und versuchte noch immer, einen Augenkontakt mit ihm herzustellen. Schließlich stand sie auch auf.

Na schön. Was immer sie sich diesmal wieder aufgehalst hatten, sollte jemand anders sich anstrengen, sie zur Vernunft zu bringen. Sie konnten mir ja eine Postkarte aus dem Gefängnis schicken.

Genau.

Ich reihte mich hinter meinem Vater ein, als wir uns aufstellten, um in den Speisesaal zu schreiten. Ich sprach ganz leise: »Seid ihr etwa schon wieder in Schwierigkeiten?« Das *wieder* entfuhr mir ein wenig zu laut.

Ohne mich anzusehen, sagte er nur: »Ach was.«

Dann sah er Clement Kerrey an.

Ich verfolgte die Kette von Seitenblicken bis zu Edward Hershey, der ein paar Schritte hinter mir ging. Falls er und Clement sich auch bedeutungsvoll angesehen hatten, dann waren sie jetzt zumindest damit fertig.

Edward grinste zu mir herab. »Wie schön, wieder mal hier zu sein. Deine Eltern sind so herzlich. Sie geben mir immer das Gefühl, als ob ich auch zur Familie gehörte.«

Zur Familie gehörte. Am liebsten wäre ich ihm an die Gurgel gesprungen.

4. KAPITEL

Mein Vermieter grüßte mich mit der barschen Frage: »Na, hast du endlich genug von dem ganzen Kapitalisten-quatsch?«

Ben Bubniak war ein ungebeugter Siebzigjähriger, groß, mit glatten, schulterlangen Haaren und wäßrigen blauen Insektenaugen. Sein Outfit war konventionell, Star-Trek-T-Shirt und blaue Drillichhosen aus dem Navy-Shop. Er war ein Freund der Familie, solange ich denken konnte; früher hatte ich stundenlang bei ihm in der Wohnung gesessen und mir auf seinem Videorecorder alte Filme angeschaut. Heute abend wollte ich mich nicht lange bei ihm aufhalten, sondern nur schnell meine Schlüssel abholen, um mich gleich nach oben zu verziehen und ausgiebig in Selbstmitleid zu schwelgen, weil ich nichts zu kiffen hatte.

»Schön, daß du wieder da bist, Kindchen.« Das waren zwar seine Worte, aber sehr erfreut sah Ben nicht aus. »Obwohl es mit Kali wirklich gut lief. Sie fehlt mir schon richtig.«

Meine Untermieterin hatte, genauso wie ich, die sozialistischen Ideen schon mit der Muttermilch aufgesogen und studierte nun ebenfalls Jura in Malhousie. Kürzlich hatte sie gegen die Universität geklagt, wegen sexistischer Praktiken bei der Bewerberauswahl – wahrscheinlich der einzige Vorwurf, den man Malhousie *nicht* machen konnte.

Als ich ihr meine Wohnung überließ, kam ich mir vor wie eine Frau, die ihren unbefriedigten Freund zu einer Geisha schickt. Meine Eltern und mein Vermieter waren begeistert von ihr.

Ich sah mich in Bens Wohnung um. Früher hatte ich mich hier immer wohl gefühlt: Überall an den Wänden hingen Science-fiction-Poster, die Einrichtung war bunt zusammengewürfelt, viktorianischer Sperrmüll. Aber heute abend würde ich mich wohl nirgends wohl fühlen. Ich hatte den fröhlichen Teil meines Wesens ja leider im Meer versenkt.

»Sind meine neuen Möbel schon angekommen?«

Ben nickte, seine grauen Brauen senkten sich, so daß er wie ein wütender Moses aussah.

»Sehr gut.« Ich hatte mich mit Hilfe eines Katalogs von Macy's und eines Ferngesprächs neu eingerichtet. Für mich bedeutete Kreditkauf den höchsten Luxus. Es war vermutlich nicht gerade das, was Thoreau im Sinn gehabt hatte, aber es machte einem mehr als alles andere das Leben einfach.

Ben kramte die Schlüssel aus der Tiefe einer Schreibtischschublade hervor, die vollgestopft war mit Flugblättern, polierten Kristallen und alten Disketten. »Soll ich dir beim Rauftragen helfen?«

»Nein, ich räume das Auto erst morgen aus.«

»Ja, hab schon gehört, daß du dir einen Wagen zugelegt hast.«

Ich nahm ihm den Bund mit den Hausschlüsseln aus den gichtigen Fingern und machte mich davon, bevor er fragen konnte, ob ich auch ein heimisches Fabrikat gekauft hätte.

Über die Schließung der Fabriken in Flint, Michigan, hatte ich nicht nachgedacht, bis ich meinen neuen Honda vor der Haustür stehen sah: Ich, eine ehemalige Gewerkschaftsanwältin! Das war auch noch ein Grund, warum ich beschlossen hatte, Wailes & Roth so schnell wie möglich zu verlassen: Ich lief Gefahr, langsam zur Republikanerin zu werden, auf dem Weg der Osmose.

5. KAPITEL

Ich klopfte an die schwere Eichentür, bevor ich die Klinke drückte. Auf dem Weg in das Amtszimmer eines Richters nervös zu sein – das hätte ich mir vor zwei Wochen noch nicht träumen lassen. Bis dahin hatte ein Besuch bei einem Richter bedeutet, daß ich ihm irgendeine Transaktion ein- oder auszureden hatte. Das hieß, ich mußte total auf Zack sein, vollkommen präsent. *Ganz und gar im Hier und Jetzt* – schöne Ironie, daß ich Baba Ram Dass ausgerechnet in solchen Situationen beherzigt hatte.

Der Ehrenwerte Michael J. Shanna saß hinter einem Monster von einem Schreibtisch. Helle, gerunzelte Augenbrauen, sommersprossige Knollennase, breiter irischer Mund.

»Richter Shanna?« Meine Stimme klang ehrerbietig. Ehrerbietiger als die seines anderen Schriftführers, und das ärgerte mich. Ich schien von Jahr zu Jahr feiger zu werden. »Sie sagten, ich solle Sie daran erinnern, daß Sie in zehn Minuten einen Verhandlungstermin haben.«

Der Richter verschränkte die Hände hinter dem Kopf und streckte sich. »Vielen Dank, Willa.«

Die Regale hinter ihm waren vom Boden bis unter die Decke mit Gerichtsakten vollgestopft; es sah aus wie die Kulisse bei einem Fotografen. Ich balancierte einen Stoß Akten zu einer Ecke des Schreibtisches, neben den Schrein des heiligen Jimmy. Ich fragte mich, wie er den täglichen Anblick dieses Tryptichons ertragen konnte, dreimal der Ausstrahlungslose: Carter mit Richter Shanna und Clement Kerrey, nebst unzähligen anderen, Carter mit Sadat und Begin, Carter mit seinen 167 Zähnen.

»Richter Shanna? Das ist doch die Verhandlung mit

Harry Prough – haben Sie was dagegen, wenn ich da zuhöre?«

»Nicht im geringsten. Da geht es immer recht lebhaft zu – er trägt gern dick auf. Es wird Ihnen gefallen.«

Er griff nach der Urteilsbegründung, die zuoberst auf dem Aktenstapel lag. Er fälle seine Entscheidung immer schon vor einer Verhandlung, hatte mein Schriftführerkollege sich in bitterem Ton bei mir beklagt. Man brauche das Urteil gar nicht erst abzuwarten, um die entsprechenden Schriftstücke vorzubereiten.

Er las sich die Urteilsbegründung durch und nickte dann: »Damit werden sie ihre Freude haben, drüben im neunten Berufungsgericht.«

Der Richter stand in dem Ruf, die Regelungen des Vierten Amendments, in dem es um das Verbot widerrechtlicher Festnahmen und Haussuchungen ging, allzu eng auszulegen. Das war einer der Gründe, weshalb ich die Gelegenheit, bei ihm Schriftführerin zu werden, beim Schopf gepackt hatte. Er war nämlich einer der wenigen, die an der altmodischen Überzeugung festhielten, daß das Grundrecht auf Unverletzlichkeit von Person und Wohnung noch immer etwas zu bedeuten hatte. Es scherte ihn nicht, wie oft die Gerichte der Nach-Reagan-Ära bewiesen, daß Bullen inzwischen jedem die Tür eintreten und sämtliche Habseligkeiten mitnehmen konnten, wenn sie Lust dazu hatten; und daß das Vierte Amendment heutzutage keinen Pfifferling mehr wert war.

»Es gibt da etwas, das ich vorher gern mit Ihnen besprechen würde.« Er zog einen weißen Briefumschlag aus seiner Schreibtischschublade. »An den Ehrenwerten Michael J. Shanna«, ohne Adresse, war auf die Vorderseite getippt.

Als er den Umschlag gerade mit dem Finger aufreißen wollte, klopfte es an der Tür.

Der Richter sah den Umschlag an, sah mich an. Dann

legte er ihn wieder in die Schublade und sagte: »Das hat Zeit bis heute nachmittag.«

Mein Kollege schlenderte ins Zimmer. Er arbeitete seit sechs Monaten für den Richter. Der Richter zog es vor, wenn die Vertragszeiten seiner Schriftführer sich überschnitten und er nicht jedes Jahr zwei Neulinge einstellen mußte.

George McLeod war der Typ von bärtigem Yale-Studenten, der an das logische Denken glaubt und (jedenfalls, solange es sich im Rahmen des guten Geschmacks hält) auch an das Standrecht.

Das erste, was er mir an meinem ersten Arbeitstag erzählt hatte, war, warum er die Stelle bekommen hatte. Man habe ihn genommen, so sagte er, weil er der einzige Konservative unter den Bewerbern gewesen sei.

Konservative Yale-Abgänger bewarben sich für gewöhnlich bei einem der unzähligen alten Trottel auf den Richterstühlen der Bundes- oder Landesgerichte. Liberale hatten es schwerer, eine Nische zu finden. Die meisten Bundesrichter, deren Ernennung noch in die Zeit der demokratischen Regierung gefallen war, hatte man im Lauf der letzten zehn Jahre von ihren Stühlen gejagt. Drei Oberste Richter hatte man in einem rückwirkenden Referendum, das meine Eltern den »Fenstersturz« nannten, wieder abgesetzt.

Anstelle weiterer Erklärungen hatte George bemerkt: »Ist dir je aufgefallen, wie idiotisch die Urteilsbegründungen von Richter Douglas nach ein paar Jahren klangen?«

William O. Douglas, Richter im Obersten Gerichtshof zu einer Zeit, als das Vierte Amendment noch etwas galt. »Er wurde eben alt.«

George fegte meinen Einwand beiseite. »Er hatte keinen Widerpart. Ich meine, sicher haben ihm die anderen Obersten Richter mal widersprochen. Aber in seinen Schriften, in seinem Denken – in seinen Amtsräumen, da hatte er niemanden, der ihm Widerspruch bot. Jeder Mensch braucht in seiner Nähe mindestens eine Person, die in allem anderer Meinung ist. Das zwingt einen, sich zu artikulieren. Und es bewahrt einen davor, denkfaul zu werden. Deshalb hat Richter Shanna mich genommen. Denn er ist im Grunde, trotz seiner liberalen Voreingenommenheiten, ein äußerst gewissenhafter Jurist.«

George nahm seine Rolle als Advocatus Diaboli ernst, daher war seine Gesellschaft ermüdend.

Nun, da er im Amtszimmer des Richters neben mir stand, schlüpfte er wieder in seine (wie ich annahm, selbstgewählte) Rolle. »Richter, wenn ich Ihnen meine Auslegung der jüngsten Rechtsprechung unterbreiten dürfte?«

Staunend sah ich zu, wie der Richter mit respektvoller – nicht nur höflicher – Aufmerksamkeit George zuhörte, als er einen unwiderlegbaren Katalog von Fällen aufzählte, bei denen in erster oder zweiter Instanz das Vierte Amendment mißachtet worden war.

Hielt George den Richter für einen Dummkopf? Seine Urteilsbegründung (von mir aufgesetzt, in meinen ersten beiden Arbeitstagen) ging die Fälle einen nach dem anderen durch, jeweils unter Hinweis auf die Unterschiede zum vorherigen. So sah die Liberalität eines »gewissenhaften Juristen« aus!

Aber vermutlich litt George unter dem unwiderstehlichen Drang, seine Meinung loszuwerden, auch wenn er nicht die geringste Aussicht hatte, damit irgend etwas zu bewirken. Da ich mein Leben lang mit Verrückten dieser Sorte zu tun gehabt hatte, verstand ich seinen Drang. Solche Spinner sind davon überzeugt, ihre Meinung sei so wichtig und dringend, daß sie damit keinesfalls hinter dem Berg halten dürfen. Daher haben wir ein Rechtssystem, das den Überzeugungsprozeß ritualisiert und solche Spinner davon abhält, sich gegenseitig die Zunge aus dem Hals zu reißen.

Richter Shanna stand auf. »Ganz richtig bemerkt, George.«

Mein Blick wanderte durch das Zimmer zur Fensterwand und hinaus auf den Verkehr um das Civic Center. Ich spürte plötzlich das Verlangen, draußen zu sein, weg von den verstrickten Beziehungen der Arbeitswelt, weg von dem Staub der Gesetzbücher und dem Geruch von klimatisierter Wolle. Es war erst eine Woche vergangen, und schon hatte ich den Job satt.

Neben mir stand George und seufzte. Ich wußte, er brannte darauf, endlich in einer Kanzlei für Wirtschaftsrecht zu arbeiten. Da er erst vor knapp einem Jahr sein Examen gemacht hatte, wußte er noch nicht, daß Anwälte für ihre hochdotierten Karriere-Jobs ihr gesamtes Privatleben opferten (Männer sogar einschließlich ihres Sexuallebens).

Der Richter zog sich in sein »Ankleidezimmer« zurück – eigentlich nichts weiter als ein begehbarer Schrank, der sein Amtszimmer mit dem Gerichtssaal verband. Einen Augenblick später kam er wieder heraus und strich sich die schwarze Robe über der Wölbung seines Oberkörpers glatt, der man nicht ansah, ob sie aus Fett oder Muskeln bestand.

Der Gerichtsdiener kam herein und räusperte sich noch einmal für das »Bitte erheben Sie sich«, mit dem er gleich den Gerichtssaal betreten würde.

Der Richter nahm den Aktenstapel und sagte: »Auf los geht's los.«

Die beiden Männer verschwanden in der Ankleide.

»Du weißt doch genau, daß er überstimmt werden wird.« George, mit seinem ordentlich getrimmten Bart, blickte düster drein. »Das ist reine Energieverschwendung.«

»Auch die amerikanische Revolution war Energieverschwendung. Und die Boston Tea Party. Dafür sind Energien doch da.«

»Die Dinge immer so lange drehen und wenden, bis sie zu dem passen, was man schon immer geglaubt hat. Vor allem, wenn das ein teurer Spaß ist. Das ist doch seit eh und je das Credo der Liberalen.«

Ich bin ein Magnet für diese Typen. Vielleicht ist das mein Schicksal. Vielleicht ist das die Strafe für irgendeinen Fehler, den ich in einem früheren Leben begangen habe. Bakunin und ich haben einen Bürokraten zuviel umgelegt.

Ich seufzte. »George, es ist mir egal, ob Steuergelder für neue Waffensysteme oder für Kulturstiftungen verschwendet werden. Ich hab dir schon mal gesagt, ich bin völlig« – oder zumindest in zunehmendem Maße – »unpolitisch.«

»Unpolitisch.« Er schnaubte höhnisch. »Du wärst bestimmt nicht hier, wenn du nicht Parteimitglied der Demokraten wärst.«

Parteimitglied der Demokraten. Wenn das keine Verleumdung war!

6. KAPITEL

Ich schlüpfte leise durch den Ankleideraum in den Gerichtssaal und drückte mich auf einen Platz in der leeren Geschworenenbank. Der graue Teppich, die erhöhte Richterbank und die riesigen Flaggen und Wappen gaben dem Raum eine Aura von eiskalter Justiz. Einen Stock höher, in einem Saal mit derselben Eiseskälte, war ich 1971 zu sechzig Tagen Haft verurteilt worden. Der Bundesrichter, der mich verurteilt hatte, war noch immer im Amt. Richter Rondi hatte mich schon damals gehaßt, weil mein Verteidiger – allerdings erfolglos – darauf beharrt hatte, daß mein Vorschlag an einen Militärpolizisten vor dem Presidio, er solle sich ins Knie ficken, keinen Straftatbestand erfülle. Aber mehr noch hatte Rondi mich 1988 gehaßt, als ich ihm selbst als Verteidigerin gegenüberstand und er sich durch meine anwaltlichen (und außeranwaltlichen) Aktivitäten dazu gezwungen sah, die Haftstrafe meines Klienten, eines politischen Aktivisten, zur Bewährung auszusetzen. Und nun würde ich ihm zwei- bis dreimal die Woche begegnen. Reizende Aussichten!

Der Ehrenwerte Richter Michael J. Shanna – in der Richterrobe und mit seiner schwarzen Hornbrille machte er einen wahrhaft imposanten Eindruck – nahm Harry Prough neugierig ins Visier. Prough hatte sich gerade vorgestellt und händigte der Protokollantin seine Visitenkarte aus, damit sie seinen Namen (sprich: Prou) korrekt buchstabierte. Der Mann, der hinter ihm saß, war von kräftiger Statur und hatte ein Gesicht, dessen Züge eigentlich sinnlich gewirkt hätten, wäre auch nur ein Funken Lebendigkeit darin gewesen. Er trug einen altmodischen, schlecht sitzenden Anzug, in dem er sich jedoch nicht unwohl zu fühlen schien; jedenfalls zupfte er nicht an allen Enden herum. Man hatte ihn in seinem Auto angehalten, weil er angeblich über ein Stoppschild gerollt war.

In Wahrheit sei er angehalten worden – so argumentierte Prough in seiner Verteidigungsschrift –, weil er Tom Rugieri war, der ehemalige Anführer der Gruppe Highway 61. Wie auch immer Clement Kerrey über die Position dieser Gruppe innerhalb der Protestbewegung denken mochte, in den Anfangsjahren hatte Highway 61 nichts weiter getan als bombastische Drohungen auszusprechen, wahllos gegen alle Institutionen und Repräsentanten von Staat und Regierung. Sie hätten nie den Mumm gehabt, das »faschistische« Baby eines Industriellen zu entführen; das kam erst, als sie durch den Kontakt mit dem Fanatismus der Weathermen und der Symbionese Liberation Army allmählich kriminelles Potential entwickelten. Aber selbst die Entführung hatte Highway 61 wenig Beachtung von seiten der Presse eingebracht – dem Fall fehlte der Sex-Appeal der Millionärstochter, die zur Bankräuberin wird. Außerdem wurde das entführte Baby ein oder zwei Tage später unversehrt wieder zurückgegeben. Es gab eine Handvoll Verhaftungen. Rugieri – ein gefundenes Fressen für jeden Richter des rechten Flügels – war anschließend knapp zwanzig Jahre lang von einem Staatsgefängnis ins andere verschoben worden, angeblich immer wegen Überfüllung, in Wirklichkeit war es reine Schikane gewesen.

Wenige Wochen nach seiner Entlassung aus der Strafvollzugsanstalt in Pleasanton, Kalifornien, hatten nun ein paar Polizisten – sechs, um genau zu sein – anläßlich einer Verkehrskontrolle Rugieris Wagen durchsucht und dabei ein M-16-Gewehr im Kofferraum gefunden. Die Waffe stammte aus Militärbeständen, war also Staatseigentum, daher beschloß die Staatsanwaltschaft, den Fall an das zuständige Bundesgericht weiterzuleiten. Der Angeklagte gab an, er habe mit dem Gewehr »Waschbären verjagen wollen, die in seiner Mülltonne herumstöberten«. Mit einer Anspielung auf die übertriebene Wahl der Waffe fügte er hinzu: »Die Methode ist weit wirkungsvoller, als mit Sahnetorten zu werfen.«

Ohne das Gewehr als Beweismittel verlor die Anklage jeden Halt. Harry Prough hatte beantragt, daß die Waffe nicht als Beweismittel zugelassen werden dürfe, weil sie nicht auf legalem Weg beschlagnahmt worden sei. Die ganze letzte Woche hatten Vertreter von Polizei und Justiz sich vor den Fernsehkameras wild gestikulierend darüber ausgelassen, daß sie bereits Schreckensbilder von marodierenden Radikalen vor sich sähen und die Bank of America in Flammen. »Gewisse liberale Richter«, hatte ein Bundesstaatsanwalt gehöhnt, »würden uns gern wieder einmal schutzlos dem ungezähmten Randaliererturn der sechziger Jahre überlassen!« Als hätte nicht die Mehrheit der damaligen Randalierer Uniform und Gummiknüppel getragen.

»Euer Ehren«, meldete Harry Prough sich wieder zu Wort, »mir wurde bekannt, daß mein Mandant eine Anklage vor dem Landesgericht zu erwarten hat –«

»Euer Ehren« – der Staatsanwalt verschränkte die Arme vor der Brust –, »ich wollte gerade darauf zu sprechen kommen. Um zwei parallele Verfahren zu vermeiden –«

»Ich möchte wissen, was zum – was hier vorgeht. Dies ist eine absolut unerträgliche Schikanierung meines Mandanten!« Prough hob seinen dünnen Arm, als wollte er die Götter anrufen. »Zuerst die Mißachtung seiner Rechte und dann auch noch dieser Wust von widersprüchlichen Anklagen vor zwei verschiedenen Gerichten –«

»Keineswegs widersprüchlich!« Der Staatsanwalt sah aus wie eine schwitzende Tomate. »Die im Kofferraum des Angeklagten gefundene Waffe steht in Verbindung mit gewissen anderen Straftaten –«

»Was? Was für Straftaten? Gewisse Schießereien vielleicht? Wie kann die Staatsanwaltschaft behaupten, diese Waffe hätte mit irgendeiner Schießerei aus einem fahrenden Auto zu tun, bei der weder Kugeln noch Patronenhülsen gefunden wurden und niemand was gesehen hat von einer verdammten –«

»Mich interessiert nur, was mit dem Fall vor *diesem* Gericht zu tun hat, Mr. Prough.« Shannas Stimme dröhnte wie ein Paukenschlag, obwohl der Raum eine schlechte Akustik hatte.

»Womit wir an dem Punkt wären, den ich gerade vorbringen wollte, Euer Ehren.« Der Staatsanwalt senkte verheißungsvoll seine Augenbrauen. »Im Hinblick auf die Anklage gegen den Angeklagten vor dem Landesgericht stellen wir hiermit den Antrag auf Einstellung des Verfahrens vor dem Bundesgericht.«

Einstellung des Verfahrens. Auf den Zuschauerrängen wurde es unruhig. Die Rechtsberichterstatterin des *Examiner* war aufgesprungen, worüber ein paar müde wirkende Yuppies hinter ihr offensichtlich konsterniert waren. Zwei Männer in engen Anzügen und gestreiften Krawatten bahnten sich einen Weg durch die schweren Türen des Gerichtssaales. Anwälte waren das keine – Anwälte hatten bessere Schneider. Zivilbeamte vermutlich.

Harry Prough schüttelte verständnislos den Kopf. Ich konnte seine Verwirrung nachfühlen. Was wollte die Staatsanwaltschaft damit bezwecken? Warum sollte die Klage fallengelassen werden? Warum Rugieri nicht von beiden Seiten in die Zange nehmen, vom Bundes- und vom Landesgericht?

Proughs Stimme war angespannt. »Euer Ehren, ganz offensichtlich befürchtet die Staatsanwaltschaft, daß ein für sie ungünstiger Ausgang des Verfahrens vor diesem Gericht sich auch auf den Ausgang der Verhandlung vor dem

Landesgericht auswirken könnte.« Er zeigte die ganze Zeit mit dem Finger auf den Staatsanwalt, weil er genau wußte, daß dieser ihm nicht widersprechen konnte. »Wenn dieses Gericht entscheidet, daß die Beweisnahme gesetzeswidrig war, dann wird es um so schwieriger sein, das Landesgericht vom Gegenteil zu überzeugen – das heißt, die Staatsanwaltschaft wird es noch schwieriger haben, das Gewehr als Beweismittel anerkannt zu bekommen. Dies ist der zynische Versuch der Staatsanwaltschaft, hier die Sache aufzugeben, um dort ein gewogeneres Gericht vorzufinden – eines, das sich von Anti-Sechziger-Rhetorik und reaktionären Kampfparolen leichter beeindrucken läßt. Das ist übelste politische Bauernfängerei, Euer Ehren, um nicht zu sagen, offener Mißbrauch der Gerichtsbarkeit!«

Alle Achtung!

»Mr. Prough!« Shanna hob seine kleine weiße Hand.

Während der ausgedehnten Schweigepause, die folgte, ließ ich meinen Blick auf Prough haften. Er hatte die schmalen Lippen fest aufeinandergepreßt und die Augen zu engen Schlitzen zusammengekniffen. Wenn er der Obrigkeit nicht traute, so hatte er sicher allen Grund dazu. Das letztemal, als er Rugieri verteidigt hatte, war er wegen Mißachtung des Gerichts ins Gefängnis gewandert.

Als ich ihn vier Jahre darauf bei einer Kundgebung in San Francisco – ich glaube, es war die letzte meines Lebens – wiedersah, waren seine schwarzen Locken ergraut, und tiefe Sorgenfalten hatten sich über sein Gesicht gezogen. Er hatte in Charles Grays Anwaltsbüro angefangen, aber man hatte ihm kurz darauf schon wieder die Kündigung nahegelegt, weil er – so sagten die Gerüchte – seine Mitarbeiter beleidigt hatte.

»Mr. Prough«, wiederholte Shanna. »Wenn die Staatsanwaltschaft die Klage gegen Ihren Mandanten fallenlassen möchte, dann kann ich wirklich nicht einsehen, woher

Sie die Kühnheit nehmen, sich darüber zu beklagen. Sie ziehen es doch sicher vor, ihn nur einmal und nicht zweimal verteidigen zu müssen.«

Jemand im Zuschauerraum stöhnte auf. Ich sah mich um – und hatte das Gefühl, als hätte mir jemand einen Schlag in die Magengrube versetzt.

Die Zivilbeamten waren wieder hereingekommen, und noch ein dritter Mann stand bei ihnen, hinter dem letzten Zuschauerrang. Er sah mich unverwandt an. Sein gebräuntes Gesicht mit den dunklen Brauen war ausdruckslos, nur der Mund stand ihm leicht offen, und in seinen Augen lag eine versteckte Traurigkeit (oder bildete ich mir das letztere nur ein?).

Don Surgelato.

Ich wandte schnell den Blick ab und starrte wieder zur Richterbank.

Der Richter sagte zum Staatsanwalt: »Ihrem Antrag auf Einstellung des Verfahrens wird hiermit stattgegeben. Bitte legen Sie die entsprechenden Schriftstücke bis morgen früh in meinem Büro vor.«

Don Surgelato. Ich war wie vom Blitz getroffen – das Adrenalin überschwemmte meine Eingeweide.

Wissenschaftler haben in Laborversuchen nachgewiesen, daß Ratten, wenn sie die Wahl zwischen einem Knopf für Nahrungszufuhr und einem für Drogenzufuhr haben, immer wieder den für Drogenzufuhr drücken, bis sie sterben. Wenn ich verliebt bin, geht es mir genau so – ich drücke immer wieder den falschen Knopf. Jedesmal. Verdammt.

7. KAPITEL

Ich stand auf dem grauen Teppichboden des kühlen Korridors. In schwarzen Pumps stöckelten die Angestellten der anderen Richter vorbei, die Aktenordner ans Revers gepreßt, das Kinn in die Luft gereckt. Sie sahen alle so korrekt und perfekt, so hochglanzpoliert aus; daneben kam ich mir wie ein schlecht verkleideter Hippie vor.

Ich war von meinem Platz in der Geschworenenbank aufgestanden und hinausgegangen, durch das Ankleidezimmer in das Amtszimmer des Richters, und weiter durch das Vorzimmer in den langen Flur, an dem das Büro lag, das ich mit George teilte, und schließlich durch die Tür hinaus auf den öffentlichen Korridor. Ich nahm jedenfalls an, daß ich das alles getan hatte, denn nun befand ich mich da draußen. Ich stand neben dem Tisch eines Sicherheitsbeamten, direkt gegenüber dem Publikumseingang zu Richter Shannas Gerichtssaal, und schaute die Leute an, die herauskamen. Einige unterdrückten ein Gähnen, andere lachten und plapperten, und manche hatten diesen schlechtgelaunten, angestrengten Gesichtsausdruck von überarbeiteten Anwälten.

Mir war schleierhaft, warum Don Surgelato bei der Verhandlung aufgetaucht war. Wußte er, daß ich jetzt für Shanna arbeitete? War er meinetwegen gekommen? (Er hatte ein ganzes Jahr Zeit gehabt, mich anzurufen, aber er hatte sich nie die Mühe gemacht.)

Jedenfalls hatte er mich nun im Gerichtssaal gesehen. Es wäre unhöflich gewesen, ihm nicht wenigstens guten Tag zu sagen. Und es hätte ausgesehen, als ob ich mir beim Fackeltragen die Finger verbrannt hätte.

Ich versuchte, meine verspannten Schultern zu lockern.

Was war schon dabei? Ich würde ihm einfach die Hand schütteln und irgend etwas Passendes sagen. Das ganze letzte Jahr hatte ich nichts anderes getan, als zu irgendwelchen Männern etwas Passendes zu sagen, und diese Männer waren auch nicht minder erlauchte Persönlichkeiten als der Lieutenant der Mordkommission.

Eigentlich hatte ich mich die letzten zehn Jahre dauernd passend benommen – ich hatte die Stanford University und die Malhousie Law School dazu gebracht, mir brauchbare Zeugnisse auszustellen, und ich hatte zwei Anwaltskanzleien und einen leibhaftigen Richter davon überzeugt, daß sie mich einstellen mußten. Solange ich nicht aus der Rolle fiel und mein Mundwerk im Zaum hielt, kam ich gut über die Runden. Ich hatte vielleicht nicht die richtigen Posen, aber ich hatte einen Schrank voll Kleider.

Im übrigen hatte ich einen Haufen Geld dafür bezahlt, meine Reaktion auf Don Surgelato zu verstehen. Ich hatte etwa zehn Therapiestunden damit zugebracht, über die nichtexistierende Liebesgeschichte zu sprechen. (Für fünfundachtzig Dollar die Stunde – vielleicht hätte ich statt dessen eine aufblasbare Puppe kaufen und den eingesparten Rest sinnlos verprassen sollen.) Ich hatte gelernt, daß meine Gefühle für Don Surgelato eine »Projektion« darstellten (im Therapeutenjargon), weil er das getan hatte, was meine Eltern sich immer zu tun geweigert hatten: Er war über seinen moralischen Schatten gesprungen, um mich zu schützen. Anstatt zu handeln, wie man es von einem Lieutenant der Mordkommission erwartete, hatte er einen Menschen getötet, nur um mich zu schützen, nur um ein Familiengeheimnis von mir zu bewahren.

Leider hatte diese (ziemlich kostspielige) Einsicht ihre Wirkung auf meine Gefühle verfehlt.

Ich stand da wie angewurzelt, als die Tür des Gerichtssaales aufging und Don heraustrat.

Er kam auf mich zu und streckte mir die Hand entgegen, mit genau der Gelassenheit, mit der ich ihm die meine hatte entgegenstrecken wollen.

»Willa«, sagte er wie ein Stoiker, der sich einem altbekannten Problem gegenübersieht; wie ein Mann, der »Schleimbeutelentzündung« oder »anhaltender Regen« sagt.

Wir schüttelten uns die Hände, nicht ganz so lange, wie es die Regeln des Anstands geboten hätten. Kurz bevor seine Linke in der Hosentasche verschwand, sah ich einen farbigen Stein aufblitzen. Ein Siegelring?

Ein oder zwei Takte, nachdem ich eigentlich hätte antworten müssen, sagte er: »Arbeitest du für Richter Shanna?«

Ich erinnerte mich an die Zeit, als ich Don noch nicht attraktiv fand. Bei unserer ersten Begegnung, nach dem Mord an einer Kommilitonin aus dem juristischen Seminar, hatte ich in ihm nur einen knallharten Bullen von unübersehbar italienischer Herkunft gesehen. Klein, untersetzt, kurze Beine, dunkle Augenbrauen, eng liegende Augen, die Nase etwas platt von einem alten Bruch.

»Ja. Seit einer Woche.«

Er nickte. »Du siehst gut aus. Hat dir L. A. gefallen?« Braune Augen, Kinngrübchen, lockiges Haar, volle Lippen. Es kam einfach auf die Perspektive an.

»Meiner Karriere hat es gefallen.«

Warum trug er den Ring an der linken Hand?

Als eine zierliche Blondine – unverkennbar eine Perücke – aus dem Saal kam, drehte Don sich nach ihr um. Sie eilte, mit einem leichten Kopfschütteln, an mir vorbei zum Aufzug und blieb dort stehen, den Rücken an die Wand gelehnt, reglos wie ein Relief.

Ein Satz fiel mir ein, den einmal jemand im Büro von Wailes & Roth gesagt hatte: Raubtiere suchen sich immer solche Tiere als Opfer, die irgendwie auf sich aufmerksam machen. Damit hatte er mich vor einem Richter gewarnt, der als ziemlich harter Brocken bekannt war: »Wenn du brüllst und wild um dich schlägst, dann wird er dich zum Abendessen verspeisen.« Mein Blick schweifte wieder zu der blonden Frau mit ihrer Perücke und dem beigen Kostüm. Sie stand immer noch stocksteif da.

Don sprach leise. »Hast du gehört, daß das mit der Untersuchung glattgegangen ist?«

Ich nickte. Der Gefallen, den Don mir getan hatte – er hatte einen Mörder getötet, der Informationen besessen hatte, die meine Mutter auf den elektrischen Stuhl hätten bringen können –, dieser Gefallen hatte ihm einige Scherereien eingebracht. Es hatte Ermittlungen gegen ihn gegeben wegen der tödlichen Schüsse; alle hatten gegen ihn ermittelt, die Polizei, der Bürgerrat und die Kommission für Staatsbedienstete; es hatte eine Anti-Surgelato-Demonstration gegeben, an deren Organisation unter anderem meine Mutter beteiligt war. Er hatte eine Menge Demütigungen über sich ergehen lassen müssen, er hatte die schrecklichen Turbulenzen in seiner Karriere überstanden. Alles für mich. Wie viele süchtige Laborratten konnten so was schon von sich behaupten?

»Geht's dir gut?« fragte er.

»Ja.«

»Also dann«, sagte er, wieder lauter. Er tat so, als müßte er gleich weiter. Aber er ging nicht. »Möchtest du einen Kaffee trinken oder so?«

»Ja. Ich meine, nein. Jetzt kann ich nicht. Nach Feierabend?«

Er nickte. Dann schüttelte er den Kopf. »Ich hab noch bis abends Verabredungen.«

Verabredungen. Das einzige, was in meinem Leben in letzter Zeit annähernd als eine Verabredung bezeichnet werden konnte, war ein Sanitäter, der wiederholt angedeutet hatte, er beherrsche die Kunst der sanften Fesselung, was immer das hieß.

»Abends ist mir recht.« Ich bemerkte anatomische Konturen, die andere Staatsdienerinnen mit ihrem ungeheuer korrekten Auftreten nicht bemerkt hätten.

Er zögerte immer noch. Mit einer Verabredung würde das Ganze seine lockere Beiläufigkeit verlieren und Bedeutung bekommen. Es wäre nicht mehr die kurze Begegnung zweier Bekannter auf dem Korridor, die mal eben einen Kaffee trinken gehen.

Ein Teil von mir wollte antworten: Na schön, lassen wir's bleiben. Dieser Teil wollte ihm das sagen, was er hören wollte. Das ist schließlich der springende Punkt, wenn man sich benehmen will.

Aber ein anderer Teil von mir wollte ihn gern wiedersehen, ihn – wer weiß – vielleicht zu »sanfter Fesselung« bringen.

»Du könntest ja nach der Arbeit bei mir zu Hause vorbeikommen.« Brüllen und wild um sich schlagen – mir war sofort klar, daß ich das Falsche gesagt hatte. Er lehnte sich zurück, weg von mir. »Oder wie wär's mit dem Restaurant Ecke Haight und Masonic Street? Die machen guten Espresso.«

Er machte ein verwirrtes Gesicht, beinahe schuldbewußt. »So um halb zehn? Ist dir das zu spät?«

»Nein, geht in Ordnung.«

Er nickte. Und trat verlegen von einem Fuß auf den anderen, dann beugte er sich wieder nach vorn. Einen Augenblick lang glaubte ich, er würde mir einen freundschaftlichen Kuß geben.

Aus dem Gerichtssaal kamen immer noch Leute, teils allein, teils in plaudernden Grüppchen.

Don richtete sich wieder auf und streckte mir seine Hand entgegen (die linke hatte er immer noch in der Tasche). Als ich ihm die Hand schüttelte, warf er einen Seitenblick auf die Frau in Beige, die immer noch gegen die Wand gelehnt dastand. Plötzlich wurde sein Griff fester.

Hinter ihm begleitete Harry Prough gerade Tom Rugieri aus dem Gerichtssaal. Sie steckten die Köpfe zusammen, stirnrunzelnd, ohne aufzublicken, Rugieri ganz Ohr für die geflüsterten Ratschläge. Einen Augenblick sah er aus wie Don, breit, dunkelhaarig, die Haut von der sanften Bräune der mediterranen Völker. Aber Rugieri hatte einen gänzlich anderen Gesichtsausdruck, etwas Verkniffenes, Bitteres. Und seine Schultern waren verkrampft und hochgezogen, während er neben Prough herging, der in der einen Hand die Aktentasche trug und mit der anderen gestikulierte.

Als sie sich dem Aufzug näherten, stahl sich die beige gekleidete Frau davon, mit schnellen Schritten den Korridor entlang. Rugieri sah sie von hinten und hielt plötzlich inne. Prough trat durch die sich öffnende Tür in den Aufzug, Rugieri folgte ihm mit einem Moment Verzögerung.

Don ließ meine Hand los.

8. KAPITEL

Ich saß in meinem Büro und starrte auf George McLeods leeren Stuhl. George war außer Haus unterwegs, zu Recherchen über Junk Bonds, wegen irgendeines Falles, in dem es um Wertpapierschwindel ging. Er hatte sich mit der mürrischen Bemerkung verabschiedet, es sei ohnehin für die Katz, weil der Richter seine Schlußfolgerungen (im Sinne der McLeodschen Theorie der Energieverschwendung) sowieso ignorieren würde.

Ich ließ meinen Blick durch den Raum schweifen, über die drei Bücherwände, die großen Fenster, die auf das Civic Center hinausgingen, und die Kopf an Kopf stehenden Schreibtische, die überladen waren mit Zettelchen und Aktennotizen und meterweise Aktenordnern, die zwischen metallenen Buchständern aufgereiht standen. Der Richter hatte eine Unmenge von Fällen zu bearbeiten, aber das hieß einfach nur, daß viel zu tun war – nichts von dem ständigen Streß und Termindruck, unter dem ein untergeordneter Angestellter in einer Kanzlei steht. Es herrschte eine Atmosphäre der Ruhe in diesem Büro, man hatte das Gefühl, genug Zeit für gründliche Untersuchungen und vernünftige Beratungen zu haben. Und nicht diese ständige Nervosität: daß irgendein Chef hereinplatzen könnte, um sich zu beschweren oder einen zu schikanieren, oder daß irgendein panischer Anruf kam und man vor Gericht unvorbereitet etwas aus dem Ärmel schütteln mußte.

Ich saß auf meinem bequemen Sessel, einen geöffneten Aktendeckel vor mir auf dem Tisch, und fühlte mich zurückversetzt in meine Studienzeit. Sechs oder sieben Monate Gnadenfrist gab ich mir. Dann würde ich mich entscheiden, was ich wirklich machen wollte, und einen

Schwung Bewerbungen losschicken. Vielleicht würde mich sogar bis dahin bei dem Gedanken, mein Lebtag als Anwältin zu arbeiten, nicht mehr das kalte Grausen packen.

Das Klingeln des Telefons riß mich aus meinen Gedanken. Ich nahm ab und war einigermaßen verdutzt, die Stimme von Edward Hershey am anderen Ende zu hören.

»W. J., hör zu, ich brauche unbedingt deine Hilfe. Du weißt schon, dieser Gefallen, von dem ich gesprochen habe. Könntest du nicht so lieb sein, nur dies eine Mal? Es ist wirklich wichtig.« Die reinsten Flötentöne; typisch Hershey.

»Nur, wenn du mir auch einen Gefallen tust.«

»Mein Gott, alles, was du willst.« Seine Stimme klang tatsächlich aufrichtig erleichtert.

»Aber du mußt es auf der Stelle tun. Ich bin nicht sicher, ob – na ja, wahrscheinlich handelt es sich um öffentlich zugängliche Daten. Du hast nur noch ein paar Stunden, bis die Stadtverwaltungen schließen, aber es muß unbedingt noch heute nachmittag sein.«

»Einverstanden, wirklich. Ich tu alles. Du mußt mir nur sagen, was.«

»Ich muß wissen, ob jemand verheiratet ist.«

Ein Zögern. Dann: »Darf ich fragen, warum?«

»Nein.«

»Na schön. Egal. Aber mußt du das unbedingt noch heute wissen? Wenn die Ehe nicht in Santa Cruz geschlossen wurde, dann könnte das . . .«

»In San Francisco. Es muß heute sein. Vor halb zehn heute abend.«

»San Fran – na gut. Ich werde einen Freund anrufen, der das für mich machen kann. Hast du einen Namen für mich?«

Vielleicht sollte ich es lieber bleibenlassen. Vielleicht war das nicht der richtige Weg, um es herauszufinden. Oder besser gesagt, vielleicht war das nicht der richtige Mann, um es für mich herauszufinden. Edward war ja nicht dumm. Er roch natürlich genau, worum es sich handelte.

»Sag mir zuerst deinen Gefallen.«

»Hör zu, Willa, es kostet dich höchstens ein, zwei Stunden, Ehrenwort. Du sollst nur für mich mit jemandem sprechen.«

»Worüber sprechen?«

»Nichts Großartiges, ehrlich. Also, gibst du mir jetzt seinen Namen? Wie heißt der verheiratete Kerl?«

Ich hatte Bedenken wegen Edwards Bitte. Wegen der meinen ebenfalls. Aber ich hatte bei weitem nicht so starke Bedenken, wie ich sie hätte haben sollen.

»Willa? Hast du nun einen Namen für mich, Baby?«

»Nenn mich nicht Baby.«

»Wenn du dir Gedanken machst wegen meiner Bitte, wirklich, es ist keine große Sache. Nichts, das du nicht –«

»Also gut.« Ich wollte mir um seinen Gefallen später Gedanken machen, wenn ich Zeit dazu hatte. »Sein Name ist Don Surgelato.«

»Wie der Lieutenant der Mordkommission, Polizeidirektion San Francisco?«

»Ja.« Ich hörte ihn atmen. »Kannst du das bis heute abend rauskriegen?«

»Klar, Willa. Mach ich.«

»Wir reden dann später über deine Sache, o. k.?«

»Du warst ziemlich eng mit Surgelato befreundet, hm? Damals, als er Warnekes Mörder niedergestreckt hat.«

»Nein.«

»Ich hab den ganzen Wirbel um die Schießerei verfolgt. Deine Mom hat doch ein paar von den Demonstrationen gegen ihn organisiert, oder?«

In ihrer Freizeit, wenn sie nicht gerade damit beschäftigt war, die Welt auf den vegetarischen Neosozialismus vorzubereiten.

»Und ich soll nur rauskriegen, ob er verheiratet ist? Oder sonst noch irgendwas?«

»Oder ob seine Scheidung – ich bin nicht sicher, ob sie sich offiziell geschieden oder nur getrennt haben oder so.« Ich hatte seine Frau (womöglich seine frühere Frau?) einmal getroffen. Eine vollbusige Brünette mit einem intelligenten Gesicht, aber einem harten Lachen und traurigen Augen. Vielleicht kam das von der Liebe zu einem Mann, der nicht wußte, was er wollte. Vielleicht hatte ich auch ein hartes Lachen und traurige Augen.

»Was sich eben darüber rauskriegen läßt.«

»Genau.«

»Willa?«

»Ja?«

»Wann könntest du hierherkommen und diese Sache für mich erledigen?«

»Ich weiß nicht.«

»Samstag? Oder vielleicht schon früher?«

»Samstag.«

»O. k., dann ruf ich dich vor fünf an, mit den Informationen über Surgelato.«

»Edward, wenn du irgend jemandem auch nur ein Sterbenswörtchen davon –«

»Diskretion ist mein zweiter Vorname«, versicherte er.

Ich hätte ihm gern einen treffenderen verpaßt, aber ich wollte an meinem Arbeitsplatz nicht mit Schimpfwörtern um mich werfen.

9. KAPITEL

Eine Stunde später stand ich in Richter Shannas Zimmer und sagte: »Scheiße.«

Der Richter hüstelte leise und lehnte sich in seinem Ledersessel zurück. »Selbstverständlich schenke ich solchen Dingen keine Beachtung.« In seinem Tonfall lag ganz und gar nichts von Selbstverständlichkeit. Eigentlich klang es mehr nach einer Frage als nach einer Feststellung.

Ich hielt ein Blatt Papier in der Hand. Das Wasserzeichen konnte ich zwar nicht erkennen, aber ich wußte, es kam aus dem demokratischen Lager. Ich kannte das Schriftbild, eine gewöhnliche Standardschrift, ich wußte, sie hieß Imperial, die »stolze Erfindung« eines Herstellers von elektronischen Schreibmaschinen.

Ich kannte sie, denn ich hatte das gleiche Schriftbild auf dem gleichen Papier schon einmal gesehen. Vor zwei Jahren, in einem Stapel anonymer Briefe, die an mich privat adressiert waren: die Briefe, deren Absender Edward Hershey für mich ausfindig gemacht hatte.

Ich sah Richter Shanna an. Würde er mir glauben, wenn ich ihm sagte, wer der Absender dieser Briefe gewesen war?

Dann sah ich auf das Papier ohne Unterschrift in meiner Hand und las noch einmal:

> Mir ist zu Ohren gekommen, daß Sie als Schriftführerin eine junge Frau ausgewählt haben, die im Februar letzten Jahres unter Mordverdacht verhaftet wurde und die außerdem 1971 volle sechzig Tage Haftstrafe verbüßte (keine Bewährung wegen guter Führung).
>
> Lassen Sie mich Ihre Aufmerksamkeit auf Ihren eigenen Artikel im »Malhousie Law Review«, Heft Frühjahr

1985, lenken: »Man sagt mir nach, ich sei zu penibel, was die Einhaltung der guten Sitten im Gerichtssaal betrifft. Ja, man hat sogar angedeutet, ich sei im Formalen nur deshalb ›überpenibel‹, weil ich damit meine ›radikale‹ Rechtsphilosophie verbergen wollte ... Ich kann nur mit dem richterlichen Zorn antworten auf die Meinung, ›Form‹ sei lediglich ein Handlanger des gerichtlichen Verfahrens. In Wahrheit ist strenge Form, ebenso wie das *Verhindern jeder aufkommenden Unkorrektheit* die Essenz unseres Rechtssystems.« (Hervorhebungen d. Verf.)
Ich wundere mich daher sehr über Ihre Entscheidung, eine Frau einzustellen, die bereits einmal inhaftiert und weitere zwei Male festgenommen wurde, die also einen erheblichen Mangel an Respekt gezeigt hat vor den Werten, die Sie geschworen haben zu verteidigen. Aus Gründen des moralischen Anstands wie auch des gerichtlichen Dekorums sollten Sie Ihre Entscheidung für Willa Jansson nochmals überdenken. Ihre Anstellung ist ein Schandfleck für unser Rechtssystem.

In der Stadt, die wir Dan White zu verdanken hatten, war ich ein Schandfleck für das verdammte Rechtssystem.

»Ich bin natürlich außer mir, daß so etwas anonym geschieht«, sagte der Richter trübsinnig.

War es nun das »so etwas« oder die Anonymität, die ihn aufbrachte, fragte ich mich. »Sie wußten doch von den zwei Verhaftungen, Richter?«

»Nein, eigentlich nicht.«

Sie waren mit meinen Personaldaten gespeichert und für jeden zugänglich, der sich dafür interessierte. Aber er konnte doch nicht von mir erwarten, daß ich sie in meiner Bewerbung aufführte.

»Ich wurde bei einer Anti-Kriegs-Demonstration festgenommen, 1971, vor dem Presidio.« Ich zuckte die Achseln. »Richter Rondi hat mich zu zwei Monaten verurteilt. Außer mir wurden noch dreiundsiebzig weitere Leute verhaftet, aber ich war die einzige, die vor Richter Rondi kam. Und ich war die einzige, die ins Gefängnis mußte.« Ich versuchte, nicht verbittert zu klingen über seinen Richterkollegen. Aber ich hatte zwei Monate in stickigen Räumen verbracht, hatte mich anschreien und herumstoßen lassen; man hatte mich einer Leibesvisitation unterzogen und mich aus unerfindlichen Gründen gezwungen, blaue Vorhänge zu nähen, endlose blaue Vorhänge, in einem Raum voll jammernder Frauen. »Was die letzte Festnahme betrifft, so handelte es sich um ein Versehen. Die Anklage wurde fallengelassen, und ich wurde binnen vierundzwanzig Stunden wieder freigelassen.« Nachdem Don Surgelato Julian Warnekes Mörder erschossen hatte.

Der Richter wedelte mit seiner sommersprossigen Hand, als wollte er andeuten, daß ich mir die Details sparen könne. Dennoch wartete er, bis ich meine Geschichte beendet hatte. »Ich bin, wie gesagt, mehr beunruhigt über die Existenz dieses Briefes. Und seine Absicht.«

Er musterte mich mit Habichtsaugen.

Ich erwiderte seinen Blick. Ich konnte es ihm nicht sagen. Er würde mir nie glauben, nicht nach der kurzen Zeit, die er mich erst kannte. Er würde nie glauben, daß der Brief aus der Schreibmaschine des Ehrenwerten Richters Manolo M. Rondi stammte. Er würde nie glauben, daß er der Schreibmaschine irgendeines Ehrenwerten Richters entstammte. Er hatte viel zuviel darein investiert, an die Integrität eines Bundesrichter zu glauben.

Ich sagte: »Ich war in die Untersuchungen über einen – über einige Mordfälle verwickelt.« Kein Grund, gleich eine Liste mitzuliefern. »Damals hab ich leider eine Menge anonymer Drohbriefe erhalten. Ich, ähm« – wie sollte ich die richtigen Worte finden? – »Mir wurde klar, daß ich keine Kontrolle über die Absichten von Fremden habe, von Leuten, die Sensationen mehr interessieren als die Wahrheit.«

»Ganz recht. Ich mache Ihnen keine Vorwürfe.« Er blickte finster drein, den Kopf zu mir gewandt, so daß er mich von der Seite ansah. »Ich dachte nur, Sie sollten es wissen.«

Er streckte die Hand aus, um den Brief wiederzubekommen.

Ich konnte ihn nicht hochhalten und nach dem Wasserzeichen der Demokraten suchen. Ich konnte ihm nicht von der Sache mit der Imperial-Schrift erzählen und von dem Garantieschein, den Rondi der Schreibmaschinen-Firma zurückgeschickt hatte.

Ich schaute zu, wie der Richter den Brief demonstrativ zerknüllte und in den Papierkorb mit dem aufgeprägten amerikanischen Staatswappen warf.

Ich schwafelte noch ein wenig länger. Dieser verfluchte Rondi! Aber ich hatte die Drohbriefe schon einmal gegen ihn verwendet. Ich hatte zu ihm gesagt, ich würde sie veröffentlichen. Und sein Urteil gegen meinen Mandanten, einen vorlauten Radikalen, der einem Einberufungsbescheid nicht gefolgt war, war ungewöhnlich milde ausgefallen (und das war gewiß kein Zufall).

Aber wenn man es genau nahm, dann hatte ich einen Bundesrichter erpreßt – so etwas würde Richter Shanna bestimmt nicht gutheißen. Und daher sollte ich besser meinen Mund halten.

Das war's dann wohl, von wegen spannungsfreiem Arbeitsplatz.

Ich stürzte aus dem Zimmer, vorbei an Margaret, der Empfangssekretärin, in das Büro, das ich mit George teilte, und schlug die Tür hinter mir zu.

George war zurück. »Ist der Richter ansprechbar?«

»Mit Einschränkungen.«

George erhob sich und kreiste die Schultern, als hätte er einen steifen Nacken. »Da war ein Anruf für dich. Ich hab's notiert.« Er zeigte auf einen pinkfarbenen Zettel auf meinem Schreibtisch.

Ich warf einen Blick darauf. Der Anruf war von Edward Hershey.

10. KAPITEL

Es war also keine Überraschung, als Don Surgelato das Umrühren seines *Caffè latte* unterbrach und sagte: »Ich weiß nicht, ob ich dir je erzählt habe, daß ich mich wieder verheiratet habe. Mit Tina. Hast du sie nicht mal kennengelernt? In meiner Wohnung?«

»Ja.« Die Wand hinter ihm war mit Porzellantellern geschmückt, Dutzende davon. Ich tat so, als würden sie mich plötzlich in ihren Bann ziehen.

Ja, ich kannte Tina. Sie hatte sich beklagt, daß »Donnie« es nicht ertragen könne, wenn sie sich auf einer Party amüsierte, daß er von ihr erwarte, sie solle zu Hause am Herd stehen wie eine gute italienische Mamma. Daß er sie verlassen habe, um sie zu bestrafen. Sie habe einen Stoß Bücher dabeigehabt. Die habe Don ihr zum Auto hinuntergetragen. Genau wie früher in der High-School, hatte sie gesagt.

Wie konnte ich mit einer Bindung konkurrieren, die bis in die High-School zurückreichte? Die längste Beziehung, die ich hatte aufrechterhalten können, hatte zehn Monate gedauert, und davon war das letzte Drittel ein offener Kampf um Reagans Wirtschaftspolitik gewesen.

Für meine Begriffe hatten jahrzehntelange Beziehungen etwas Exzessives, fast Neurotisches. Ob ich ihn davon überzeugen konnte?

»Vor sechs Monaten.« Er legte den Kaffeelöffel auf das weiße Tischtuch. Sein Ring glänzte silbern, mit einem glatten blauen Stein. »Wir haben vor sechs Monaten geheiratet.«

»Wie lange warst du denn vorher verheiratet? Beim ersten Mal?«

»Neunzehn Jahre.« Das sagte er ohne Stolz, ohne Gefühl. Er klang allenfalls verlegen. »Verdammt lange Zeit. Neunzehn Jahre. Das kann man nicht einfach so abhaken. Die Scherben wieder einsammeln und neu zusammensetzen, so daß das Leben wieder einen Sinn ergibt, das geht nicht. Alles scheint aus den Fugen, und diese Frau, die man einmal geliebt hat, sie wird . . .« Er seufzte. »Man bekommt Schuldgefühle. Man ist einsam. Man hat das Gefühl, es ist Schicksal, verstehst du; daß man zusammengehört.«

Schon wieder das Schicksal. Wahrscheinlich war es auch Schicksal, mein Schicksal, daß ich mich wie ein frisches Unfallopfer fühlte.

»Wie lange wart ihr schon getrennt?«

»Zwei Jahre.«

Ich nippte an meinem Kaffee, verbrannte mir die Zunge. Wir waren umgeben von finster dreinblickenden Jugendlichen mit Baskenmützen, ein paar weißhäutigen Punks in schwarzer Lederkluft und einigen Schwulen mittleren Alters in adretten Jacketts. Die Bedienung trug auffallendes Make-up. Und alle außer uns aßen irgendeine Süßspeise.

Als ich ihn kennenlernte, war er noch verheiratet gewesen; wahrscheinlich hatte die Ehe damals schon zu bröckeln begonnen. Es erklärte jedenfalls den versuchten Flirt seinerseits; er brauchte das Gefühl, auf eine fremde Frau attraktiv zu wirken.

Als wir uns wiedertrafen, war er bereits Single. Mit dem Flirten hatte er aufgehört. Aber er hatte mich liebgewonnen. Das mußte er wohl, um das zu tun, was er dann für mich tat.

Damals mußten sie angefangen haben, die Schuldgefühle und die Einsamkeit, von denen er eben gesprochen hatte. Er hatte mich gemocht, gut; er hatte mich geküßt, auch gut. Aber die Auserwählte war sie. Tina.

Ich verspürte den plötzlichen Drang, in eine Cowboy-

Bar zu gehen, bis zum Anschlag zu trinken und eine Prügelei anzuzetteln. Nie zieh ich mal das Große Los, verdammt. Nie bin ich die Nummer eins.

»Und du, Willa?«

»Zuviel Arbeit, das ganze letzte Jahr. Keine Verabredungen, nur Termine.«

»Ich weiß, was du meinst.« Ein mitleidiger Blick. (Kleine, tiefliegende Augen – aber wie ausdrucksvoll sie sein konnten.) »Ich hab oft an dich gedacht.«

»Ach, wirklich?«

»Aber ja. Bestimmt.« Er schüttelte den Kopf, als wollte er eine Untertreibung bekräftigen. Oder vielleicht wünschte ich mir das nur.

»Ich war mir nicht sicher, ob du das tust.«

Er ließ das Kinn herunterfallen und zog die Brauen zusammen, als hätte ich ihn gekränkt. »Ich liebe meine Frau«, sagte er. »Aber ich denke an dich.«

»Du willst – ich meine, du hast Treue ge –«

»Ich bin meiner Frau treu.« Er starrte auf seinen Kaffee. »Es ist einfach, eine Ehe kaputtzumachen. Ich hab's getan. Und dafür bezahlt. Ich werde es nicht noch einmal tun. Tina könnte das nicht ertragen.«

Also log ich. »Ich respektiere das.«

So benahm sich die Angestellte eines Bundesrichters. Und ich war ihm einiges schuldig, das wußte ich.

»Geht's dir gut?«

»Mach dir keine Sorgen um mich.« Das Motto der Unbedeutenden.

»Ich rufe dich an. Wir sollten so was öfter machen.«

»Klar.« Es war richtig nett.

11. KAPITEL

Als ich am nächsten Morgen ins Büro kam, erwartete Edward mich bereits auf dem Korridor. Er lehnte neben der Sprechanlage an der Wand, mit verschlafenen Augen, aber ordentlich gekleidet, in grauen Freizeithosen und marineblauem Sportsakko. Als er mich kommen sah, richtete er sich auf.

»Hallo, Willa.«

Ich hielt eine Tasse Kaffee in der Hand, aus der Cafeteria im sechzehnten Stock. Ich fühlte mich grauenhaft. Den größten Teil des Abends hatte ich Weißwein getrunken. Ich wußte nicht, welches Erwachen schlimmer war, die Schlappheit nach einem Haschisch-Rausch oder die Kopfschmerzen und die Übelkeit eines Katers.

Aber es gibt Zeiten, da muß man sich betäuben, egal, welche Verpflichtungen einen am nächsten Tag erwarten. Ich hätte mir auch einen Schlag mit dem Hammer auf den Kopf verpaßt, wenn ich sonst nichts dagehabt hätte. Und ich kann mir nicht vorstellen, daß mein Kopf sich dann wesentlich schlechter angefühlt hätte.

»Es muß wirklich ein wichtiger Gefallen sein«, stellte ich fest. Eine zweistündige Autofahrt von Santa Cruz herauf, und es war noch nicht mal acht Uhr.

»Ja. Können wir uns drinnen unterhalten?«

Ich drückte die Klingel, dabei stieg mir ein leichter Zitrusgeruch in die Nase. Ich versuchte mich zu erinnern, ob Edward damals ein Rasierwasser benutzt hatte. Statt dessen fiel mir mit beunruhigender Deutlichkeit seine muskulöse Brust ein. Hormone, mein Gott – ich war zu alt für so was.

Aus der Sprechanlage tönte eine Stimme. Die Sekretärin des Richters.

»Guten Morgen, Margaret. Ich bin's, Willa.«

Beim Ertönen des Summers drückte ich die schwere Tür auf, vorsichtig den Kaffee jonglierend, während Edward an mir vorbei hineinschlüpfte.

Wir wandten uns nach rechts, die Flucht von Räumen auf der linken Seite ignorierten wir: ein Arbeitszimmer für die externen Studenten des Richters (als er noch welche hatte), ein Kopierraum, getrennte Eingänge zum Gerichtssaal, das Ankleidezimmer und das Amtszimmer des Richters. In jeder Richtung führten Korridore zu den Büros der anderen Richter auf dieser Etage. Edward schien sich, wenn auch ohne offene Neugierde, unbedingt alles genau merken zu wollen, was er sah. Vermutlich eine berufsmäßige Angewohnheit.

Ich führte ihn vorbei am Empfang, stellte ihn Margaret mit Namen, aber ohne Berufsbezeichnung, vor. »Ist der Richter schon da?«

»Nein. George auch nicht.«

»Wenn der Richter nach mir fragt, bitte sagen Sie mir Bescheid.« Wenn der *Hausmeister* nach mir fragt, bitte auch!

Als wir vor meinem und Georges Büro standen, gab ich Edward ein Zeichen, einzutreten, und schloß die Tür hinter uns. Was für ein ehrwürdiger Raum, mit seinem Geruch nach Gesetzesbüchern und seinem tristen Ausblick auf die Regierungsgebäude, von denen einige immer noch das Sperrholz aufwiesen, mit dem sie nach dem Erdbeben repariert worden waren.

Ich setzte mich hinter den Schreibtisch, Edward zog sich Georges Stuhl heran und nahm neben mir Platz. Einen Moment lang sprach er nicht, sondern grinste mich nur an. Mit einem Grinsen, als hätten wir ein gemeinsames Geheimnis.

Ich vergesse manchmal, daß wir zusammengelebt haben. Die eigentlich schönen Erinnerungen waren für mich zerstört worden durch das, was hinterher geschehen war. Aber für diesen einen Augenblick, da ich Edward mit einem liebevollen Lächeln und dem diffusen Licht eines Großstadtmorgens auf dem Gesicht sah, nur für diesen einen ziemlich erregenden Augenblick ließ ich die Erinnerung in mir zu, wie es war, in ihn verliebt zu sein.

»Sprich dich aus. Wink des Schicksals, wichtiger Gefallen und so weiter.« Festhalten wollte ich diesen Augenblick nicht.

»Schicksal, richtig.« Das Grinsen verschwand. Edward hatte ein eckiges, zerfurchtes Gesicht – kleine Augen, buschige Augenbrauen, eine zerschundene Nase, dünne Lippen. Nichts Besonderes, wenn dieser Kopf nicht auf einem großen, langbeinigen, breitschultrigen Mann mit vielen sexy Locken und einem Augenzwinkern wie aus der Werbung säße. »Ja, also, der Gefallen. Ich schätze, du verrätst mir nicht, was es mit deiner Bitte auf sich hatte? Mit Surgelato.«

Das Komische war, ich hätte es ihm gern erzählt. Mein Therapeut fehlte mir; ich vermißte es, über Dinge zu sprechen, die mir wichtig waren. Aber Therapeuten bezahlt man dafür, daß sie zuhören und nicht urteilen. Edward konnte seine ehrliche Meinung anbieten, aber eine schmerzliche Wahrheit wollte ich nicht hören. Jedenfalls nicht um acht Uhr morgens.

»Pure Neugier«, log ich und schnippte den Plastikdeckel von der Styroportasse. Ich wollte nicht wissen, wie viele Gehirnzellen ich in der vergangenen Nacht eingebüßt hatte – so viele eine Flasche Sauvignon Blanc eben schafft. Vielleicht würde der Kaffee ein paar von ihnen wiederbeleben.

»Kann ich einen Schluck davon haben?« Edward sah etwa so müde aus, wie ich mich fühlte.

»Wenn's sein muß.«

Ich schaute zu, wie er die heiße Flüssigkeit nippte, und

ärgerte mich einen Moment lang, daß ich seine Lippen nicht erst auf eventuelle Bläschen kontrolliert hatte. (Mein Therapeut sagt, ich hätte Probleme mit dem Vertrauen.)

Er gab mir die Tasse zurück und sagte: »Nun, die Sache ist die.«

Ich trank meinen Kaffee und hoffte, ich würde nichts tun müssen, das mir unangenehm wäre. Als ob ich es geahnt hätte – wie man so sagt.

Er seufzte, kräuselte die Brauen und rieb sich mit den Fingerknöcheln übers Kinn. »Diese Freundin von mir, sie hat einen reichen Anwalt zum Mann und ein großes Haus – ihr Name ist Rita, von Margarita, Delacort. Ihr Mann ist Phil Delacort.« Er hielt inne, als hätte er damit gerechnet, daß ich den Namen kannte. »Hohes Tier in Santa Cruz. Alter Geldadel, du weißt schon, teure Anzüge, Haare wie ein Dressman aus dem Macy's-Katalog.« Er fügte hinzu – überflüssigerweise: »Ich mag ihn nicht besonders.« Er starrte auf den Schreibtisch und trommelte gedankenverloren auf der Tischplatte. »Furchtbar kopflastiger Typ. Kein Gefühl für andere, könnte man sagen. Irgendwie besessen.«

»Also ein guter Anwalt.«

»Ja. Ein großartiger Anwalt. Hör zu, ich will dir die Wahrheit erzählen.« Er zeigte mir die offenen Handflächen, als wollte er mich damit von seiner Glaubwürdigkeit überzeugen. »Rita und ich waren mal ziemlich eng befreundet. Ist schon lange her. Dann hab ich für Delacort einen Auftrag erledigt und bin ihr zufällig wieder begegnet. War wirklich sehr überrascht, sie wiederzusehen.« Sein Tonfall und Gesichtsausdruck wurden unverbindlich, unbewegt. »Vor allem darüber, was aus ihr geworden war – ihrem Leben, in diesem Haus, mit diesem repräsentablen Ehemann, ein Alltag, der ausgelastet ist mit den Gymnastikstunden ihrer Kinder. Ich meine, ich hatte sie vor sehr langer Zeit gekannt.«

»Jetzt ist sie also eine Yuppie-Mama?« Ich zuckte die Achseln. »Was hast du erwartet? Wir verändern uns alle.«

»Ja.« Er sah zum Fenster hinaus. »Sie ist jetzt sieben oder acht Jahre verheiratet, hat zwei kleine Kinder, äußerlich gesehen ist alles in Ordnung. Solange Delacort da ist. Er ist der Typ von Mann, der wirklich charmant und aufmerksam sein kann, nur daß er seine Aufmerksamkeit eben die meiste Zeit auf seinen Job verschwendet. Dadurch wurde sie natürlich auf die Dauer . . .«

»Einsam.«

»Es gab ihr das Gefühl, unwichtig zu sein.«

»O. k. Ich verstehe.«

»Weißt du, Willa« – er sah immer noch zum Fenster hinaus –, »ich mochte sie wirklich gern. Aber die Affäre, die wir hatten, warf sie völlig aus dem Gleichgewicht, brachte ihr Leben durcheinander und hat sie . . . arg mitgenommen. Und das zog mich runter – ich war eigentlich noch ein Kind. Ich wollte nur ausbrechen, suchte nach etwas oder jemand weniger Kräfteverzehrendem. Jemand Amüsanterem.« Er lächelte mich traurig, beinahe liebevoll an.

»Ich will nicht deine ganze Lebensgeschichte hören, Edward. Könntest du vielleicht etwas vorwärtsspulen, bitte?«

»Eines Tages hatte sie einfach genug von Delacort. Nahm ihre Kinder und zog aus. Und will nicht wieder zurück.« Unsere Blicke trafen sich. »Ich hab ihr angeboten, daß sie fürs erste bei mir wohnen kann. Aber das ist nicht der richtige Ort für sie.«

Wie großzügig, du Bastard! »Die Arbeit ruft.«

»Sie dreht durch – wegen des Geldes und weil sie nicht weiß, wie Phil reagieren wird. Sie ist schon so weit, daß sie an nichts anderes mehr denken kann.« Er fuhr sich mit den Fingern durchs lockige Haar.

Ich wartete darauf, daß er zum Punkt kam. Als er das nicht tat, zerquetschte ich die Styroportasse in der Faust und warf sie in den Papierkorb, eine Handvoll Schnee. Zehn Minuten hatte ich Edward jetzt zugehört und wußte immer noch nicht, was er von mir wollte.

Er schaute zum Fenster hinaus. »Sie braucht jemanden, der für sie mit Phil redet und herausfindet, was er vorhat.«

»Kann sie ihn nicht anrufen?«

Ein gequältes Grinsen. »Das will sie nicht.«

»Und sie hat keine Freunde, die sie darum bitten könnte?«

»Eigentlich nicht.« Ein schneller Seitenblick. »Ich kann nicht, weil Delacort ein bißchen ... mißtrauisch mir gegenüber ist.«

»Weil seine Frau ihn verlassen hat, um mit dir zusammenzuziehen? Wie kleinlich von ihm.«

»Und sie will noch keinen knallharten Profi-Anwalt ins Spiel bringen.«

»Oh, vielen Dank.«

»Nein, nein, so hab ich das nicht gemeint. Du weißt schon, keinen Scheidungsanwalt, niemanden, von dem Phil sich unter Druck gesetzt fühlen würde. Keine schweren Geschütze, für den Moment jedenfalls nicht. Sie möchte nur, daß jemand mit ihm redet. Ein Vermittler, der Phils Sprache spricht. Ein Anwalt, damit Phil nicht über alle ihre Rechte hinweggeht – die Kinder verlangt, und so Zeug – aber –«

»Ein Anwalt, der keinen ›Druck ausübt‹?«

»Richtig.« Er war erfreut, daß ich ihm folgen konnte. »Und es darf niemand aus der Gegend sein. Niemand aus Santa Cruz.«

»Weil Phil dort ein hohes Tier ist. Ich hab's kapiert.«

Sein Gesicht lief rosa an; die Sache war ihm offensichtlich sehr unangenehm. »Also, o. k.? Sprichst du mit Rita? Damit sie dir sagt, was du Phil sagen sollst?«

Ich stand auf. »Edward, das ist einfach unglaublich. Du

kommst zu mir, weil du ausgerechnet keinen knallharten, einschüchternden Anwalt suchst. Und du hast mir immer noch nicht verraten, was ich in dieser Rolle als zahmes, vermittelndes, drittklassiges Sprachrohr tun soll.«

Er war ebenfalls aufgestanden und hatte sich dabei das Knie am Schreibtisch angestoßen. »So würde ich es aber nicht ausdrücken.«

»Es ist irgendwie beleidigend –«

George McLeod ergriff diese Gelegenheit, um die Tür aufzuwerfen. Er sah wütend aus. »Tut mir leid, daß ich störe, aber ich warte bereits seit fünfzehn Minuten.«

Ich sah ihn entgeistert an und schüttelte den Kopf. Warten? Warum hatte er gewartet? Warum war er denn nicht einfach hereingekommen?

Edward musterte ihn von oben bis unten und sagte dann zu mir: »Macht ja nichts. Du hast mir ja schon zugesagt, daß du es tust.«

»Zwei Stunden«, stellte ich klar. »Was du für mich getan hast, kann kaum länger gedauert haben. Alles klar? Ich investiere zwei Stunden in den Spaß.«

Edward machte ein finsteres Gesicht. Hinter ihm drückte George sich am Bücherregal vorbei an seinen Schreibtisch und schnappte sich im Vorbeigehen seinen Stuhl, den Edward sich ausgeliehen hatte.

»O. k.«, sagte Edward schließlich. »Eine Stunde mit ihr und eine Stunde mit ihm. Eine Minute mehr, und ich stehe in deiner Schuld.«

»Du stehst schon jetzt in meiner Schuld.«

George war eine gewisse Erheiterung anzumerken, er hatte die Arme vor der Brust verschränkt und die Brauen hochgezogen.

Edward drehte sich herum, so daß George nur noch seinen Rücken sehen konnte. »Weißt du was? Die Sache, wegen der du mir damals so böse warst? Du hast immer vergessen, daß es genauso auch mein Problem ist. Ich möchte sogar wetten, daß es für mich schlimmer ist als für dich.«

Oh, großartig. Wir vergleichen unsere Bläschen hier vor meinem Kollegen.

»Zwei Stunden«, wiederholte ich. »Ruf mich zu Hause an, dann vereinbaren wir einen Termin.«

Er stand eine Minute lang einfach nur da. »Du hast doch versprochen, daß du es am Samstag machst.«

»Dann sehen wir uns also am Samstag. Für maximal zwei Stunden.«

»O. k. Ich ruf dich an.«

Das Komische war, als er weg war, tat es mir leid. Nun behandelte ich also auch schon meine Freunde schlecht.

12. KAPITEL

In San Francisco sieht man fast nirgends mehr Spuren des Erdbebens. Von der Golden Gate Bridge aus kann man noch ein paar lädierte Häuserzeilen um den Yachthafen herum ausmachen. (Darunter auch ein Haus, das Julian Warneke meiner Mutter hinterlassen hatte.) Südlich der Market Street trifft man hier und da auf eine Baulücke mit Mauerresten. Es sieht aus, als ob ein einzelnes Reihenhaus in den Weltraum gebeamt worden wäre. Einige Gebäude des Civic Center sind immer noch mit Sperrholz geflickt. Nur am Verkehr merkt man es noch deutlich; seit der Embarcado Freeway damals gesperrt wurde, ist es wie im zehnten Kreis der Hölle.

In Santa Cruz dagegen sieht es wirklich übel aus. Ich bekam einen Schreck, als ich eine Straße im Zentrum wiedersah, die ich als liebliche kleine Allee in Erinnerung hatte, und mußte an Bilder von Dresden denken: leere, geplünderte Keller, wo vorher Häuser gestanden hatten, überall Planierraupen und Schutzzäune, die den Zugang für Fußgänger versperrten; von den wenigen heilgebliebenen Häusern war größtenteils der Putz abgefallen. Eine Straße weiter standen auf einem Parkplatz graugrüne Container, in denen offenbar Firmen notdürftig untergebracht waren. Darauf wiesen jedenfalls die zahlreichen Schilder hin, obwohl ich niemanden dort ein oder aus gehen sah.

Die übrige Stadt sah aber noch fast genauso aus, wie ich sie von meinen jugendlichen Streifzügen her in Erinnerung hatte. Kinder balancierten ihre Surfbretter auf Fahrrädern, auf ausgetretenen Verandas saßen Althippies, die Musik machten, und auf den ausgetrockneten Grünflächen lagen Studenten mit pinkfarbenen Haaren im Schatten. Wenn man durch die Straßen fuhr, hatte man den Eindruck, daß die meisten Leute dachten, sie seien in den Ferien. Niemand kam anscheinend hier auf die Idee, Unkraut zu jäten oder etwas am Haus zu reparieren, solange die Sonne schien und der Wellengang hoch war.

Auch Edward Hersheys Haus hatte dieses Flair einer vergammelten Studentenbude. Es stand in einem Viertel mit lauter kleinen Hexenhäuschen im Queen-Anne-Stil. Aus einer Konditorei am Ende der Straße duftete es nach Frühstückskaffee und frischem Brot. Ich bekam Lust, mich einfach treiben zu lassen, am Strand einen Joint zu rauchen und meine guten Vorsätze über Bord zu werfen.

Hätte ich das bloß getan. Hätte ich dieses nette, aufgeräumte Wohnzimmer nur nie betreten, dann wäre mir der ganze riesige Schlamassel erspart geblieben.

Eine kleine, dunkelhaarige Frau – vermutlich Rita Delacort – lag über einen Schäferhund gebeugt, als beweinte sie ihren sterbenden Liebhaber. Unter den Tränen glänzten die Sommersprossen auf ihrem verzerrten Gesicht. Während Edward sich mühte, sie von dem Hund hochzuziehen, jammerte sie: »Er hat nicht um Essen gebettelt, er ist nicht dauernd hinter mir hergelaufen und an mir hochgesprungen – das macht er sonst immer. Warum hab ich nichts gemerkt? Warum ist mir bloß nichts aufgefallen?«

»Rita, laß ihn, bitte komm«, drängte Edward. »Wir bringen ihn zum Tierarzt. Es ist bestimmt nichts Schlimmes.«

Als ich den Hund aus der Nähe sah, seine verdrehten Augen und den Schaum vor dem Maul, schien Edwards Beschwichtigung mir doch etwas optimistisch.

Rita Delacort zerrte weiter am Hals des Hundes. »Friend! Komm schon, steh auf. Steh auf, mein Junge. O Gott, Friend, was haben sie mit dir gemacht? Immer hast du auf mich aufgepaßt. Und jetzt, wo ich einmal auf dich hätte aufpassen müssen . . .« Sie wandte sich an Edward:

»Er muß irgend etwas Falsches gefressen haben. Er frißt doch alles, es ist zu dumm, aber er frißt wirklich –«

Sie wippte zurück auf die Fersen und jammerte weiter, eine Hand über den Augen, die andere auf der Brust des Hundes.

Ich war einfach eingetreten, ohne anzuklopfen, die Tür hatte offengestanden. Edward war etwas erstaunt, mich plötzlich zu sehen. Dann warf er mir, ohne ein Wort zu sagen, einen Schlüsselbund zu und sagte, während er sich über den Hund beugte: »Sperrst du bitte hinten auf.«

Ich fing das klingelnde Bündel auf und folgerte, daß es sich um Autoschlüssel handeln mußte. Einen Moment lang zögerte ich und überlegte, ob ich weitere Hilfe anbieten sollte oder konnte, als das Auto aufzusperren. Der Hund zappelte wild und rang nach Luft. Er stank, ein unangenehmer, schlammiger Geruch.

Als ich mich umdrehte und losgehen wollte, hörte ich Rita heulen: »Wenn er stirbt, dann bin ich schuld.«

»Blödsinn«, war Edwards Antwort. Ich hörte ihn stöhnen, als ob er den großen Hund gerade hochhievte. »Geh und hol deine Kinder ab. Mach dir keine Sorgen.«

»Du verstehst mich nicht. Ich habe ihn allein gelassen. Um Tom zu sehen. Bei seiner Verhandlung.«

Edward brüllte fast, nur weniger Zentimeter hinter mir: »Willa! Verdammt noch mal, nun mach schon!«

Ich rannte hinaus und schloß die Hecktüre eines schmutzigen alten Jeeps auf.

Edward kam direkt hinter mir, er legte den Hund keuchend auf einen Haufen Müll und ölige Lumpen.

Als er um den Wagen herumging zur Fahrertür, stellte ich mich ihm in den Weg.

»Der Gefallen, den ich dir tun sollte, ist der immer noch wichtig?« Ich spürte deutlich ein Gefühl von *too much.*

Edward sah nach hinten in den Jeep, er war ernsthaft beunruhigt, das sah man ihm an. »Ja, mein Gott, natürlich. Das Problem ist nur –«

Von der Veranda her rief Rita: »Oh, bitte, Edward, fahr los! *Schnell!*«

»Es könnte schwierig sein, sie jetzt zu einem Gespräch zu bewegen.« Er schob mich umstandslos beiseite und riß die Tür auf. »Bring sie dazu, mit dir zu reden. Laß dir Delacorts Adresse geben und fahr zu ihm hinauf. Sobald du kannst. Heute nachmittag.«

»Und was soll ich da oben tun?«

Er stieg schnell ein, schlug die Tür zu und ließ den Motor an. »Sag irgendwas zu ihm. Aber fahr hin.« Er quälte das Getriebe. »Versprich es mir.«

»Aber ich weiß noch nicht mal, was ich überhaupt –«

Rita rannte die Einfahrt herunter und fing an, auf die Kühlerhaube zu trommeln. Mit ihrer wilden schwarzen Lockenmähne sah sie aus wie eine Furie – wie eine Furie in kurzen Hosen und Sonnentop. »Schnell! Beeil dich!«

»Finde einfach heraus, was Delacort vorhat. Und komm noch mal hier vorbei, wenn du bei ihm warst. Bis dahin bin ich auch wieder zurück.« Er warf einen besorgten Blick auf Rita. »Kümmere dich um sie.«

13. KAPITEL

Wir waren zurück ins Haus gegangen. Rita Delacort ging auf und ab und schluchzte.

»Die Kinder. Ich muß sie abholen. Mein Gott. Ich hätte mit Edward mitfahren sollen.«

»Ich nehme an, das war Ihr Hund.« Es geht nichts über eine scharfe Beobachtungsgabe.

»Mein zweiter.« Sie blieb plötzlich stehen und wandte sich mir zu, mit glühenden Wangen und glänzenden Augen. »Mein erster hieß Alonso. Er war Vietnamveteran, ein großer Schäferhund, sie hatten ihm die Stimmbänder durchtrennt, für den Fronteinsatz, damit er Heckenschützen aufspüren konnte, ohne sie durch sein Gebell zu verraten. Als er älter wurde und der Krieg zu Ende war, haben sie ihn für zivile Zwecke umtrainiert. Einmal, als ich in San Luis Obispo wohnte, hat Alonso jemanden in die Flucht geschlagen, einen Eindringling, der mir in meiner Wohnung aufgelauert hat.« Sie fuhr sich mit zitternder Hand durchs Haar. »Nach diesem Vorfall bin ich aus der Stadt weggegangen. Und dann traf ich Phil.«

»Das ist Ihr Mann.«

Sie lachte, das kraftloseste, humorloseste Lachen, das ich je gehört hatte. »Der zweite Hund. Der zweite Ehemann. Friend habe ich vor neun Jahren bekommen. Kurz bevor ich Phil kennenlernte. Er ist ein guter Hund, ein netter Hund, zwar nicht so gut abgerichtet wie Alonso, aber dafür fällt er auch keine Asiaten an.« Noch so ein Lachen. »Wie soll ich mich bloß sicher fühlen ohne ihn?«

Diese Frau war entweder sehr hundeabhängig oder paranoid (oder sie wurde tatsächlich verfolgt, das soll es ja auch geben).

Bei der letzteren Möglichkeit klingelte etwas in mir. »Die Leute halten einen leicht für verrückt, wenn man sich bedroht fühlt.« Ein Schauder lief mir über den Rücken, ich sah mich plötzlich wieder auf dem Fenstersims von Julian Warnekes Bürogebäude stehen, auf der Flucht vor einem Mörder. Vor einem Freund von mir. »Aber manchmal hat man verdammt noch mal allen Grund dazu.«

»Ja.« In dem einen Wörtchen lag ihre ganze Dankbarkeit. Sie sank in die durchgesessene Herculon-Couch und schlang sich die Arme um den Körper. »Ich habe vor langer Zeit schon einmal bei Edward Unterschlupf gesucht, da wohnte er noch in Boston.«

Boston. Meine Muskeln verspannten sich. »Wann war das?«

»Ich hatte damals schon eine Weile allein gewohnt, als eines Tages dieser Anruf von meiner Schwiegermutter kam.« Sie zog die Schultern hoch. »Aus meiner ersten Ehe. Eine wundervolle Frau, auf ihre Art – aber sie hatte eine rasende Wut auf mich, machte mir die entsetzlichsten Vorwürfe, beschimpfte mich auf die übelste Weise.« Ein langer Seufzer. »Ich weiß nicht, wie sie mich überhaupt ausfindig gemacht hatte – im Telefonbuch stand ich nicht. Kurz und gut, sie jagte mir Angst ein, und ich beschloß, lieber zu einem Freund zu ziehen. So kam ich zu Edward.«

Es folgte eine lange Schweigepause. Ich beobachtete ihr Gesicht, das sich langsam in eine harte, ausdruckslose, fremde Maske verwandelte.

»Wann war das?« 1971, als ich Boston verließ, um nach San Francisco zu meinen Eltern zu fahren (und statt dessen im San-Bruno-Gefängnis landete), mußte Edward eine Liebesaffäre gehabt haben. Woher sonst hätte er plötzlich dieses Virus gehabt. Nicht, daß es mich heute noch kümmerte, wer die Frau gewesen war. Das war vergessen und vorbei.

»Das Jahr?« Sie schüttelte den Kopf. »Ich war nur ein

paar Tage dort, bis dieser Einbrecher auftauchte.« Sie schluckte ein paarmal. »Aber ich hatte einen Onkel hier drüben. In San Francisco. Der hat mir dann das Geld für ein Ticket geschickt und mir Alonso gekauft.«

Ich setzte mich ihr gegenüber auf einen knarzenden Ledersessel. »Es muß erst so etwas passieren, bevor die Leute glauben, daß man nicht paranoid ist.«

Sie sah auf ihre Hände, streckte und beugte die Finger. »Das ist genau der Punkt mit Phil, wissen Sie, mit meinem Mann. Ich fühle mich sicher bei ihm. Das denke ich mir immer wieder. Ich bin zwar nicht glücklich. Ich liebe ihn nicht. Aber wenn ich daran denke, wie es all die Jahre vorher war, bevor ich ihn getroffen habe. Diese ständige Angst, dieses Gefühl, mutterseelenallein allem ausgesetzt zu sein. Ruhe und Zurückgezogenheit sind das Wichtigste auf der Welt, wirklich. Eine geschützte Privatsphäre.«

Die Massen von Reportern fielen mir ein, mit ihren aufdringlichen Fragen, und die Polizisten vor meinem Gesicht. Von wegen Privatsphäre. Halleluja.

»Die Mutter meines ersten Mannes . . .« Wieder eine lange Pause. »Es kommt mir falsch vor, daß ich nicht mehr mit ihm verheiratet bin. Selbst nach all den Jahren. Es kommt mir falsch vor, ›mein Mann‹ zu sagen und Phil zu meinen. Und Phils Mutter – sie wird nie meine Schwiegermutter sein, nicht wie . . . Jedenfalls, meine erste Schwiegermutter, die sagte immer: ›*I peccati si piangono, e i debiti si pagano.*‹ Du wirst jede Sünde bereuen, und du wirst für jede Schuld bezahlen.«

»Manchmal sogar für die der anderen.« Die Morde waren nicht meine Schuld. Aber ich wäre auf den Knien gerutscht, um diesen Job behalten zu dürfen, in dem ich mich doch jede Minute wie bestraft fühlte. Jedenfalls konnte ich mich an nichts erinnern, was mir je am Anwaltsberuf gefallen hätte.

»Das letzte Mal, daß ich mit meiner Schwiegermutter sprach – ich meine, als ich das letzte Mal ihre Stimme hörte –, da sagte sie zu mir, sie würde mich am liebsten umbringen. Weil ich eine *puttana* sei.«

Ich hatte genügend Zeit in North Beach verbracht, um zu wissen, was das Wort bedeutete: Hure. »Ich nehme an, Sie haben Ihren ersten Mann verlassen?«

Sie sah mich an, die schwarz angemalten Brauen hochgezogen. »Ich hatte einen Liebhaber. Ich war noch sehr jung. Diese Sünde habe ich bestimmt genug bereut.«

»Und dann sind Sie zu Edward gezogen?«

»Nein, erst später.« War sie schon vorher alles andere als lebhaft, so schien sie nun völlig zu verwelken. »Wenn Friend nun nicht durchkommt – ich hätte mit Edward mitfahren sollen.«

»Edward wollte, daß Sie mir von Phil erzählen. Damit ich zu ihm gehen und mit ihm sprechen kann.«

Sie blinzelte verständnislos, als hätte ich plötzlich griechisch mit ihr geredet. »Mit Phil sprechen?«

»Ja. Über Ihre Trennung.«

»Vielleicht ist es eine Projektion.«

»Was?«

»Vielleicht ist es in Wirklichkeit Phil, ohne den ich mich nicht sicher fühle.« Sie starrte durch eine rustikale Glastür auf die sonnenbeschienene Terrasse, die erfüllt war vom Summen der Bienen. »Er hat mich vor so vielem bewahrt: Jahren des Alleinseins, Angstzuständen, winzigen Wohnungen.« Sie legte sich die Hand auf die Brust. »Vor Sünden, die ich bereut hätte, und vor Schulden, die ich teuer bezahlt hätte.«

»Sie haben ihn erst vor kurzem verlassen?«

»Am Anfang hat er alles getan, um mich zu gewinnen. Er dachte an nichts anderes mehr, nur an mich. Das schmeichelte mir.«

Ich versuchte mir das Gefühl vorzustellen.

»Jetzt denkt Phil an nichts anderes mehr als an seinen Garten. Wenn er nicht arbeitet, dann gärtnert er. Einmal, als wir Freunde zu Besuch erwarteten, sagte er: ›Ich will, daß sie diesen Garten sehen und sagen: sie muß verrückt sein, daß sie nicht glücklich ist.‹« Ihr Lächeln lag irgendwo zwischen Stolz und Verachtung. »Er hat aus Gewissensgründen den Dienst in Vietnam verweigert – von dieser Haltung ist ihm heute überhaupt nichts mehr anzumerken. Nie spricht er darüber. Heute hält er sich schon für politisch, wenn er dem Freundeskreis einer Theatertruppe beitritt oder etwas Ähnliches. Lokale Kommissionen. Aktivitäten, die seinem Ansehen nutzen.«

»Also, hm, wollen Sie, daß ich heute noch mit ihm rede? Oder« – hoffentlich – »wäre es Ihnen lieber, ich würde nicht zu ihm gehen?«

»Ich halte nicht viel von eiserner Unbeugsamkeit. Ich traue ihnen nicht, all diesen Leuten, die keinen Millimeter von ihrer Überzeugung abrücken. Sie machen mir angst.«

»Ja.« Das konnte ich nachfühlen. »Ich kenne die Art von Leuten, die Sie meinen.« Sie hatten mich auf Dutzenden von Sitzungen eingeschüchtert, verrückt gemacht und gelangweilt.

»Ich weiß nicht, ob es so eine gute Idee ist, mit Phil zu reden.« Sie sah mich an, als könnte ich, die ich weder ihren Mann noch ihre Situation kannte, ihr mit meiner Meinung weiterhelfen. »Aber vielleicht ist es nur meine Angst – vielleicht will ich mich nur wieder verstecken und alles sich selbst überlassen, verdrängen und so weiter. Aber so kann ich nicht weitermachen, nicht unter den gegebenen Umständen. Ich muß zuerst an die Kinder denken. Und Edward ist so streng mit mir – er denkt, es ist so wichtig. Es fällt mir so schwer zu entscheiden, was das Richtige ist. Manchmal ist mir einfach alles egal, manchmal werde ich ...« Tränen schossen ihr wieder in die Augen. »Ich hätte Friend begleiten sollen.«

»Wenn Edward das für nötig gehalten hätte, dann hätte er es bestimmt gesagt.« Der heilige Edward, der verdammte Angeber.

»Und die Kinder. Ich muß die Kinder abholen.«

Ich rutschte vor bis zur Sesselkante. Ich hatte Edward versprochen, es zu machen, also würde ich es auch machen. Ich hoffte bloß, daß das Ganze für sie nicht nach hinten losgehen würde. Sie machte nicht den Eindruck, als könnte sie noch viel mehr Kummer ertragen. Das Gefühl kannte ich nur zu gut, darüber konnte ich nicht einfach hinweggehen.

»Was versprechen Sie sich denn davon, wenn ich mit ihm rede?«

»Stellen Sie Phil einfach ein paar Fragen.«

»Und welche zum Beispiel?«

Sie hob beide Hände, in einer Geste der Hilflosigkeit. »Zum Beispiel, ob er mich den Wölfen zum Fraß vorwerfen will.«

»Den Wölfen zum Fraß vorwerfen? In welcher Hinsicht?«

»Das weiß er schon.« Sie rieb sich am Ringfinger, ein weißer Streifen war zu sehen. »Gut, daß Sie eine Frau sind. Mit Männern geht er immer gleich auf Konfrontationskurs. Er bekommt diesen Schub von« – sie schüttelte den Kopf –, »ich weiß nicht, wie man das nennen soll. Testosteron. Adrenalin. Pure Aggression.«

Mir fielen andere Verteidiger ein, die ich erlebt hatte. »Ich kenne diesen Typ.«

»Vielleicht hört er sich bei Ihnen wenigstens erst einmal Ihre Fragen an, anstatt sofort in Kampfhaltung zu gehen.« Ich bemerkte ihre kurzen Fingernägel, die bis aufs Nagelbett abgekaut waren. »Sprechen Sie mit ihm über die Kinder. Er kann sich nicht um sie kümmern – er ist zu wenig zu Hause. Warum sollte er mir also weh tun? Warum mich in Gefahr bringen?«

Was erwartete sie, daß er tun würde? »Wissen Sie, in diesem Staat gibt es bei der Scheidung keine Schuldfrage. Vielleicht würde es Ihnen helfen, mit einem Scheidungsanwalt zu sprechen und sich über Ihre Rechte aufklären zu lassen.«

Sie kreuzte die Arme vor dem Gesicht.

Ich überlegte, ob ich zu ihr hingehen sollte. Aber ich an ihrer Stelle würde lieber allein dasitzen als mich trösten zu lassen. Glücklicherweise.

Ich sah auf die Uhr. Halb zwei. Um ein Uhr war ich in der Stadt angekommen, und ich hatte mir fest vorgenommen, um drei wieder zurückzufahren. Also gut, ein paar Minuten konnte ich noch zugeben, aber dann mußte ich wirklich los.

Ich unterbrach Ritas Tränenfluß. »Ich weiß nicht, was Sie noch für Termine haben.« Mein Gott, ich klang wirklich wie ein Anwalt aus L. A. »Aber ich werde mit Ihrem Mann sprechen, wenn Sie mir seine Adresse geben.«

Sie weinte weiter, mit gesenktem Kopf. Man sah, daß ihr Haar am Ansatz heller war, nicht grau oder blond, vielleicht rot.

»Ich kann aber auch hierbleiben, bis Edward zurück ist, wenn Sie das möchten.«

Sie schüttelte den Kopf. Es dauerte noch ein paar Minuten, bis sie die Adresse herausgewürgt hatte.

Nachdem ich eine Stunde auf irgendwelchen Bergstraßen umhergeirrt war, bereute ich, daß ich nicht gewartet hatte, bis sie sich so weit beruhigt hatte, daß sie mir den Weg erklären konnte.

14. KAPITEL

Ich saß in Philip Delacorts Garten, in einer Hängematte, während er unter einer Eiche Stiefmütterchen pflanzte. Er sagte, er habe mich erwartet, aber ich war nicht sicher, ob er mir überhaupt zuhörte.

»Jedenfalls«, so schloß ich meinen ziemlich gequälten Monolog, »schulde ich diesem Freund einen Gefallen, und deshalb bin ich hier.«

Er rieb sich die Erde von den Händen und drehte sich herum, so daß er mich direkt anschaute. Hinter ihm lagen schmale, mit Gras bewachsene Terrassen im Schatten von Rotholzbäumen, Kiefern und ein paar knorrigen Eichen. Die Hängematte hing an einem sonnigen Plätzchen, das nur ab und zu von einem im Wind bewegten Ast verschattet wurde. Wir befanden uns am Fuß der Santa Cruz Mountains. Die Luft roch nach Fichtennadeln und nassem Gras.

Delacort sagte: »Kann sie nicht selber mit mir reden? Habe ich ihr denn je etwas getan? Was sollte ich ihr jetzt antun?« Er sprach in dem fröhlichen, offenherzigen Ton eines Mannes, der sich über Stiefmütterchenbeete unterhält. »Sehen Sie sich um, das hier war ihr Leben mit mir. Ich habe nie etwas anderes getan, als sie zu umsorgen.« Ein leichtes Stirnrunzeln hinter der leicht getönten Sonnenbrille. »Sie ist diejenige, die weggelaufen ist.«

»Ich weiß nicht, weshalb sie wollte, daß ich mit Ihnen rede.« Ich fühlte mich wie ein Verräter, als ich über sie sprach. Zum Teufel mit Edward Hershey. »Ich habe sie heute zum ersten Mal im Leben gesehen. Wie ich schon sagte, es handelt sich um einen Gefallen, den ich einem gemeinsamen Freund schulde. Aber« – ich hatte schon zu viele Anwälte erlebt, um auf Delacorts oberflächliche, freundliche Art hereinzufallen – »sie hat die Befürchtung geäußert, Sie könnten sie den Wölfen zum Fraß vorwerfen.«

Sein Gesicht verzog sich, als hätte sich jeder einzelne Muskel zusammengezogen. »Das ist doch Unsinn.«

»Tatsächlich?«

»Es ist doch kein Geheimnis, wo sie sich aufhält. Sie wohnt bei –« Er machte ein ernstes Gesicht und stieß seine Schaufel in die Erde. »Ich habe sie in Ruhe gelassen, oder etwa nicht?«

Ich schaukelte in der Hängematte und dachte, wie angenehm es war, sich die Sonne ins Gesicht scheinen zu lassen. Ruhige Abgeschiedenheit – ich verstand, warum es Rita Delacort geschmerzt hatte, von hier wegzugehen.

»Sie haben also nicht vor, sich an ihr zu rächen?« Am besten, ich rückte gleich mit der Sprache heraus. Die Frage war viel zu persönlich und zu beleidigend, als daß man sich ihr vorsichtig nähern konnte.

Er musterte mich einen Augenblick. »Was meinen Sie damit?«

»Knallharte Gütertrennungs-Auseinandersetzungen, Streit ums Sorgerecht.« Ich dachte nach, um nichts Wichtiges zu vergessen. »Rache eben, persönliche, finanzielle oder über die Kinder.«

Er starrte auf seine schmutzigen Hände. Ein gedämpfter Sonnenstrahl fing die Furchen auf seiner Stirn ein und ein nervöses Flattern des Augenlids. »Erwarten Sie vielleicht, daß ich so etwas Ihnen gegenüber zugeben würde? Oder ihr gegenüber?«

»Nein.«

»Was würde Ihnen meine Antwort also nützen?«

»Daß ich überhaupt eine Antwort mitnehmen könnte und einen Anhaltspunkt für eine Einschätzung, ob es die Wahrheit ist – das gehört dazu, zu dem Gefallen, den ich tue.«

»Na schön.« Er bückte sich und fummelte an seinem Schuhband herum. Seine Shorts standen an den Oberschenkeln ab und erlaubten einen Blick auf die blauen Unterhosen. »Die Antwort ist nein, ich bin ein Heiliger. Die Zeit, die ich sonst mit meiner Familie verbracht habe, verbringe ich nun im Garten. Und was meine Frau betrifft – ja, sie kann das Sorgerecht für die Kinder haben und auch den Teil des Vermögens, der ihr zusteht. Wie immer Rita es geregelt haben möchte, so soll sie es haben.«

Ein uralter Fluch.

Wie das fleischliche Verlangen. Ich hörte auf, die farbige Unterhose zu beäugen, und nahm meine Midlife-crisis wieder mit auf die Straße.

15. KAPITEL

»Er ist nicht schlimmer als die meisten Anwälte«, sagte ich großmütig. »Wenn er etwas im Schilde führt, dann auf einer subtileren Ebene. An den äußeren Dingen – Vermögen, Sorgerecht – ist er nicht interessiert.«

Rita Delacort war sehr blaß und sah mich mit großen, glänzenden Augen an. Sie hatte vor irgend etwas Angst. Edward stand hinter ihr und hielt sie an den Schultern. Ich bemerkte, wie seine Finger den Griff verstärkten.

»Er wird nichts Verrücktes anstellen, Rita.« In seiner Stimmlage schwang irgendeine Bedeutung mit. Eindeutig eine bestimmte Bedeutung.

»Nun, er hat gesagt, er würde Sie nicht wegen des Sorgerechts belästigen.« Ich zuckte die Achseln. »Ich kenne den Mann nicht, aber er schien es ehrlich zu meinen. Kann natürlich sein, daß er ein Meister darin ist, den Ehrlichen zu spielen.«

»Das ist er«, sagte Rita mit zusammengebissenen Zähnen.

»Das ist das Problem«, sagte ich trocken, »wenn man jemanden zu ihm schickt, der ihn nicht kennt. Ich weiß nicht, was ich Ihnen sonst noch berichten könnte. Er war nicht gerade besonders gesprächig. Aber unter den gegebenen Umständen konnte ich ihm das nicht verdenken.«

»Das ist er nie. Ich weiß nicht, ob es hinter seiner äußeren Ruhe überhaupt noch etwas gibt, ich weiß nicht, ob er noch irgendwelche Gefühle hat. Oder ob für ihn alles nur noch Strategie ist.«

Sie hatte immerhin acht Jahre mit ihm gelebt und zwei Kinder mit ihm gezeugt. Wenn ich sie so über ihn reden hörte, lief es mir kalt den Rücken hinunter.

Ich sah Edward an. Was wäre wohl, wenn ich all die Jahre mit ihm zusammengeblieben wäre? Wäre ich auch an den Punkt gekommen, an dem ich über ihn gesprochen hätte wie ein Wissenschaftler über Schlangengift? Wäre er zu einem Objekt in meinem Leben geworden, zu einem Kapitel, über das man kaltblütig sprechen kann?

Mir fiel eine Unterhaltung mit Don Surgelato ein. Er hatte mir von seiner Exfrau erzählt und wie widerwärtig er ihren »Cocktailparty-Charme« fand.

Vielleicht fanden alle Verheirateten sich widerwärtig. Vielleicht gehörte das mit zu dem Handel. Vielleicht war es in Wirklichkeit der ganze andere Kram, der Ehepaare zusammenhielt – die Widrigkeiten des Single-Daseins, von denen auch Don Surgelato erzählt hatte, die Ängste, die Rita jetzt erlebte. Und sie hatten ja recht, wenn sie zusammenblieben. Es war tödlich einsam hier draußen. Da war es immer noch besser, sich an eine Schlange zu schmiegen oder mit einer spröden Prinzessin Partys zu feiern. Gesellschaft ist Gesellschaft.

Edward, der immer noch hinter Rita stand, fing an, ihre Schultern zu massieren. »Es wird alles gut«, sagte er. »Er mag dich noch immer.«

Durch die geschlossene Tür hörte man ein leises Wimmern. Dann wurde es lauter.

»Nun«, sagte sie. »Das war's dann wohl mit dem Mittagsschlaf.«

Edward sagte: »Bleib sitzen. Ich kümmere mich um sie.«

Sie berührte seine Hand mit der Wange. »Edward.« Sie sprach den Namen mit Bewunderung aus.

Das Wimmern wurde zu einem Schrei nach »Mami!«

Sie sah Edward nach, wie er aus dem Wohnzimmer ging. »Nicht ein einziges Mal, seit die Kinder auf der Welt sind, hat Philip nach ihnen gesehen, wenn sie zu schreien anfingen. Nicht ein einziges Mal.« Sie wandte sich zu mir. »Man weiß nie, wie jemand sich in einer Rolle macht, bevor er nicht wirklich drinsteckt.«

Zwei goldgelockte Kinder, das eine ein Krabbelkind, das andere im Kindergartenalter, sprangen ins Zimmer. Dicht hinter ihnen rief Edward: »Huhu, hab ich euch nicht gesagt –«

Rita Delacort breitete die Arme aus, und die Kinder hüpften auf ihren Schoß. Der Raum füllte sich mit Lärm und Kindergerüchen – Crackers, Windeln, Babypuder. Als sie sie umarmte, zwinkerte sie plötzlich mit den Augen, die Wangen spannten sich, und der Mund zog sich in die Breite, so daß man die Zähne sehen konnte.

Sie preßte die Kinder an sich wie Teddybären. Edward, der sie beobachtete, sah ungefähr hundert Jahre älter aus.

Da ich einen Moment lang Philip Delacort völlig vergessen hatte, fiel mir der Hund wieder ein, und ich fragte, wie es mit ihm stand.

Edward, hinter Ritas Rücken stehend, sagte: »Er wird schon wieder.« Aber gleichzeitig sah er mich an, schüttelte den Kopf und ließ das Kinn sinken. Ich war mir nicht sicher, wen er vor der Wahrheit bewahren wollte, Rita oder die Kinder.

Im nachhinein klingt es wie Ironie, aber ich erinnere mich an die Dankbarkeit, die ich darüber empfand, daß Ritas Probleme nicht meine waren.

16. KAPITEL

Am Montag morgen kämpfte ich mich leicht verkatert durch das hundert Seiten lange Protokoll einer Verhandlung über Sozialversicherungsleistungen. Ich war auf der Suche nach einer Möglichkeit, das Urteil gegen einen Multiple-Sklerose-Kranken zu kippen, das ihm Sozialleistungen verwehrte. George saß mir gegenüber an seinem Schreibtisch und blätterte in Berufungsfällen, in dem aussichtslosen Bemühen, in zweiter Instanz eine »implizite« Verletzung der Persönlichkeitsrechte bestätigt zu finden. Es sah aus, als arbeiteten da zwei kleine Jurastudenten an den Schriftsätzen für ihre fiktiven Gerichtsverhandlungen. Bei George war das nicht ganz so abwegig – er hatte schließlich gerade erst das Examen hinter sich. Aber ich galt mittlerweile als ausgewachsene, vollwertige Anwältin.

Mein Telefon klingelte – der Richter rief mich zu sich.

Er saß an seinem Schreibtisch, in steifer Haltung, das Gesicht ernst und versteinert wie ein Adler. Ihm gegenüber saß ein zweiter Mann, mit dem Rücken zur Tür. Ich nahm von dem Mann ohne große Neugier Notiz. Eindeutig ein Anwalt. Zu erkennen an dem perfekten Haarschnitt und dem teuren Anzug, den er mit betonter Lässigkeit trug.

Ich zögerte einen Augenblick, bevor ich auf den Schreibtisch des Richters zuging. Sein Gesichtsausdruck war alles andere als einladend. Während ich die fünf Meter bis zu seinem Schreibtisch zurücklegte, nahm er mich ins Visier. Er sah mich einfach nur an, ohne etwas zu sagen.

Als ich hinter dem zweiten Besucherstuhl anlangte, neben dem Herrn mit dem perfekten Haarschnitt, begriff ich endlich.

Der Mann sah mich an. Und ich befürchtete das

Schlimmste, wie ein Schulkind, das zum Direktor zitiert worden ist.

Es war Philip Delacort.

Der Richter sagte: »Sie kennen Mr. Delacort.«

»Ja.« Was aus meinem Mund kam, klang zwar gar nicht wie ein »ja«, aber der Richter verstand es trotzdem.

»Setzen Sie sich. Mr. Delacort hat mir von Ihrem Gespräch mit ihm am Samstag erzählt.«

Ich sah Delacort an. Er sah verdammt selbstzufrieden aus.

Ich sagte nichts. Hatte ich etwas Standeswidriges getan? Es mußte wohl so sein, sonst hätte Richter Shanna nicht ein derart grimmiges Gesicht gemacht.

»Sie sind sich vielleicht nicht im klaren darüber, daß Mr. Delacort bei uns einen Fall vertritt?«

»Einen Fall?« Ein Anwalt aus Santa Cruz? Hier bei uns?

»Einen Fall«, wiederholte der Richter. »Dem George in den letzten Wochen etliche Stunden seiner Zeit gewidmet hat.«

»Aber ich wußte nicht – ich verstehe nicht ... Ein Anwalt aus Santa Cruz –«

Delacort unterbrach mich. »Ich praktiziere in San Jose und San Francisco. In diesem Fall vertrete ich einen Mandanten aus Silicon Valley, der –«

»Aber Edward Hershey sagte mir ...« Nichts. Kein Wort über Delacorts Kanzlei; nur daß er eine Berühmtheit in Santa Cruz sei.

»Sie müßten doch wissen, daß *Ex-parte*-Kontakte« – Privatkontakte – »in einer Situation wie dieser ...« Der Richter fuhr sich mit der Hand über die steifen, kastanienbraunen Wellen.

Ich hatte Hershey erzählt, daß ich für Richter Shanna arbeitete, und er hatte mich trotzdem um den Gefallen gebeten. Er hatte mich darum gebeten, *nachdem* er von meiner Stelle beim Richter wußte.

Nachdem. Er hatte alles inszeniert. Entweder mit Delacort zusammen, oder um Delacort eins auszuwischen, aber er hatte es inszeniert.

»Ich fürchte, Mr. Delacort ist ganz zu Recht entsetzt.«

»Das tut mir leid. Aber ich hatte keine Ahnung.«

Wäre ich Edward doch bloß nicht begegnet, zufällig, nachts auf der Straße, vor der Haustür meiner Eltern.

Zufällig? Der Zufall hätte aber groß sein müssen. Plötzlich fielen mir Mutters schuldbewußte und verwirrte Blicke an jenem Abend ein. Er mußte sie gebeten haben, das Treffen zu arrangieren; sonst hätte er nicht wissen können, daß er mich dort treffen würde.

In heimlicher Absprache mit meinen Eltern hatte der Schuft mir aufgelauert.

Ich starrte Delacort entgeistert an.

Delacort sagte: »Ich hatte keine Ahnung, daß Sie für den Richter arbeiten, sonst hätte ich darauf bestanden, daß Sie wieder gehen.« Er zuckte die Achseln, seine gleichmäßigen Gesichtszüge blieben freundlich und unbewegt. »Wie die Dinge liegen, muß ich davon ausgehen, daß mein Fall dadurch kompromittiert ist, so leid es mir tut.«

»Was für ein Fall? Worum geht es denn in dem Fall?«

»Wertpapierschwindel«, sagte der Richter kurz und bündig. »George kann Ihnen Genaueres sagen. Sie leugnen also nicht, Mr. Delacort zu Hause besucht zu haben?«

Wertpapierschwindel. Richter Shanna war unter allen Bundesrichtern noch der Liberalste, und deshalb war anzunehmen, daß er von allen der Strengste war, wenn es um Weiße-Kragen-Kriminalität ging.

»Nein, das leugne ich nicht. Aber ich war nur dort, um einem Freund einen Gefallen zu tun. Ich habe mit Mr. Delacort im Auftrag seiner Gattin gesprochen. Das hatte nichts mit einem Wertpapierschwindel zu tun.« In meinem Kopf drehte sich alles; zuviel Blut im Gehirn, zu viele Synapsen, die Signale abfeuerten. Warum hatte Edward das getan? Warum hatte meine Mutter mitgespielt? »Ich wußte nicht, daß er einen Fall vor Ihnen zu vertreten hat. Eigentlich hatte man mir zu verstehen gegeben, daß Mr. Delacort in Santa Cruz Anwalt ist.« Ein Kleinstadtanwalt, nicht ein Anwalt mit bundesstaatlicher Zulassung.

Delacort schüttelte ungläubig den Kopf.

Der Richter spitzte den Mund. Er wandte sich an Delacort. »Ich akzeptiere das, und ich muß darauf bestehen, daß auch Sie Miss Janssons Versicherung akzeptieren, daß sie unwissentlich und im guten Glauben gehandelt hat.« Er hörte sich an, als ob er jedes Wort von einem Skript ablas.

Delacort reagierte wie ein Chamäleon, er änderte seinen Gesichtsausdruck, um sich dem richterlichen Klima anzupassen. »Absolut, Euer Ehren. Ich habe zum gegenwärtigen Zeitpunkt keinen Grund, Miss Jansson irgend etwas vorzuwerfen. Aber die Tatsache bleibt bestehen, daß . . .«

Der Richter erhob sich, einhundertfünfundsechzig Zentimeter Würde. »Vielen Dank, daß Sie mich auf die Sache aufmerksam gemacht haben. Wir werden uns mit Ihrem Büro in Verbindung setzen.«

Delacort stand auf. Sein Gesicht war ausdruckslos, bis auf einen zurückgezogenen Mundwinkel und ein wachsames Blitzen in den Augen. Er streckte dem Richter die Hand über den Schreibtisch hin.

Die Männer schüttelten sich kurz die Hand. Delacort sagte: »In Ordnung, Euer Ehren. Ich erwarte dann Ihre Nachricht.«

Dann drehte er sich zu mir und betrachtete mich mit unverhohlener Neugier. Er sagte kein Wort, versuchte auch nicht, mir die Hand zu schütteln. Dafür sah er mich länger an, als der Anstand es erlaubt hätte, und viel länger, als ich es ertragen konnte. Schließlich ging er.

Der Richter saß erschöpft da. »Nun, die Sache ist ziemlich unangenehm.«

»Ich verstehe das nicht. Ein Freund hat mich gebeten, für Delacorts Frau mit ihm zu sprechen. Sie hat ihn verlassen und wollte wissen, was er nun vorhat. Sie hatte Angst davor, mit ihm zu reden –« Ich spürte, wie sich meine Augen mit Tränen füllten. »Ich verstehe nicht, was gerade passiert ist. Ich verstehe das alles nicht.«

»Mr. Delacort hat darauf gedrängt, daß ich mich für befangen erkläre und den Fall abgebe.«

»Aber ich habe den Fall nicht kompromittiert. Wirklich nicht.«

»Aller Wahrscheinlichkeit nach wird es ein Prozeß, der sich eineinhalb bis zwei Jahre hinzieht. Wenn ich den Fall jetzt nicht abgebe, dann besteht die Gefahr, daß Delacort am Ende dieser zwei Jahre sein ungünstiges Urteil nimmt und dagegen Berufung einlegt, wegen dieses Vorfalls. Wegen der offensichtlichen Standeswidrigkeit, daß er einen privaten Besuch von meiner Schriftführerin erhalten hat.« Seine Nasenflügel bebten. In seinen Augen leuchtete etwas, das für mich aussah wie purer Haß. Haß gegen die Art und Weise, wie ich Mist gebaut hatte. Vielleicht auch direkt gegen meine Person.

»Ich verstehe es nicht«, wiederholte ich leise. »Warum hat Hershey das getan?« Ich stand da und entfernte mich mit kleinen Seitenschritten vom Stuhl. Warum hatte Mutter ihm dabei geholfen?

Ich ging langsam rückwärts aus dem Amtszimmer. Der Raum schwankte, als hinge er in einer riesengroßen Hängematte.

»Ich kapier's nicht«, hörte ich mich selbst sagen. »Tut

mir leid, es will mir nicht in den Kopf.« Warum spielten sie mir so übel mit?

Der Richter saß da, vermutlich beobachtete er mich, womöglich sagte er sogar etwas zu mir. Ich sah ihn nur verschwommen, das ganze Zimmer war verschwommen. Ich konnte ihn gar nicht richtig erkennen, nur die Umrisse seiner Wut. Ich konnte ihn nicht hören, nur das Meeresrauschen der Mißbilligung in meinen Ohren.

Ich zog mich zurück, immer noch Entschuldigungen murmelnd. Und sagte immer und immer wieder, daß ich das alles nicht verstand.

Das letzte, was ich sagte, bevor ich durch die Tür ging, war: »Ich kündige.«

17. KAPITEL

Ich stand auf einem Mauervorsprung. Jeder Zentimeter meiner Haut schrie vor Kälte. Meine Kleider waren Tücher aus Eis, der nächtliche Wind nahm mir jede Sicht. Meine Füße waren Bleibrocken auf einem schmalen Sims. Ich drückte meine Wange an den rauhen Beton und versuchte meine Fingernägel in die Wand zu graben.

Ich hörte Gewehrfeuer, so laut wie Kanonendonner. Um mich herum flogen Betonstücke durch die Luft. Neben meiner Wange, meiner Hand und meinem Fuß brachen riesige Löcher aus der Wand. Der Vorsprung unter meinen Füßen zersprang in Staubwolken, die mir in Mund und Nase drangen und mich erstickten, während ich mich mit den Fingernägeln an den Beton klammerte.

Spring, befahl mir eine innere Stimme. *Spring, dann brauchst du die Wahrheit nie zu erfahren.*

Meine Finger schlängelten sich tiefer in den bröckeligen Beton, bis das Blut herabrann; ich hing da und strampelte mit den Füßen, nicht den kleinsten Tritt fand ich mehr.

Spring, dann brauchst du die Wahrheit nie zu erfahren.

Jetzt kam die Stimme von außen, so laut und aus allen Richtungen wie die Stimme Gottes.

Spring. Dann erfährst du es nie. Nicht die Wahrheit.

Ich spürte, wie ich den Halt verlor. Gut, dann falle ich eben, einfach nur fallen. Aber dann erfaßte mich ein Windstoß und stieß mich stolpernd an der Fassade entlang. Der Wind schob mich vorwärts über den rauhen Beton bis zum Fenster von Julian Warnekes Büro. Ich wurde an die Wand gedrückt und ruderte und strampelte, um mich zu befreien, mich wegzudrücken, hinunterzufallen.

Aber es hatte keinen Zweck. Durch ein Fenster konnte ich – mußte ich – Julian Warnekes Mörder sehen, wie er eine Waffe hob und zielte. Ein großes Gewehr, der Lauf so dick wie ein Abflußrohr.

Ein Gesicht tauchte vor meinen Augen auf und verschwand wieder; einmal war es das von Julian Warnekes Mörder; ein andermal das eines Studienfreundes; dann das eines ehemaligen Kollegen. Alle drei waren Mörder. Eine Stimme im Wind sagte: *Hey, hey,* LBJ, wie viele Kinder hast du heute schon getötet?

Dann wachte ich auf und rang nach Luft. Und schwitzte.

Wie immer.

Meine Finger waren in das Kissen gekrallt, meine Füße hatten die Bettdecken zerwühlt.

Und ich spürte, wie ich fiel. Noch im Augenblick des Erwachens hatte ich ein wirbelndes Schwindelgefühl in der Magengrube, als würde ich tatsächlich fallen.

Und noch schlimmer: Ich spürte auch das Entsetzen wieder, das ich auf dem Mauervorsprung vor Julian Warnekes Büro gespürt hatte. Alle Details überdeutlich vor mir, stand ich wieder auf dem Vorsprung, während Julians Mörder drinnen herumschlich, mit dem Gewehr in der Hand.

Ein Bild, das ich im Wachzustand in meinem Kopf nicht zulassen kann. Nie. Sosehr mein Therapeut mich auch drängt.

Denn ich möchte nicht daran erinnert werden, daß die Welt ein Ort des Schreckens ist. Ich möchte nicht daran erinnert werden, daß einem Freund vertrauen den eigenen Untergang bedeuten kann.

Ich kroch aus dem Bett. Mein Gott, wie sehr brauchte ich einen Joint. Ich mußte dieses kalte Grauen der Wirklichkeit verjagen.

Warum hatte ich überhaupt aufgehört? Warum das Medikament wegwerfen, wenn die Symptome bleiben?

Ich versuchte es mit einer Flasche Weißwein. Dem Morphium der Yuppies.

18. KAPITEL

So, wie ich mich am Dienstag morgen fühlte, wußte ich, ich würde so bald nichts mehr trinken. Meine Kehle war ausgetrocknet, meine Glieder waren steif, und mir war übel. Meine Augen brannten, und die Schläfen fühlten sich an, als ob sie implodierten. Mir war hundeelend.

Ich machte einen Spaziergang zur Stanyan Street, in ein vollgestopftes kleines Mietshaus ohne Lift, das ich die letzten zwanzig Jahre häufig aufgesucht hatte. Ich kaufte mir etwas grüne, blättrige Beruhigung. Wenn ich schon etwas einnahm, warum sollte ich nicht das Medikament meiner Wahl nehmen?

Ich ging den Panhandle hinunter zur Haight Street.

Es war ziemlich was los dort, Studenten mit Nickelbrillen und weiten Pullovern; Hippies wie aus einer anderen Zeit, mit Armyjacken und ausgetretenen Mokassins; Punks mit gebleichtem Haar und Schwule in schwarzem Leder; mittelalterliche Beatniks mit vergeistigten Gesichtern und Taschenbüchern in der Gesäßtasche. Ich stand vor dem Pipedreams, der Mumie eines berühmten alten Headshops, und hörte einem Straßenmusiker zu, der auf seiner Gitarre »Rainy Day Woman« zupfte und dazu auf der Mundharmonika spielte. Pipedreams hatte seine düstere Beleuchtung an; im Fenster glänzten psychedelische Poster.

Hinter mir sagte jemand: »Willa June.«

Nur ein Mensch auf der Welt nennt mich so. Ich drehte mich um, und vor mir stand meine Mutter.

Sie trug alte Jeans, Schuhe aus dem Supermarkt und einen Pullover, der so ausgeleiert war, daß er auch als Tunika hätte durchgehen können. Jede bessere Garderobe wäre Verschwendung gewesen, Geld, das sie lieber für eine wertvolle Sache spendete. Gemessen an dem, was sie spendete, anstatt es auszugeben, hätte sie es mit hundert eleganten Anwälten bei Wailes & Roth aufnehmen können.

Ich umarmte sie. Einen Moment lang war sie steif in meinen Armen, dann erwiderte sie die Umarmung mit merkwürdig übertriebener Zärtlichkeit. Als ich mich zurückzog, leuchteten ihre Augen.

Ich hielt mich nicht lange mit »Wie geht's« auf. Ich fragte gleich: »Hast du dieses kleine Arrangement getroffen, daß Edward Hershey vor eurem Haus war, als ich ankam?«

Sie zuckte zusammen. »Nein.«

Sie verschränkte die Arme, drückte das Kinn nach unten und sah weg. Das Bild erinnerte mich an eine sich schließende Anemone.

Sie haßte es, Zielscheibe nichtpolitischen Zorns zu sein. Dann reagierte sie wie ein widerspenstiges Kind, das eine strenge Erziehung genossen hat. Wenn ich ihr ins Gesicht sagte, daß sie log, dann würde sie noch sturer bei ihrer Behauptung bleiben.

Der Schluß, zu dem ich nach nächtelangem Grübeln gekommen war, war der, daß sie mich hatte verkuppeln wollen. Sie hatte Hershey immer gemocht, jedenfalls mehr als einige der Liebhaber, die ich nach ihm hatte und die ihr politisch nicht in den Kram paßten. Wenn er sie gebeten hatte, ein »zufälliges« Treffen zu arrangieren, dann hatte sie dabei sicherlich nur in romantischen Vorstellungen geschwelgt.

Ich hoffte, daß das alles war, was dahintersteckte.

»Gehst du gerade einkaufen?«

Sie schüttelte den Kopf und trat einen Schritt zurück, um einem Pulk vorbeidrängelnder Passanten Platz zu machen. »Ich mache einen Spaziergang.«

»Ich auch. Hat sich ’ne Menge verändert hier.«

Als ich nach L. A. ging, war Haight Street ein Pflaster für todschickes teures Geschirr und gestylte Boutiquenkleidung. Jetzt erinnerte alles, wohin man auch sah, an 1968. Headshops, die alles außer den Drogen selbst und offensichtlichem Zubehör verkauften, Spezialbuchhandlungen für Undergroundcomics, Hologrammgalerien, auf Tante Emma getrimmte kleine Läden, die Sonderposten statt Luxuswaren anboten. Sogar die Leute auf der Straße waren andere, keine übergewichtigen Karrieretypen in Markenturnschuhen mehr, sondern Studenten und Normalbürger. Irgendwann im Verlauf des letzten Jahres mußte Haight Street sich aus seiner eigenen Asche erhoben haben.

Mutter machte eine mißmutige Geste in Richtung des Headshops hinter mir. »Ich hasse es, diese Nostalgie überall. Das alles hat doch heute überhaupt keinen politischen Kontext mehr.«

»Vielleicht ist es eine Art, sich zu vergraben. Um eine Minderheitenkultur am Leben zu halten.«

Mit einem etwas gequälten Gesichtsausdruck sah sie auf meine geknöpfte Bluse und die große Umhängetasche. »Am Leben erhalten? Du meinst einbalsamieren.«

Einbalsamieren. Ein Sarkophag als Schaufenster für ehemalige Hippies, die edle Wollstoffe und neues Leder trugen.

»Immerhin besser als letztes Jahr noch, mit dem ganzen Yuppie-Mist.«

Ihre blauen Augen zuckten zusammen, sie zeigte ein besorgtes Stirnrunzeln. »Ich schätze, die Yuppies haben eben mittlerweile allen Mist, den sie brauchen. Jetzt wollen sie so tun, als ob sie mal an irgendwas teilgehabt hätten, als hätten sie mal an irgendwas geglaubt.« Sie klang mehr resigniert als wütend. »Als ob das ein Ersatz dafür wäre, daß sie heute an nichts glauben.«

»Was zum Beispiel?« Welche Philosophie, egal, ob politisch oder persönlich, sollte bitteschön zwanzig Jahre Prüfung an der Realität überleben?

»Zum Beispiel das, woran wir immer geglaubt haben!«

»O Mutter. Wir haben an den Kram geglaubt, so fest wir konnten, und wohin hat es uns gebracht? Die Achtziger sind zu den Fünfzigern geworden. Warum sollen wir uns darüber etwas vormachen?«

»Du meinst, warum sollen wir es nicht einfach zynisch betrachten?« Sie wich zurück und richtete sich auf, um mich über eine breite Kluft von Ideologie hinweg anzusehen. »Weißt du, es ist sehr einfach, sein Augenmerk auf die Fehlschläge zu richten und es als die Zeit der Perlen und Poster abzutun, im Gegensatz zur Zeit der – was weiß ich, was euch heute eben gefällt, Autos oder Kleider oder was auch immer.«

Euch. Euch Yuppies. Au, das tat weh.

»Ich muß los.«

Ein Hauch von Traurigkeit lag in ihrem Blick. »Komm doch mal wieder zum Abendessen, Willa June.«

»Bald.«

»Dein Vater und ich, wir haben erst heute morgen darüber gesprochen, wie sehr uns unsere Familienessen fehlen.« Sie begann wehmütig zu klingen. »Bei denen du über Nacht geblieben bist.«

Ich küßte sie auf die Wange. Sie roch nach Räucherstäbchen und altem Pullover. Wie die mütterlichen Umarmungen meiner Kindheit.

Euch Yuppies. Ich ging.

19. KAPITEL

Den Rest des Nachmittags verbrachte ich abwechselnd mit Joints und kleinen Nickerchen, eingelullt in einer großen Wolke aus Selbstmitleid.

So viele Dinge im Leben hatte ich nur meiner Karriere zuliebe getan. Die ganze Zeit im College – jahrelange Gehirnwäsche. Das Jurastudium, die Zulassungsprüfung bei der Anwaltskammer. Und zuletzt die qualvolle Zeit im Smog-Exil: ein ganzes Jahr meines Lebens, in dem jede Minute ein Greuel gewesen war. Bis ich am Ende richtig eindrucksvoll war, wenn auch nur auf dem Papier, nirgendwo sonst. Und wozu das alles? Nur, um es jetzt mit einem Schwung alles wegzuwerfen.

Ich spielte mit dem Gedanken, meinen Therapeuten in L. A. anzurufen. Aber dann wurde mir mit einem Mal klar, daß ich mich dieses Jahr eigentlich auch nicht glücklicher oder psychisch ausgeglichener fühlte als letztes Jahr. Und ich fragte mich, ob eine Therapie die gleiche Wirkung hat wie Mückenstiche, die man kratzt. Vielleicht entzündeten sich die eigenen Probleme durch das Grübeln nur und breiteten sich auf gesundes Gewebe aus, bis am Ende der ganze Körper juckte. Gegen vier Uhr nachmittags klingelte es an meiner Tür. Ich war im Wohnzimmer, fühlte mich angenehm high und dachte: Was soll's, ich habe mich unprofessionell verhalten, na und? Wenn ich mich nicht darüber aufrege (das war der Schwachpunkt meiner Argumentation), warum sollten es dann die anderen tun?

Ich riß die Tür auf und sah George McLeod vor mir im Flur stehen. Den hageren George, in weißem Hemd und blauer Krawatte, das Sakko über dem Arm. Er machte einen verärgerten Eindruck. Sein Kinn war gekräuselt, so daß der sorgfältig geschnittene Bart in Borsten abstand, die Brauen waren herabgezogen, was irgendwie komisch wirkte, sein Gesicht und das schüttere Haar waren feucht vom Schweiß. Er schnupperte ein paarmal, um mir zu bedeuten, daß er meinen letzten Joint riechen konnte und ihn mißbilligte.

»Der Richter hat mich hergeschickt«, verkündete er, als erwarte er, daß ich einen roten Teppich ausrollen würde. Als ich es nicht tat, sagte er gereizt: »Darf ich vielleicht reinkommen?«

Ich probierte meine Stimme aus. »Sicher.« Durch das Rauchen klang sie wie ein Janis-Joplin-Krächzen. Ich räusperte mich und machte ihm Platz.

Er sah sich im Wohnzimmer um und schüttelte den Kopf. Teure neue Möbel hatten mich leider nicht ordentlicher gemacht.

Ich ließ mich auf das Sofa plumpsen und überließ ihm die Entscheidung, von welchem Sessel er die Kleider wegräumen wollte.

»Wir haben den ganzen Tag versucht, dich anzurufen«, sagte er vorwurfsvoll und setzte sich auf ein paar schmuddelige Sweatshirts mit dem Emblem der Stanford University darauf.

»Ich hab den Telefonstecker herausgezogen.«

»Und was treibst du den ganzen Tag?«

»Entspannen.«

»Hast du den Verstand verloren? Was ist mit deiner Arbeit? Was willst du – was willst du?« Ihm fehlten die Worte.

»Entspannen«, wiederholte ich. »Ich habe gekündigt, das ist mit der Arbeit. Also entspanne ich mich.«

George schüttelte den Kopf, nicht nur ein bißchen, sondern in weitem, langsamem Bogen, offensichtlich anstelle harter Kritik. »Der Richter nahm an, du hättest es aus Wut gesagt, er dachte nicht, daß du es ernst gemeint hast. Wir haben dich heute zurückerwartet. Wir haben dich angerufen. Ich meine, du mußt – du solltest jetzt gleich mit mir zurückfahren. Ich glaube, du kannst immer noch –« Er schüttelte wieder den Kopf.

»Nein.«

Er beugte sich in seinem Sessel vor. »Du kannst eine Stelle als Schriftführerin nicht einfach kündigen!«

Gestern morgen hätte ich ihm recht gegeben. »Nimm die Realität zum Maßstab, dann wirst du sehen, daß ich gekündigt habe. Ob ich kann oder nicht, ich hab's getan.« Ein letzter Funke Unsicherheit lebte in mir auf. »Warum hat der Richter dich geschickt?«

»Damit ich rausfinde, was los ist.«

Ich versuchte, mir eine geistige Wiederholung der Szene im Richterzimmer zu ersparen. Ohne Erfolg. Verflucht.

Verflucht.

»Du willst allen Ernstes kündigen?« Georges Tonfall war ungeduldig, wütend. Seine Wangen waren rot vor Aufregung. »Es ist dumm zu kündigen. So eine große Sache war das auch wieder nicht. Irgendwie natürlich schon, aber eigentlich nicht. Ich meine, *Ex-parte*-Gespräche sind nicht so ungewöhnlich.«

»Anwälte sind *Ex-parte*-Tiere.«

»So viele Stunden habe ich auch nicht in den Fall investiert – wir haben ihn erst seit ein paar Wochen. Es wäre etwas anderes, wenn wir mitten im Prozeß stünden. Außerdem wußtest du ja nichts von der Sache, meinte der Richter.« George hielt den Kopf schief, als wollte er in meinem Gesicht lesen, ob ich da ehrlich gewesen war. »Du hast doch nichts gewußt?«

Ich sah George an und überlegte, wie lange es schon her war, daß irgend jemand meine Wohnung betreten hatte, hier oder in L. A. Während ich ihn so ansah, fühlte ich mich plötzlich wohl in seiner Gegenwart. Auch wenn er Streit suchte. Auch wenn er Republikaner war.

Aber war das nicht die gleiche Vertrauensseligkeit, in die ich Edward Hershey gegenüber verfallen war? Ich hatte angefangen, ihn für einen Freund zu halten; ich hatte geglaubt, nur weil wir eine kurze gemeinsame Vergangenheit hatten, könnte ich ihm über den Weg trauen.

»Nein, ich wußte nichts. Ich dachte, ich würde mich für Delacorts Frau verwenden. Als Gefälligkeit für einen – einen Bekannten.«

»Wußte der Bekannte, daß du für den Richter arbeitest?«

Ich nickte. »Du bist ihm neulich morgens im Büro begegnet. Edward Hershey. Ein Privatdetektiv aus Santa Cruz.«

George blickte finster drein. »Übernimmt er auch Nachforschungen im Vorfeld zu Gerichtsverhandlungen?«

»Das nehme ich an.«

»Nun, Delacort hat für diesen Wertpapierschwindel inzwischen eine Neuzuweisung beantragt. Eigentlich werden Gerichtsfälle nach dem Zufallsprinzip per Computer an die einzelnen Richter verteilt. Aber Neuzuweisungen macht der Vorsitzende Richter persönlich.« Er strich sich nachdenklich den Schnurrbart glatt. »Und das ist zur Zeit Richter Rondi, vertretungsweise, seit Bendix im Ruhestand ist, so lange, bis sie einen neuen ernannt haben.«

Rondi, dieser Faschist, der mich ins Gefängnis gesteckt hatte.

»Er hat die meisten Dienstjahre«, fuhr George fort. »Rondi wurde noch von Eisenhower ernannt, wußtest du das? Jedenfalls hat Rondi beschlossen, den Fall selbst zu behalten. Richter Shanna ist natürlich verärgert, weil es für Rondi Weiße-Kragen-Kriminalität nicht gibt. Für ihn ist das ›kreatives Management‹ – er hat vor ein paar Jahren mal einen Artikel darüber in einer Fachzeitschrift veröffentlicht.« Fortgesetztes Schnurrbartstreichen. »Eigentlich bin ich ganz Rondis Meinung, aber die Art, wie es dazu kam, ist problematisch. Wenn man bedenkt, daß Shanna in dem Ruf steht, Weiße-Kragen-Kriminelle zur Strecke zu bringen.« Streich. Streich. »Für Delacort ist es ein Glücksfall, daß der Fall neu zugewiesen wurde.«

»Oder aber er hat Edward Hershey dafür bezahlt, das Ganze zu arrangieren.«

Georges Gesicht verzog sich zu einem Zwischending zwischen Stirnrunzeln und Grimasse. »Indem er die Schriftführerin hinters Licht führt? Wie sollte denn da die Anklage lauten?«

»Einmischung in ein schwebendes Verfahren?«

»Wieso? Das Verfahren macht doch Fortschritte.«

Verflucht seien alle beide. Rondi und Hershey. Ich verachtete sie alle beide schon seit 1971. Welche böse Ironie des Schicksals hatte sie wieder in mein Leben gebracht? Alle beide. Zur gleichen Zeit.

»Erzähl mir mehr über Delacorts Fall«, befahl ich. Vielleicht würde es mich etwas über das Schicksal lehren.

Aber ich hätte mir denken können, daß es nicht viel mit Schicksal zu tun hatte.

Und ich hätte mir denken können, daß ich zu stoned war, um der Erläuterung eines Wertpapierschwindels zu folgen, auch wenn ich der Sache noch soviel transzendentale Bedeutung zumaß. Ich verstand immerhin so viel, daß der Fall irgend etwas mit Kapitaleinlagen für Firmen zu tun hatte, die als Sicherheit nur ihren Ruf, nicht aber Vermögenswerte anboten, und damit, daß dies für die Investoren als akzeptabel dargestellt wurde. George verfiel in eine Tirade gegen die Selbstdarstellung gewisser Unternehmen, und sein Gesicht wurde dabei immer roter.

»Ich habe Richter Shanna gesagt, daß technisch nichts auszusetzen war an der Transaktion, daß es nur darauf ankäme, ob es eine Absicht zum Betrug gab. Oder andersherum gesagt, ob die Firma nicht die Pflicht gehabt hätte, darauf hinzuweisen, daß die Anteile im Grunde wertlos waren. Denn sie standen für nichts anderes als für den ungeheuren Schuldenberg des Unternehmens und waren deshalb freilich schwer verkäuflich. Die Kläger behaupteten, sie hätten geglaubt, aufgrund verschiedener Darstellungen, daß sie eine Art Aktie kauften, auch wenn es als Schuldverschreibung quittiert wurde.«

Ich versuchte mich auf Georges Ausführungen zu konzentrieren, aber ich war stoned; und wenn man stoned ist, dann bekommen irgendwelche Randwahrnehmungen das gleiche Gewicht wie der Gegenstand der Unterhaltung selbst. Ich dachte mindestens so viel über Georges Krawatte nach (warum nur hatten Anwälte die Farbe ihrer Krawatten nach Bushs Amtsantritt von Rot auf Blau umgestellt?) wie über seine Worte. Ich dachte über Unternehmensrecht im allgemeinen nach; über Vereinbarungen, Vertragsklauseln, endlose Verzögerungsanträge. Und ich dachte über Anwälte nach, die über nichts als ihre Neuerwerbungen, ihren Urlaub und ihren Sport sprachen. Möge Gott mich vor ihnen bewahren!

Ich versuchte, wieder zurückzublenden. »Delacort ist der Anwalt des Unternehmens?«

George nickte. »Er arbeitet in San Jose, in der Filiale einer großen Kanzlei aus L. A. Die Vorbereitung der Akten haben sie in L. A. gemacht. Delacort ist für die Prozeßführung zuständig. Er ist Spezialist für High-Tech-Prozesse in Silicon Valley.«

Ja. Das ergab einen Sinn. In Santa Cruz fehlten die Industrie und die Firmen, die einen Anwalt reich machen konnten. San Jose andererseits mit seiner ganzen High-Tech-Industrie war ein gedeckter Tisch für jemanden wie Delacort. Sein schönes Haus schrie geradezu nach pendelndem Anwalt; nur hatte ich gar nicht darüber nachgedacht. Ich war zu sehr damit beschäftigt, über Fälle schiefgegangener Liebe nachzudenken.

»Weißt du, was ich glaube?« George rutschte auf seinem Sessel hin und her. »Ich glaube, Rondi wird die Klage nach dem Schlußplädoyer von Delacort abweisen. Noch ein paar Tage und der Fall wird nicht mehr vor Gericht verhandelt.«

»Wer vertritt denn die Kläger? Wer *sind* überhaupt die Kläger?«

»Frag lieber, wer es nicht ist. Es ist eine ganze Heerschar von kleinen Investoren, die Anklage erhoben haben.«

»Wer ist der Anwalt dieser Heerschar?«

George zeigte sich leicht überrascht. »Ich dachte, du wüßtest – du interessierst dich doch so für ihn. Harry Prough.«

Kurt Vonnegut hat einmal gesagt, es gebe Menschen, die einem in gewissen Abständen im Leben immer wieder begegnen, die man immer wieder überraschend trifft, um sich über sie zu ärgern, wie über einen immer wiederkehrenden Hautausschlag. Er sagte, sie seien Teil des »Karass«, einer Art kosmischen Teams, von dem man umgeben sei. Hershey, Rondi – sie gingen mir schon lange auf den Karass. Nun schien auch Harry Prough sich zu ihnen gesellt zu haben.

George sah auf die Uhr. Ich erwartete, er würde sagen, daß er jetzt los müsse. Ich rechnete damit, er würde sagen, er wolle eine Antwort, die er dem Richter bringen könne. Statt dessen fragte er: »Hast du schon gegessen?«

Ich war nicht sicher, ob ich ihn richtig verstanden hatte.

Er fügte hinzu: »Bist du o. k.? Ich bin nicht hergekommen, um dich, na, du weißt schon, fertigzumachen, wenn du sowieso schon angeschlagen bist.«

»Mir geht's gut.«

Er sah nicht überzeugt aus. »Laß uns zusammen essen«,

sagte er noch einmal. »Komm schon, ich würde wirklich gern mit dir essen.«

Ich stand hastig auf und ging in Richtung Schlafzimmer – das war der einzige Weg, der mir einfiel, um ihm den Rücken zuzudrehen. Dann sagte ich das einzige, was zu meinem Verhalten paßte. Ich sagte: »Ich hol nur schnell einen Pullover.«

Ich schloß die Schlafzimmertür hinter mir, und mein Blick verschleierte sich. Ich weiß nicht, warum – normalerweise haben Einladungen zum Abendessen nicht diese Wirkung auf mich.

George und ich kauften uns »Hoagies« und aßen sie im Buena Vista Park. Wir sprachen über die Universität und über Kinofilme. Der Sommernebel hatte sich ausgebreitet; wir hatten den Park für uns. Die Welt gefiel mir ganz gut.

»Der Richter nimmt an, daß du krank bist oder durcheinander oder so was. Er erwartet dich zurück«, wiederholte George. »Du mußt ihn also anrufen, wenn dir das mit der Kündigung ernst ist.«

»Aber ich hab ihm doch gestern gesagt, daß ich –«

»Oder du könntest tun, was er von dir erwartet.« Er winkte einem Schnorrer ab. »Und morgen wieder erscheinen. Damit würdest du die Dinge erheblich vereinfachen.«

Vereinfachen. Ja, eine feste Arbeit machte die Dinge wirklich einfach. Es engte das Ausmaß der Midlife-crisis ein gutes Stück ein. Es sorgte für die Bezahlung der Macy's-Rechnungen.

»Vielleicht.« Die Alternative dazu war, meine Tage damit zu verbringen, Wein zu trinken und meine Übelkeitsschwelle zu erhöhen. »Na gut, o. k.«

George lächelte und drückte sanft meinen Arm. Dann errötete er. Ich wünschte, mein Therapeut hätte das sehen können: jemand, dem kleine Intimitäten noch unangenehmer waren als mir.

Um halb sieben war ich wieder zu Hause. Ich ging eine Weile auf und ab und raufte mir dabei die Haare. Ich hatte mir vorgenommen, bis zum nächsten Tag wieder auf dem Damm zu sein, meinen Job wiederaufzunehmen und dem Richter gegenüberzutreten, mein Leben wieder in die Hand zu nehmen.

Das hieß erst mal wieder nüchtern werden. Ich nahm das bißchen, was von meiner frischen Portion Gras noch übrig war, und fuhr damit zur Golden Gate Bridge.

Als ich auf der Bay-Seite der Brücke stand, zitternd in dem messerscharfen Wind, die Finger um das Tütchen Gras in meiner Tasche gekrümmt, schaute ich hinaus, an Alcatraz und Angel Island vorbei zum Jachthafen, der durchsetzt war von schwarzen Lücken, wie fehlende Teile in einem Puzzle. Das Haus, das Julian Warneke meiner Mutter vermacht hatte, war nicht mehr da; eingestürzt bei dem Erdbeben, das ich verpaßt hatte. Mutters »Versteck« für Salvadorianer, deren Visum abgelaufen war – jetzt war es nur noch ein Stück erstklassiges Bauland, dessen Bebauung sie sich aber nicht leisten konnte. Es zu verkaufen, davon hielten sie sentimentale Gefühle ab. Es war das gleiche wie mit den Sechzigern; wir wußten nicht, wie wir sie wiederaufbauen sollten, aber abstoßen konnten wir sie auch nicht.

Der Abendhimmel war grau, die Bay dunkel und unruhig, gesprenkelt von den schief im Wasser liegenden Segelbooten.

Ich sah senkrecht nach unten, die Hand noch immer in der Tasche. Ich wußte nicht, ob ich das Leben ohne Marihuana aushalten würde, ohne das angenehm Betäubende der verschwommenen, veränderten Wahrnehmung. Außerdem hatte sich das letzte Mal, als ich es weggeworfen hatte, auch nicht viel geändert. Es war mir auch ohne dessen Zutun gelungen, erstklassigen Mist zu bauen.

Ich ließ das Tütchen in meiner Tasche stecken und legte beide Hände auf das rote Stahlgeländer der Brücke. Es fühlte sich schlüpfrig und kalt an. Und es vibrierte unter dem Verkehrsfluß, Tausende Tonnen von Metall. Ich sah hinunter ins Wasser, dunkles Graugrün im abendlichen Nebel. Die Bewegung der grauen Schatten wirkte hypnotisch, wie ein Sog.

Vielleicht sollte ich mein Gras selbst über die Brücke tragen. Springen, wie ich es im Traum immer tun wollte.

Vielleicht war ich nur deshalb zur Brücke gekommen. Vielleicht war ich in Wirklichkeit gekommen, um zu springen.

Springen und die Wahrheit nie erfahren: wie in meinem Traum. Nur, daß es zu spät war – ich wußte, wer Julian Warneke getötet hatte.

Ich wußte es – ich wollte es nur nicht wahrhaben.

Die Wahrheit nie erfahren. Welche Wahrheit? Ob ich beruflich Karriere machen würde? Ob ich mein Privatleben in den Griff bekommen würde? Jemandem vertrauen konnte?

Ich schaute noch lange Zeit ins Wasser. Meine Hände wurden taub auf dem eisigen Geländer.

Ich sprang nicht. Und mein Gras auch nicht.

20. KAPITEL

Am Mittwoch morgen kam ich zu spät zur Arbeit. In der Eingangshalle stand eine lange Schlange vor dem Metalldetektor, aber der Sicherheitsbeamte erkannte mich und winkte mich durch.

Der Korridor im achtzehnten Stock war düster und kühl, und abgesehen von ein paar Sekretärinnen begegnete ich keiner Menschenseele. Zwei Stockwerke darüber hackten Reporter wie wild auf Computertasten herum und brachten Telefonleitungen zum Glühen. Zwei Stockwerke darunter saßen Anwälte in der Bibliothek und blätterten gähnend in irgendwelchen Gesetzbüchern. Aber tief drinnen im Innern des Labyrinths, hinter schweren Türen verborgen und abgeschirmt durch Sprechanlagen und Summer, herrschte rege Geschäftigkeit.

Wenn ich mich im Griff hatte und mich wenigstens äußerlich benahm wie eine Anwältin (nobel war diese Einstellung vielleicht nicht, aber wenigstens pragmatisch), würde ich es schon durchstehen. Als ich um eine Ecke bog, wäre ich beinahe mit einem kleinen Mann in einem schwarzen Anzug zusammengestoßen. Ich trat einen Schritt zurück und setzte gerade reflexartig zu einer Entschuldigung an, als ich merkte, wer vor mir stand. Der Ehrenwerte Manolo M. Rondi, dieser Faschist mit dem Pflaumengesicht, dem ich die zwei traumatischsten Monate meines Lebens zu verdanken hatte.

Wir blickten uns argwöhnisch an. Man konnte zusehen, wie die Erinnerung in ihm erwachte, an damals vor zwei Jahren, als ich ihn durch raffinierte Erpressung gezwungen hatte, ein Urteil gegen einen Mandanten aufzuheben, der ein politischer Aktivist war. Wir hatten nie unsere Karten auf den Tisch gelegt: Ich wollte nicht aus der Anwaltskammer wegen Erpressung eines Richters ausgeschlossen werden, und er wollte seine Bestechlichkeit nicht offen zugeben. Einige vage Andeutungen hatten genügt – nicht nur, um meinem Mandanten aus der Patsche zu helfen, sondern auch, um Rondis Haß auf mich erneut zu schüren.

Wir standen einen Augenblick wie angewurzelt da, wie unter Schock. Dann spähte er den Gang auf und ab, offensichtlich, um zu sehen, ob wir allein waren. Er beugte sich vor – mit fast verschwörerischer Geste. Durch zusammengepreßte Zähne flüsterte er: »Ich weiß nicht, was Sie da vorhaben in diesem Betrugsfall, ich weiß es wirklich nicht. Aber ich werde es herausfinden, das verspreche ich Ihnen schon jetzt. Denn Mike Shanna zieht sich nicht ohne guten Grund aus einem Fall zurück.« Zur Bekräftigung nickte er lebhaft, wobei sich nicht eine einzige Strähne aus der Gewalt der Pomade löste. »Sie haben mehr getan, als Mike erzählt hat. Das steht fest.«

Er trat zurück, machte einen übertrieben weiten Bogen um mich und ging davon. Ich blieb noch eine Weile stehen, mit angehaltenem Atem, um der noch in der Luft schwebenden Knoblauchwolke aus seinem Mund zu entgehen.

Als ich in Georges und mein Büro kam, fand ich eine Nachricht auf meinem Schreibtisch.

Edward hatte angerufen. Die Notiz enthielt nichts weiter als seine Büronummer.

Hielt er mich immer noch für ein naives neunzehnjähriges Mädchen, das ihm alle Lügen abnahm, mit denen er sich wieder ins rechte Licht rücken wollte?

Ich knüllte den Zettel zusammen und warf ihn gegen die Bürotür. Im gleichen Moment ging die Tür auf. Der Papierball prallte von George McLeods Brust ab und hüpfte über den Teppichboden. George sah hinunter, eine Augenbraue hochgezogen. Dann bückte er sich, um das Bällchen aufzuheben, und strich es beim Hochkommen wieder glatt.

Während er die Tür hinter sich schloß, sah er auf den Zettel. Dabei schob er die Unterlippe vor, eine Mimik, die Männer mit Bart tunlichst vermeiden sollten. Dann schritt er nachdenklich auf seinen Schreibtisch zu.

Er setzte sich, breitete die Notiz auf seinem Kalender aus und sah mich an.

»Wußtest du, daß ich geschieden bin?«

»Nein.« Ich hatte ihn immer als Kind betrachtet. Frisch von der Universität. Wahrscheinlich war er nach der High-School direkt aufs College gegangen – nicht wie ich, die ich fast ein Jahrzehnt das Leben einer Zigeunerin geführt hatte, bis der Reiz der »Lebenserfahrung« sich angesichts des erbärmlichen Mindestlohns gelegt hatte. George hatte vermutlich College und Jurastudium ohne Unterbrechung durchgezogen. Er war heute ein reifer Mittzwanziger, während ich eine unreife Mittdreißigerin war.

»Meine Frau kam ständig spät nach Hause, reichlich spät, mit fadenscheinigen Ausreden.« Er zuckte die Achseln. »Ich überlegte hin und her, ob ich ihr glauben sollte – es hatte offenkundige Vorteile; ich liebte sie zufälligerweise wirklich sehr. Aber. Aber, aber, aber.«

Ich wartete auf die Pointe. Als er keine lieferte, versuchte ich, sie zu erraten: »Es stellte sich heraus, daß sie immer die Wahrheit gesagt hatte?«

Er machte ein erstauntes Gesicht. »Woher soll ich das wissen? Ich habe mich von ihr scheiden lassen.«

»Ich verstehe nicht, worauf du hinauswillst.«

»Ich auch nicht.« Ein langes Seufzen. »Ich hab mich immer gefragt, ob ich wohl jemals wieder mit einer Frau zusammenkommen werde.«

Ich sah ihm zu, wie er die Telefonnotiz mit der Faust glattstrich.

»Ich glaube«, fügte er hinzu, »daß man anderen Menschen nicht ihretwegen vertraut, sondern um seiner selbst willen.«

»Das ist aber nicht die richtige Einstellung für unsereinen, George. Das Wichtigste für einen Anwalt ist, die Augen offenzuhalten. Man muß die Tatsachen erst genau kennen, um dann mit ihnen jonglieren zu können.«

Er glättete den Zettel immer weiter und blickte ihn völlig selbstvergessen fortwährend an.

Schließlich sah er mir in die Augen. »Ich habe mein Examen im Januar gemacht, das weißt du. Aber du glaubst bestimmt, ich habe ein Semester übersprungen und das ganze in zweieinhalb Jahren durchgezogen, stimmt's?« Er machte eine Pause; ich mußte nicht antworten. »Das Gegenteil ist der Fall, ich habe im zweiten Jahr ein Semester ausgesetzt. So hart war meine Scheidung.«

Mich interessierte, was er erzählte, aber ich wußte nicht recht, worauf er hinauswollte. Vielleicht wußte er das selbst nicht. Er öffnete einen Aktendeckel und fing an, die Schriftstücke auf seinem Schreibtisch auszubreiten.

Ich wartete darauf, daß er noch etwas sagte, aber es kam nichts.

21. KAPITEL

Wenn mein Therapeut über Vertrauen gesprochen hatte – und das hatte er häufig getan –, hatte es sich immer angehört, als spreche er über Philosophie; offensichtlich war das die Art der selbstverwirklichten Leute. Meine Eltern, so hatte er mir erklärt, hatten mich »verlassen«, als sie ins Gefängnis gingen; und nun erwartete ich von allen, von ihnen verlassen zu werden. Vor allem, nachdem einige Leute – die ich für Freunde gehalten hatte – versucht hatten, mich so zu verlassen, indem sie mich gleich ins Grab bringen wollten.

Natürlich war meinem Therapeuten klar, daß sogar Paranoiker richtige Feinde haben können – und ich selbst hatte mindestens dreimal die Krone der »Miß Berechtigte Paranoia« gewonnen. Aber, so hatte er mir entgegnet, es sei »persönlichkeitszerstörend«, wenn man durchs Leben gehe und überall Verrat wittere. Im Interesse einer klugen Überlebensphilosophie sei es sinnvoll, zu einer »allgemeinen, wenn auch vorsichtigen« Vertrauenshaltung zu gelangen. Mit universalem Mißtrauen würde ich nur »defensiv und verschlossen« bleiben.

Ich dachte über meine Zeit in L. A. nach – ein Jahr lang hatte ich mich jeden Abend verkrochen und meine Joints geraucht – wahrscheinlich hatte mein Therapeut recht. Ein schwacher Trost: Das hieß, ich war nicht nur politisch auf die schiefe Bahn geraten, sondern auch noch psychisch.

Ich wollte gern glauben, daß ich mich im Leben wohler fühlen würde, wenn ich es schaffte, den Vertrauenssprung zu machen, der notwendig war, um meinen Freunden (wer immer das sein mochte) zuzutrauen, daß sie ehrlich zu mir waren.

Aber ich war nicht gut in Vertrauenssprüngen. Jedesmal, wenn ich einen machte, stürzte ich in einen Abgrund.

Also dachte ich mir einen Kompromiß aus: Wenn ich herausbekam, wer worüber log, dann konnte ich per exclusionem darauf kommen, wem ich trauen konnte. Nach einem kleinen Vorsieben würde ich den Sprung wagen. Ich würde die Lügner herauspicken und allen anderen den Schlüssel zu meinem nicht mehr zynischen Herzen aushändigen. Am Ende würde ich Leo Buscaglia in den Schatten stellen.

Am Samstag morgen fuhr ich runter nach Santa Cruz.

Ich traf Edward Hershey in seiner Garageneinfahrt an. Er war gerade dabei, ein Kajak auf dem Dach seines Jeeps festzuzurren. Als ich meinen Wagen hinter dem seinen zum Stehen brachte, machte er ein verwirrtes Gesicht – um es milde auszudrücken.

Außerdem machte er den Eindruck, als sei er gerade einer Schlägerei entronnen. Die Lippen waren geschwollen, und an der Augenbraue war er genäht worden. Wangen und Kinn hatten die Farbe von verdorbenem Kalbfleisch.

Bevor ich ihn danach fragen konnte, sagte er: »Ich hatte keine Ahnung, daß Delacort einen Fall vor Shanna hat. Ich schwöre bei Gott.« Er wich zurück, als ich aus dem Wagen stieg; er zeigte mir mit ausgestreckten Armen die geöffneten Handflächen.

»Was ist mit dir passiert?«

Er faßte sich reflexartig ins Gesicht. »Kleiner Überfall. Nicht so schlimm.«

Da packte mich die Neugier. »Im Ernst? Was ist passiert?«

»Ein Einbruch, hier im Haus, mitten in der Nacht, letzten Sonntag.«

»Du hast einen Einbrecher überrascht?«

Mit einem Ruck zog er das Seil stramm, mit dem er das Kajak auf dem Dach befestigte. »Jemand ist in mein Schlafzimmer eingedrungen. Hat mir ein paar Fausthiebe verpaßt und ist wieder verschwunden. Wie ich schon sagte, nicht weiter schlimm.«

»Was ist mit Rita?«

»War nicht da.« Er seufzte. »Wünschte, ich könnte sagen, du solltest erst mal den anderen Kerl sehen. Aber ich hab ihn nicht mal richtig zu Gesicht gekriegt. Es ging peng, peng und auf Wiedersehen.«

»Du weißt nicht, wer es gewesen ist? Er hat nichts mitgenommen?«

»Nein.« Er betrachtete mit ernstem Gesicht die Seillänge in seiner Hand und zog es noch einmal fest. Er hantierte noch ein paar Minuten damit herum, ohne mich zu beachten.

Trotz seines offensichtlich geschwächten Zustandes blieb ich feindselig; mir war zu heiß in Jeans und T-Shirt, und vom Grasgenuß am Vorabend fühlte ich mich noch benebelt. »Ich glaube dir nicht, was Delacort betrifft. Ich glaube, du hast das alles eingefädelt.«

»Du kannst mich mal.« Er kratzte sich am Bein, da, wo seine Shorts aufhörten. »Ich hab was Besseres zu tun, als mich von dir heute anmachen zu lassen.«

Ich fragte mich, wie viele blaue Flecke auf dieser selbstgefälligen Fresse wohl noch Platz hätten. »Wenn du dein verdammtes Kajak auf dem Kopf davontragen willst, fein. Aber ich fahre mein Auto keinen Millimeter beiseite, solange du mir nicht bewiesen hast, daß du nicht für Delacort arbeitest.«

Er drehte sich langsam um, bis er mir ins Gesicht sah. Beim näheren Anblick der Verletzungen zuckte ich vor Schreck zusammen. Eine Minute lang standen wir einfach nur da.

»Das sieht dir wieder mal ähnlich, Willa. Wie oft habe ich mich schon entschuldigt für den Herpes? Sechshundertmal, oder nicht? Was verlangst du eigentlich noch von mir?« Er fiel theatralisch auf die Knie und faßte sich mit beiden Hände ans Herz. »Verzeih mir, mea culpa, es tut mir so scheißverdammt leid. Okay?«

»Es geht nicht um den Herpes.« Ich legte ihm einen jüngeren Verrat zur Last, wie er sehr wohl wußte. »Und ich finde es schäbig von dir, das jetzt aufs Tapet zu bringen. Willst du vielleicht sagen, ich hätte kein Recht, auf dich böse zu sein, weil du mich über Delacort angelogen hast? Du behauptest einfach, meine Wut käme von etwas anderem – etwas, wofür du dich übrigens nie entschuldigt hast. Nicht ein einziges Mal, und schon gar nicht sechshundertmal. Du fällst vor mir auf die Knie – aber das ist keine Entschuldigung. Das ist eine verdammte Show, die du da abziehst – und eine verdammt falsche dazu.«

»Mea culpa, mea Scheiß culpa. Sechshundertundzwei.« Er stand auf. »Wann hab ich dich über Delacort angelogen?«

»Als du zu mir gesagt hast, er sei Anwalt in Santa Cruz.«

»Das hab ich nie gesagt. Ich hab vielleicht gesagt, er *wohnt* in Santa Cruz. Aber ich habe nie behauptet, daß er dort arbeitet.«

Ich versuchte mich an Edwards genaue Worte zu erinnern. »Spielt keine Rolle – du wußtest, wie ich es verstanden hatte.«

»Ach, tatsächlich?« Er faßte sich an die Brust, als ob er Schmerzen hätte. »Woher soll ich wissen, wie du irgendetwas – Zum Teufel, jedesmal, wenn wir uns treffen, machst du mir die Hölle heiß wegen einer Scheiße, die neunzehn Jahre zurückliegt. Jedesmal, wenn ich nur nett sein will, schneidest du mir fast den Schwanz ab. Woher soll ich wissen, was in deinem Kopf vorgeht? Außer daß du wieder zu irgendeiner grausamen Schlußfolgerung über mich kommst.«

Ich behielt die Fassung, indem ich mich gegen das Auto lehnte. »Ich kenne Anwälte deines Schlages, Edward. Man fragt sie nach X, und sie ereifern sich über Y – nur um dich in einen anderen Streit zu verwickeln, einen, auf den du nicht vorbereitet bist und den du daher nicht gewinnen kannst.« Ich mochte paranoid sein, aber das hieß verdammt noch mal nicht, daß ich unrecht hatte. Es hieß nicht, daß ich dumm war. Und es gab diesem verfluchten Edward Hershey nicht das Recht, sich mir gegenüber so aufzuspielen. »Du arbeitest für Delacort, nicht für seine Frau.«

»Was soll das? Du hast deinen Job doch nicht verloren, oder?«

»Mein Job ist nicht das Thema.« Ich konnte fast den kalten Stahl der Golden Gate Bridge unter meinen Händen spüren. Keine Chance, Hershey klarzumachen, wie ich mich fühlte. »Der Punkt ist, ich dachte, du seist ehrlich zu mir. Ich bin sicher, Rita Delacort dachte ebenfalls, du seist ehrlich zu ihr. Aber du benutzt uns lediglich, um Delacort zu helfen, einen Fall zu gewinnen. Du benutzt uns – du verrätst deine Freunde.«

Er schüttelte seinen zerschundenen Kopf und drehte sich weg. Aber er stritt es nicht ab.

22. KAPITEL

Ich war nur einer vagen Vermutung folgend hinausgefahren und staunte, daß ich Rita Delacort tatsächlich im Haus ihres Mannes antraf.

Sie öffnete mir die Tür und sagte ruhig, beinahe matt: »Die Kinder schlafen noch nicht ganz. Haben Sie was dagegen, wenn wir uns hier draußen hinsetzen?«

»Fein.« Ihre Terrasse aus Zedernholz war geräumiger als mein Wohnzimmer und teurer möbliert. Ich nahm auf einem Holzsessel mit dicken Kissen Platz, und sie wählte das dazugehörige Sofa. Um uns herum knackten Äste und rauschten Blätter.

Sie sagte: »Edward hat mich angerufen. Er dachte, Sie würden vielleicht herkommen.«

»Haben Sie sich mit Ihrem Mann wieder versöhnt?«

»Ich weiß nicht.« Unter ihren Sommersprossen war sie blaß, die dünnen Arme und Beine lagen auf die Kissen gebreitet; ganz verloren wirkte sie auf dem Sofa, ohne Selbstbewußtsein. Sie sah genau so aus, wie ich mich fühlte. »Ob ich mit ihm wieder versöhnt bin oder nicht, jedenfalls sollte ich es sein.«

Mir fiel ein, mit was für einer selbstsicheren Haltung Delacort Richter Shannas Büro verlassen hatte. Sein perfekter Haarschnitt, das wundervolle Haus – die Frauen bei Wailes & Roth hätten wer weiß was gegeben für einen Ehemann wie ihn.

»Was seltsam ist«, fuhr sie fort, »die Mutter meines ersten Mannes würde Phil mögen. Weil er jemand ist. Ein hohes Tier.«

»Ihr erster Ehemann war das nicht?«

»Das kann man nicht gerade behaupten. Wir haben mit

neunzehn geheiratet.« Die Erinnerung schien ihr das letzte bißchen Energie und Farbe aus dem Leib zu treiben. »Mit neunzehn. Ich war so schrecklich, so unsterblich verliebt in diesen kleinen Verrückten. Und fast noch mehr in seine Mutter. Sie war so italienisch.« Ein schwaches Lächeln. »Meine Eltern sind irischer Herkunft. Angepaßte Republikaner. Presbyterianer. Springformen aus Kupfer an den Wohnzimmerwänden.«

Diese Sorte von Familien hatte ich als Kind nur aus dem Fernseher gekannt. Und dieser Fernseher hatte in einem Zimmer gestanden, in dem sich Stapel von Anti-Kriegs-Flugblättern türmten und verbitterte Veteranen und Pazifisten drängten, um zu beratschlagen, wie die Kaution für irgend jemanden aufzutreiben war; ich hatte immer geglaubt, solche Familien seien Konstrukte der Medien. Und später war ich immer wieder erstaunt, wenn ich sah, daß es tatsächlich Leute gab, die ganz prosaische Versionen der *Donna Reed Show* lebten.

»Aber meine Schwiegermutter, die war etwas ganz Besonderes. Sie hatte ein hartes Leben hinter sich, ein dramatisches – die Brüder im Krieg gefallen, die Heimatstadt zerbombt, dann mit zwei kleinen Kindern ausgewandert, auf Ellis Island wäre sie beinahe ins Gefängnis gekommen, weil sie sich weigerte, die beiden auf Filzläuse untersuchen zu lassen.« Sie sah mir in die Augen, wie um sich zu vergewissern, daß ich sie verstand. »*Meine* Eltern, die zeigen keine Gefühle. Sie sparen den Rest ihrer Lebendigkeit für Partys auf. Und dann setzen sie diesen schonungslosen, beinahe kriminellen Charme auf. Phil tut das manchmal auch. Ich hasse es.«

»Hat Ihre erste Ehe lange gehalten?«

»Nein.« Sie wischte einen plötzlichen Hauch Feuchtigkeit von ihren Wangen. »Alle begannen zu lästern, wie altmodisch Monogamie sei, und dann kam der jugendliche

Übermut dazu; und ich glaube, ich dachte sogar, T – meinem Mann – würde es gar nicht soviel ausmachen, so modern wie er sich gab. Nun ja. Aber vor allem lag es einfach an Edward, wie er war und wie das zu dem paßte, was ich war.«

Edward. Mr. Klugscheißer.

»Das Schlimmste dabei war«, fuhr sie fort, »wie komplett ich mich getäuscht hatte. Wie sehr ich die Dinge schwarzweiß sah. Und verklärte.«

»Edward verklären?« Ich spürte einen Stich. Weil sie vielleicht diejenige in Boston gewesen war? Das war Jahre her. Andererseits hatte ich nicht allzu viele Männer geliebt seitdem.

»Nein. Meine Schwiegermutter. Diese Kultur. Die Andersartigkeit überhaupt.« Sie wischte sich eine feuchte Strähne aus dem Gesicht und setzte sich plötzlich auf. »Sie hat mich einmal angerufen, als die Ehe schon lange zerbrochen war. Ich weiß nicht, wie sie herausgefunden hatte, wo ich wohnte – ich hatte mich völlig zurückgezogen. Sie nannte mich *puttana*, Hure, und sagte, sie würde mich am liebsten umbringen für das, was ich ihrer Familie angetan hätte.«

Es kam mir taktlos vor zu sagen, daß sie mir die Geschichte bereits erzählt hatte.

»Was Sie ihr angetan hatten? Nur weil Sie einen Liebhaber hatten?«

Sie machte einen tiefen Atemzug und bog den Rücken durch. »Nein. Obwohl das schon Grund genug gewesen wäre. Mein Mann hat mir den Arm gebrochen, als er davon erfuhr.«

Ich muß ein schockiertes Gesicht gemacht haben. Sie streckte den Arm aus, wie um mir zu zeigen, daß er wieder heil war.

»Die ganze Sache machte mir angst. Ich meine, verglichen mit der Welt, in der ich aufgewachsen war, war das eine Emotion ... So etwas hatte ich nie erlebt. Ich drehte durch.«

»Da zogen Sie zu Edward.«

»Nach Santinas Anruf.« Sie neigte den Kopf. »Ich spreche normalerweise nie darüber. Aber ich habe Ihnen die Geschichte ja schon erzählt, oder? Daß jemand in seine Wohnung eingebrochen ist und mich vergewaltigt hat?«

»Den Teil noch nicht.« Ich hatte einen Kloß im Hals. »War das 1971?«

Nun war sie an der Reihe, überrascht zu sein. Sie nickte. »Edward ist kurze Zeit später hierher gezogen. Ich hatte Verwandte hier, einen Onkel, also kam ich auch hierher. Wir waren nicht verliebt oder so. Er liebte eine andere. Ich war nicht in der Lage, irgendeine Beziehung einzugehen. Aber wir hielten eine Weile Kontakt. Irgendwann traf ich dann Phil.«

Ich brachte es nicht fertig, sie zu fragen: Hatten Sie von dem Vergewaltiger Herpes? Haben Sie Edward angesteckt?

Eine Wolke verdunkelte die Sonne, der Himmel wurde schwarz. Die Dinge am Rand meines Blickfelds verschwanden. Meine Aufmerksamkeit galt nur noch Rita Delacort, nichts anderem. Blasse, sommersprossige Haut, kluge Augen, von alten Verletzungen gezeichnet, ein Gesicht, in dem ein Ausdruck ständiger Alarmbereitschaft lag, wie ihn die Überlebenden großer Katastrophen haben.

Edward hatte mich gebeten, dieser Frau einen Gefallen zu tun. Einer Frau, mit der er zusammengelebt hatte, während ich im Gefängnis saß und mich nach ihm sehnte.

Ich versuchte ein Gefühl zu haben, ich versuchte herauszufinden, welches Gefühl passend wäre. Wut hatte ich schon so oft und so intensiv gefühlt. Es schien mir nicht mehr das richtige zu sein.

»Irgendwie war es eine seltsame Ironie.« Sie stützte die

Ellbogen auf die Knie und beugte sich zu mir. »Da saß ich in diesen Italienisch-Kursen, und wir lasen all diese italienischen Zeitschriften, die in jeder Ausgabe irgend etwas über Entführungen brachten – wie man sich schützen konnte und so fort. Daß Entführer einen nicht morgens überraschen, wenn man ausgeschlafen ist und auf dem Weg zur Arbeit. Daß sie warten, bis man von der Arbeit zurückkommt, vollkommen daneben und müde. Und wissen Sie was? Genau so war's auch. Ich steckte den Schlüssel in Edwards Tür – er leerte Bettpfannen in einem Krankenhaus, er wollte Geld sparen, um nach San Francisco zu gehen –, und peng, da steht jemand hinter mir und drängt mich ins Haus.«

Hoffentlich ersparte sie mir die Details. »Daraufhin haben Sie Ihren ersten Hund gekauft?«

»Mein Onkel hat mir beim Kauf geholfen. Das heißt, eigentlich ein Freund von ihm, der bei der Polizei war. Über das Police Department hier in der Stadt.«

Sie ließ sich wieder in die Sofakissen sinken. »Ich spreche eigentlich nie darüber. Wirklich. Hoffentlich ist Ihnen das nicht unangenehm.«

Die Gespräche des vergangenen Jahres gingen mir durch den Kopf: über Kleider, Autos, Prozeßlisten und Anträge, Kreditvereinbarungen und Haftbefehle, computergesteuerte Sprinkleranlagen, Urlaub in der Karibik. Es tat fast weh, sich über etwas Reales zu unterhalten.

Ich wechselte das Thema, kehrte zu meiner Tagesordnung zurück. »Ihr Mann vertritt einen Fall vor dem Richter, für den ich arbeite. Ich wußte nichts davon, als ich mit Ihnen sprach. Ich wußte es nicht, bis er zum Richter ging und von ihm verlangte, den Fall wegen Befangenheit abzugeben. Der Fall wurde also neu zugewiesen – an einen Richter, der sehr viel mehr Verständnis für den Mandanten Ihres Mannes haben wird.«

Ihre Augenbrauen zogen sich zusammen. Sie hatte sie heute nicht schwarz nachgezogen; unter der dichten schwarzen Lockenpracht wirkten sie unpassend hell.

»Und ich bekam Schwierigkeiten«, fügte ich hinzu, obwohl ich mir die Schwierigkeiten hauptsächlich selbst eingebrockt hatte.

Ich wartete – vergeblich – auf eine Antwort. Ich sah, wie sich ihre Kehle bewegte, als falle es ihr schwer, ein Wort herauszubringen. Aber vielleicht war sie in Gedanken immer noch bei dem Mann in Edwards Wohnung. In mir stieg ein Gedanke hoch: Wenn ich in Boston ein paar Monate länger geblieben wäre, dann hätte es vielleicht mich erwischt.

Ich sagte hastig: »Als ich mit Ihrem Mann sprach, hatte ich den Eindruck, er hätte irgendeinen Trumpf im Ärmel, als hätte er sich irgendeine subtile Form der Rache ausgedacht. Erinnern Sie sich? Habe ich das nicht zu Ihnen gesagt?«

Ein geflüstertes »Ja«.

»Glauben Sie« – ich konzentrierte mich auf das Jetzt, auf diesen Moment –, »daß seine Rache darin besteht, daß Edward für ihn arbeitet?«

Plötzlich errötete sie, die Wangen glühten beinahe. Das war alles; keine weitere Reaktion.

»Klingt einleuchtend, nicht wahr?« bohrte ich weiter. »Ihr Mann heuert Edward an, der ihm über alles berichten soll, was Sie vorhaben. Und der ihm außerdem dabei helfen soll, einen Prozeß so zu manipulieren, daß sein Mandant Vorteile davon hat.«

»Sie sagen, es klingt einleuchtend.« Sie machte eine ungeduldige, hackende Geste. »Wie oft sind Dinge schon einleuchtend?«

Sie hatte mich am Schopf. »Darf ich Sie etwas fragen? Haben Sie Ihren Mann angerufen und ihm gesagt, daß ich ihn besuchen würde?«

Sie befeuchtete ihre Lippen. »Habe ich das? Mag sein.«

»Er hat mich jedenfalls erwartet. Wenn Sie es nicht waren –«

»Doch, vielleicht.«

»– dann muß Edward ihn angerufen haben. Um ihm zu melden, der Auftrag sei ausgeführt, die Angestellte des Richters sei unterwegs.«

»Wozu das alles?« Ritas Frage kam leise, beinahe ohne jede Betonung. »Dieser Richter, Ihr Chef, war er wütend?«

»Nicht allzusehr. Aber mit Sicherheit ist es eine schlechte Nachricht für die Kläger in dem Fall Ihres Mannes. Die werden von Harry Prough vertreten.«

»Harry Prough«, wiederholte sie. »O nein.«

»Ihr Mann heuert Ihren Exliebhaber an« – der Teufel sollte ihn holen, mußte er mit ihr ins Bett gehen, während ich im Gefängnis saß? –, »um Ihnen nachzuspionieren. Als er mir begegnet, sieht er plötzlich eine Möglichkeit, Ihrem Mann entscheidend zu helfen – bei einem großen Fall. Klingt das nicht einleuchtend?«

Sie legte die Hände in den Schoß und sah unendlich müde aus. »Das würde es nur, wenn ich Edward nicht vertrauen würde«, sagte sie.

Genau das war der Punkt. Dieser Bastard. »Sehen Sie doch, wie prima sich alles für Ihren Mann ergeben hat. Und das ist alles Edwards Werk – er war es, der mich hierher schickte. Warum sollten Sie ihm vertrauen?«

»Warum sollte ich das nicht? Weil Phil wieder mal Glück gehabt hat?« Verbittert: »Phil hat immer Glück. Er gewinnt seine Verhandlungen, er wird reicher und reicher, und uns bringt er alle da hin, wo er uns haben will. Das hat nichts zu tun mit« – sie schüttelte den Kopf, offensichtlich auf der Suche nach dem passenden Wort –, »mit irgend etwas, das in unserer Macht stünde. Ich könnte ihn gar nicht verletzen, und Edward könnte ihm gar nicht helfen, selbst wenn wir uns noch so sehr anstrengten.«

»Wovon reden wir?« Ich hatte endgültig genug von der Schicksalstheorie.

»Macht«, sagte Rita Delacort ruhig. »Wir haben keine Macht, wir haben immer nur die Wahl zwischen zwei Alternativen.«

Sie sprach leise, aber sie hätte ebensogut ein Megaphon benutzen können.

»Wie meine Schwiegermutter immer sagte.« Sie hielt sich die Schläfen. »Du wirst jede Sünde bereuen und für jede Schuld bezahlen.«

»Für die Schuld anderer Leute.«

»Wenn andere Leute die eigenen Sünden sind.«

23. KAPITEL

Es gab in meinem Leben immer wieder Dinge, von denen ich dachte, ich hätte sie schon so oft gemacht, daß ich sie routiniert und streßfrei bewältigen könnte; Dinge, die manchmal schon fast einen mechanischen Ablauf hatten. Aber ausgerechnet dann, wenn ich dachte, nun seien sie mir zur Gewohnheit geworden, passierte es mir, daß eine kleine Veränderung des Blickwinkels mir die Routine plötzlich unerträglich machte.

So etwas passierte mir beispielsweise Anfang der siebziger Jahre. Nachdem ich mehr als ein halbes Jahrzehnt lautstarken Radikalen zugehört hatte, die sich gegenseitig als Anachronisten entlarvten, verlor ich eines Tages meine Geduld für politische Veranstaltungen. Bei den Weather-Underground-Leuten schlugen sie den Führern die Köpfe ein, weil sie nicht der reinen Lehre des Marxismus folgten (und später dafür, *daß* sie ihr folgten), bei den Aquarians berauschte man sich außer an Drogen nur noch an sentimentalen Phrasen, die Yippies vollführten eine Mischung aus Polittheater und Tobestunde im Kinderladen, die Black Panthers redeten daher, als wären sie Vietcongs, der SDS kratzte regelmäßig seine Eingeweide vom Boden irgendwelcher Versammlungsräume auf, und bei der Alten Linken stritt man immer noch über Stalin und Castro und veranstaltete gemütliche Mahnwachen. Ich war zwar nicht der Meinung, daß Drogen oder die Liebe – nicht einmal die Revolution, wenn sie nur zum Selbstzweck war – an die Stelle der mühseligen alten Konsensbildung treten konnten. Aber ich ertrug es einfach nicht mehr, das ganze Strategiegeschwätz, die Flügelkämpfe, die Ideologen, die Rhetorik, die Parteilinien. Wenn das Konsensbildung sein sollte, wo war der Konsens? Wenn wir uns schon untereinander nicht einigen konnten, wie sollten wir dann je andere überzeugen?

Ich kann mich noch gut erinnern, wie ich versuchte, dies meinen Eltern auseinanderzulegen. Ich weiß noch, wie ich zu ihnen sagte, ich hätte eine Überdosis an Veranstaltungen abbekommen. Wie ich dann in einem wirren Monolog von den Trotzkisten über die Marxisten und die Leute, die meinten, Marcuse hätte alles schon 1959 gesagt, zur Woodstock Nation und zur Symbionese Liberation Army kam und schließlich zu meinem Schluß: sicher sei es hart, zuzugeben, daß wir den Krieg nicht verhindern konnten, um statt dessen Utopia aufzubauen, aber war es wirklich besser, immer weiter im Hamsterrad zu laufen? Wenn wir nichts erreichen konnten, was gab es dann für einen Grund, überhaupt etwas tun?

Während meiner ganzen besessenen Tirade hatten meine Eltern mich ziemlich besorgt beobachtet, wobei sie sich ab und zu auf ihrem Sofa zueinander beugten, um sich etwas zuzuflüstern. Dann hatte mein Vater mich mit seinen traurigen blauen Augen fixiert und gesagt, ich sollte mich vielleicht für ein Weilchen von dem Teil der Neuen Linken, der zu sehr unter dem Einfluß der Alten Linken stand, verabschieden (meine Eltern gehörten damals den linken Fundamentalisten an, das war ein wenig unmodern, aber es hatte ihnen zu einer gewissen Unerschütterlichkeit verholfen). Es würde mir vielleicht guttun, es mal mit den Yippies zu versuchen. Mit unerschütterlicher Nachsicht empfahlen sie mir im Grunde einen ideologischen Urlaub – rieten mir, vorübergehend die Geschichte Geschichte sein zu lassen und einfach ein paar Sahnetorten zu werfen.

Danach war ich weiterhin zu politischen Veranstaltungen gegangen, noch einige Jahre lang, sosehr sie mir auch auf die Nerven gingen und mich in Rage brachten. Solange der Krieg tobte, konnte ich nicht gemütlich für mich allein Gras rauchen, was auch immer Timothy Leary predigen mochte. Aber mein veränderter Blickwinkel hatte dafür gesorgt, daß die Veranstaltungen mich an türkische Gefängnisse erinnerten. Heute würden mich keine zehn Pferde mehr in eine solche Versammlung bringen.

Leider begann ich inzwischen das gleiche zu empfinden, wenn ich an Cocktailpartys unter Anwälten dachte. Jahrelang hatte ich sie als Teil meines Jobs und meiner Karriere akzeptiert, ebenso wie den Staub in der juristischen Bibliothek und schlechtgelaunte Richter. Als ich für Julian Warneke arbeitete, waren es die bunten Abende bei der Gewerkschaft gewesen (inklusive gefiederter Tanzgirls und Fleischpasteten) oder die Tage der offenen Tür (mal in unserem, mal in einem befreundeten Büro) oder die wöchentlichen »Arbeitsessen«. Als ich für Wailes, Roth, Fotheringham & Beck arbeitete, hatte es die endlosen Partys bei Mandanten gegeben, die gemeinsamen »ruhigen Wochenenden« der Bürobelegschaft, die Weinproben für die Studenten, die im Sommer da waren, und Dinnerabende für Richter. Anwaltspartys – besonders die von großen Anwaltsbüros, sind noch um Längen langweiliger, als in einem Schrank voller blauer Anzüge zu stehen. Man setzt ein Lächeln auf (je blasierter und überheblicher, um so besser paßt man dazu) und redet über eines der vier Themen, über die Anwälte sich unterhalten: Arbeit, Freizeitsport, ausländische Autos und inländische Weine. Wenn man keinen regelmäßigen Freizeitsport treibt und sich mit Wein nicht gut auskennt, dann nickt man einfach viel.

Ich hatte es jahrelang mitgemacht; ich hatte mein Lächeln und mein Nicken perfektioniert. Warum erschien es mir plötzlich wie eine beispiellose Folter, in einem Raum voller Anwälte zu stehen, mit dem üblichen Plastikkelch vom Partyservice in der Hand? Warum wollte mein Lächeln plötzlich nicht mehr sitzen? Ich stand in Richter Shannas Büro und fragte mich, was besser war, sich von Anwälten zu Tode langweilen oder von der flammenden Rede eines Trotzkisten erschlagen zu lassen. Ein langes Wochenende von ernsthaft gesundheitsschädigendem Drogenkonsum hatte mich keinen Deut milder gestimmt.

George McLeod stand neben mir und sah aus, als ob ihm genauso schlecht wäre wie mir. »Die anderen Richter machen Weihnachtsfeiern, und zwar für ihre Schriftführer und ihre ehemaligen Schriftführer – sonst niemand. Richter Shanna ist der einzige, der zur Feier für den Tag der Arbeit eine Party gibt und alle Menschen dieser Welt dazu einlädt.«

George hatte nicht übertrieben, jedenfalls nicht sehr. Jeder Anwalt, der je vor dem Richter erschienen war oder nicht ausschließen konnte, irgendwann in Zukunft mit ihm zu tun zu haben, hatte es für diplomatisch gehalten zu kommen. Auch einige Richterkollegen waren da – Rondi nicht, Gott sei Dank. Daher waren das Amtszimmer des Richters, das Besprechungszimmer, die Büros der Angestellten, ja sogar die Korridore davor zum Bersten voll mit stehenden Anzügen.

Das Amtszimmer des Richters war vollgepfropft mit fröhlichen Männern, die tranken, scherzten, lachten. Sie waren von erbarmungsloser Liebenswürdigkeit – zum Ausgleich dafür, daß sie in ihren Plädoyers Arschlöcher waren? Die Handvoll Frauen in dem Raum wirkte etwas steif, und ihr Lächeln schien ein wenig gezwungen. Die Aura eines Männerclubs beherrschte das richterliche Amtszimmer, auch wenn die Anwesenden sich nicht vorwiegend mit der Obduktion uralter Racquetball-Spiele befaßten.

Einer der Männer war Philip Delacort. Er stand bei zwei Anwälten von White, Sayres & Speck, einer aristokratischen Kanzlei, deren Partner Autos fuhren, die aussahen wie kleine Raumschiffe. Die Männer lachten schallend über irgendwelche Wir-Männer-Geschichten und boxten sich gegenseitig in die Flanken. Als Delacort mich bei einem zufälligen Seitenblick entdeckte, sagte er etwas zu seinen Kameraden und begann sich einen Weg durch die Menge auf mich zu zu bahnen, wobei er unterwegs ein- oder zweimal einer Frau etwas ins Ohr flüsterte.

Ich hätte mich am liebsten bei irgendeinem Grüppchen eingeschmeichelt, egal bei welchem. George war von einem ehemaligen Angestellten des Richters abgezogen worden. Ein vertrotteltes Paar rechts neben mir diskutierte über einen Erbschaftsprozeß, und zwei Frauen zu meiner Linken erörterten die Frage, ob ein Au-pair-Mädchen für zwei Kinder genug sei. So verzweifelt ich mich auch in ein Gespräch einklinken wollte, ich hatte beim besten Willen zu keinem der beiden Themen irgend etwas zu sagen.

Als Delacort bei mir anlangte, hatte ich keine andere Wahl, ich mußte mit ihm sprechen.

Er grinste ein wenig zaghaft. »Ich wollte nur guten Tag sagen. Und Ihnen versichern, daß es mir leid tut, wenn Sie meinetwegen Scherereien gehabt haben.« Er zuckte die Achseln. »Ich habe nur das getan, was ich im Interesse meines Mandanten tun mußte.«

In den langen Jahren, die ich nun schon mit Anwälten verkehrte, in wie vielen Abwandlungen hatte ich diesen Spruch schon gehört? Tut mir leid, daß ich Sie in meinem Plädoyer einen inkompetenten Nazi nennen mußte, Kumpel; aber ich wollte alles tun, was meinem Mandanten irgendwie nützen könnte. Tut mir leid, daß ich gedroht habe, Sie persönlich zu verklagen, mein Guter; aber ich mußte versuchen, Sie dazu zu bringen, Ihren Antrag wieder zurückzuziehen.

Die entsprechende Antwort lautete: Machen Sie sich keine Gedanken, es gehört alles zu dem Spiel. Das Problem war nur, daß ich das Spiel auf einmal nicht mehr so gut beherrschte wie eh und je.

Ich sagte: »Ich nehme an, Edward Hershey arbeitet für Sie.«

»Edward Hershey war, soviel ich weiß, einmal eng befreundet, in Anführungszeichen, mit meiner Frau.« Delacort hatte diese Art von offenem, blauäugigem Gesichtsausdruck, der absolute Aufrichtigkeit ausstrahlte – kein Wunder, daß er Strafverteidiger geworden war. »Ich vermute, er ist der ›gemeinsame Freund‹, der Sie zu mir geschickt hat?«

Ich nickte. Mein Nacken und meine Schultern fingen an, sich wie eine Sprungfeder zusammenzuziehen. »Das haben Sie gewußt. Sie haben mich erwartet – Edward muß Sie angerufen haben.«

»Rita hat eine Nachricht auf Band hinterlassen. Aber ich hatte gleich die Vermutung, daß Hershey dahintersteckte. Rita wendet sich meistens mit ihren Problemen an andere Leute – sie fühlt sich allzu leicht von ihnen überfordert.« Er lächelte kurz, als wäre es ein privater Witz. »Glücklicherweise hat sie ja mich.«

Wir waren nur zehn Zentimeter voneinander entfernt in dem überfüllten Raum. Über dem Gemurmel der Erbschaftsanwälte und der Au-pair-losen Mütter hörte man den Richter lauthals schwärmen: »Was für ein Präsidentschaftskandidat! Der hat sich nie um Formalitäten geschert!« Guter alter »Nennt mich Jimmy« Carter.

»Um eins klarzustellen zwischen uns«, fuhr Delacort fort, »ich habe unser Treffen in keiner Weise arrangiert.« Ein schelmisches Augenzwinkern. »Na, und Sie doch wohl auch nicht, oder?«

Ich war zu schockiert, um ihm darauf eine Antwort zu geben. Warum sollte ich mir ausgerechnet einen Anwalt aussuchen, noch dazu einen, der einen Fall vor dem Richter vertrat, für den ich arbeitete? Ich müßte schon ein unschlagbarer Idiot sein. Oder jemand, der ein geheimes Interesse an der Sache hat.

George tauchte plötzlich auf, drängte sich neben Delacort und mischte sich in unsere Unterhaltung. »Ich habe an Ihrem Wertpapierschwindel gearbeitet, bevor der Fall einem neuen Richter zugeteilt wurde.«

Delacort war offensichtlich nicht gewillt, die Gesprächsrunde um eine dritte Person zu erweitern. Er sah mir über die Schulter und flötete: »Sehe ich da einen Chardonnay auf dem Büffet?«

»Da bin ich ganz sicher.« Schließlich waren genug Anwälte hier, oder nicht?

»Möchten Sie auch ein Glas?« bot er an.

»Nein, danke.« Nicht, wenn das bedeutete, daß ich mich weiter mit ihm unterhalten mußte.

Als Delacort sich an mir vorbeidrängte, sah ich Richter Shannas braunen Haarschopf – er war einen halben Kopf kleiner als alle anderen Männer in seinem Büro. Er beobachtete uns.

Ich wandte mich George zu und schlug vor, nachzusehen, ob sich nicht irgend jemand auf unseren Schreibtischen verlustierte. Er sah mich derart entsetzt an, daß ich meine Bemerkung fast bedauerte.

Wir bahnten uns einen Weg durch das Amtszimmer des Richters und das Empfangszimmer, wo die Menge weniger fröhlich schien und weniger steif gekleidet. Wir schlüpften in unser Büro, vorbei an zwei Frauen, die über den »X-Faktor« diskutierten, eine offensichtlich undefinierbare Eigenschaft, die ihnen, laut Firmenleitung, fehlte.

Eine von ihnen klagte: »Steve rechnet weniger Stunden ab als wir, und er ist ein totaler Waschlappen im Umgang mit Mandanten. Aber mit *seinem* X haben sie keine Probleme.«

Worauf die andere Frau entgegnete: »Männer haben eben von Natur aus mehr X.«

Wie recht sie hatten.

Außer uns befanden sich in dem kleinen Raum drei Männer. Sie zogen Bundesgerichtsentscheide aus den Regalen. Zwei von ihnen waren jung und ihre Kleidung leicht zerknittert. (Ich begann ein gewisses Muster zu entdecken: Je weiter entfernt vom Amtszimmer des Richters man sich aufhielt, um so weniger geschniegelt mußte man sein.) Der dritte Mann war Harry Prough, sein grauer jüdischer Krauskopf war teils plattgedrückt, teils standen die Haare wild ab, als hätten sie sich im Schlaf verlegt und er hätte vergessen, sich nach dem Aufstehen zu frisieren.

Prough sagte: »Wie soll man für Präzedenzfälle noch irgendeinen Respekt aufbringen?« Worauf er einen Ordner mit Urteilen des Obersten Gerichts öffnete und anfing, aus einem Urteil des Rassisten Dred Scott vorzulesen.

Inmitten des Absatzes darüber, warum Schwarze nie Bürger werden könnten, auch wenn der Kongreß sich noch so hartnäckig darum bemühte, sah er plötzlich auf und bemerkte mich. Ohne Rücksicht auf sein gespanntes Publikum schlug er das Buch zu und kam auf mich zu.

»Willa Jansson«, sagte er.

Ich fühlte mich geschmeichelt, daß er sich an mich erinnerte. Ich hatte ihn zwar mehr als einmal bei Demonstrationen, Versammlungen oder irgendwelchen Essen gesehen, aber ich hatte mich nur ein einziges Mal richtig mit ihm unterhalten.

»Clement Kerrey hat mir gerade von dir erzählt.«

Trotz der Unterschiede im Äußeren – das mißtrauische Stirnrunzeln, die höhnisch gespitzten Lippen – hatte Prough eine gewisse Ähnlichkeit mit Clement. Vielleicht war es nur ihre gemeinsame politische Einstellung. Es hätte auch Warneke sein können, Prough statt Warneke, oder Kerrey.

Prough kniff die Augen zusammen, als wollte er meine Gedanken lesen. Wenn er dabei nach einem Zeichen für meine unverändert aufrechte politische Gesinnung suchte, dann würde er wohl Pech haben.

»Ich brauche noch jemanden in meinem Büro.« Er legte den Band mit Gerichtsentscheiden auf meinem Schreibtisch ab und fing an, die Taschen seines zu kleinen, zu leichten Anzugs abzuklopfen. »Ruf mich an, wenn dein Jahr beim Richter zu Ende ist.« Aus seiner Brusttasche zog er eine Visitenkarte.

Ich nahm die Karte mit einem gemurmelten »Danke«. Und hörte, wie in meinem Innern eine Stimme murmelte: Kommt nicht in Frage – ich hasse es, Anwältin zu sein.

Warum mußte ich ausgerechnet jetzt eine Midlife-crisis haben, wo mir ein interessanter Job in Aussicht gestellt wurde? Warum nicht letztes Jahr, als mir eine leicht verbesserte Version des Lebens von Ivan Denisovich angeboten wurde?

»Clement hat dich mir empfohlen, das genügt mir.«

Gott schütze all die gealterten Radikalen von Clements Schlag, die versuchten, ihre ehemaligen Genossen in der Geschäftswelt unterzubringen.

Ich betrachtete Harry Proughs schmales, ernstes Gesicht und sah darin eine Collage aus vielen Gesichtern von alten Linken, Linken der Generation meiner Eltern. Vielleicht waren sie in ihrer Ideologie ein wenig zwanghaft oder umständlich und machten es sich zu einfach, indem sie andere Standpunkte rundweg ablehnten. Aber sie waren nette Menschen. Zu mir jedenfalls waren sie immer nett gewesen.

»Ich habe mir oft Verhandlungen von dir angesehen«, sagte ich zu Prough. »Ich war jedesmal beeindruckt –«

Er wischte mein Kompliment mit einer Handbewegung beiseite. »Das ist eine Rolle, die man mit der Zeit perfektioniert.«

»Du bist kein Überzeugungstäter, der an das glaubt, was er –«

»Glauben!« Beinahe prustete er los. »Sicher glaube ich an etwas – ich glaube an die Macht der Überzeugungskunst. An die Schlacht der Meinungen. Meine Mandanten, das ...« – wieder winkte er mit der Hand ab –, »das können irgendwelche Leute sein. Du kannst dir doch nicht anmaßen, Mandanten nach ihrer moralischen Integrität auszuwählen. Wenn man schon an eine Idee glauben will, dann höchstens an etwas wie das Grundrecht auf freie Meinungsäußerung oder das auf Unverletzlichkeit der Person. Aber mein einziger wirklicher Glaubenssatz ist der, daß Gefängnisse Scheiße sind und daß man so viele Leute davor bewahren muß, wie man nur kann.«

Ich nickte. Gefängnisse waren wirklich Scheiße.

George stand jetzt direkt hinter mir, er fügte hinzu: »Gibt es Ihnen nicht auch zu denken, was für eine schreckliche Energieverschwendung es ist, Prozesse anzustrengen, die nur aus Formalitätsgründen geführt werden, in Wirklichkeit aber längst vorher abgesprochen sind?«

Prough zwinkerte ein paarmal. »Nein.«

»Sie vertreten die Klägergemeinschaft in dem Fall –«

»Ich kenne Sie«, unterbrach Prough ihn. »Sie sind der andere Schriftführer des Richters. Sie haben in dem Fall herumgeschnüffelt.«

»Wenn Sie den Fall meinen, den –«

»Ich vertrete nur *eine* Klägergemeinschaft. Was zum Teufel ist mit dem Fall passiert? Warum hat Shanna sich für befangen erklärt?«

Prough zwinkerte George zu und trat einen Schritt vor, um die X-Faktor-Frauen hinter sich hinauszulassen.

Proughs junge Gehilfen fingerten nervös mit den Gesetzbüchern herum und sprachen leise.

George zögerte und sah mich an.

Ach, hol's der Teufel. »Da gibt es eine Frau namens Rita Delacort«, begann ich. »Philip Delacorts Frau.«

»Und weiter?«

»Ich wurde von einem Freund gebeten« – mein Gott, was rede ich da? –, »von einem Freund von *ihr* gebeten, mit Delacort zu sprechen. Über eine Familienangelegenheit, über ihre Scheidung.«

Sein Gesicht verschloß sich. Die Augen waren wie ein dunkles Zimmer.

Neben mir räusperte sich George. War es schon wieder ein Verstoß gegen die Standesregeln, wenn ich darüber sprach?

»Und ich wußte nicht, daß Delacort einen Fall vor dem Richter –«

Prough unterbrach. »Ist das alles?«

»Das ist alles.«

»Du hast mit Delacort nicht über den Betrugsfall gesprochen?«

»Nein.«

»Du hast mit Delacort nur über seine Frau gesprochen, und deshalb hat der Richter sich für befangen erklärt?«

»Ja.«

Prough schüttelte langsam den Kopf. »Ich vertrete jetzt seit zwanzig Jahren Fälle vor dem Bundesgericht. Und Richter Shanna kenne ich seit dem Tag, an dem er das Richteramt angetreten hat.« Mehr Kopfschütteln. »Und weißt du was? Ich kaufe die Geschichte nicht. Das ist nicht die Wahrheit.« Ich spürte Georges Atem auf meinem Haar. Die jungen Männer vor den Regalen waren jetzt verstummt und sahen Prough an.

»Delacort hat sich beschwert«, sagte ich. »Der Richter

hatte den Fall erst seit drei Wochen. Er dachte, er könnte sich über Jahre hinziehen – und er wollte nicht riskieren, daß ein jahrelanges Verfahren am Ende in der Berufung abgewiesen wird.«

Prough rollte die Augen. »Nein, wirklich, hör dir doch selbst zu, wenn du was sagst. Mike Shanna soll Angst davor haben, daß man sein Urteil in der Berufung aufhebt?«

Einige ehemalige Schriftführer des Richters kamen durch die Tür und schwärmten: »Apropos alte Erinnerungen! Sogar der Geruch hier drin!«

Hinter ihnen kam der Richter persönlich, er hatte ein imposantes Auftreten, trotz seiner wenig imposanten Statur.

»Harry!« dröhnte er und schlug Prough auf die Schulter.

Prough grinste und nickte. »Richter«, antwortete er mit deutlich milderem Überschwang.

»Sie haben meine neue Schriftführerin schon kennengelernt?«

Prough sah zu mir. »Hab ihren Vater mal aus dem Gefängnis geholt, Richter. Nur ein Kurzaufenthalt, glücklicherweise.«

Prough hatte meinen Vater verteidigt? Wahrscheinlich hatten das alle linken Anwälte irgendwann einmal getan.

Prough fuhr fort: »Immerhin war er lange genug drin, um einmal hübsch zusammengeschlagen zu werden, von einem Wärter, den nannten wir immer Attila. Bundesgefängnis übrigens.«

Ich trat einen Schritt zurück und stieß mit George zusammen. Mein Vater hatte mir nie von einem Attila erzählt.

Prough wirkte auf einmal sehr müde. »Das gehört zur Tagesordnung da drin.«

Ich versuchte, die Vorstellung zu verdrängen. Der fröhliche Mann, der mir Szechuan Tofu kochte und in seinem

Garten Gemüse für mich anbaute. Wie konnte er sich in eine solche Lage bringen? Wie konnte er wilde Prügeleien riskieren, für nichts und wieder nichts, für Symbole?

»Ein guter Mensch«, schloß Prough. Dann zynischer: »Idealisten erwischen eigentlich immer das falsche Ende der Wurst, hab ich recht, Richter?«

Richter Shannas Mund war leicht gespitzt, seine grauen Augen glänzten kühl. Er lächelte müde und wandte sich seinen ehemaligen Schriftführern zu, die am Fenster standen und auf den vertrauten Ausblick zeigten – sie erinnerten sich gemeinsam daran, welche Häuser mit Spanplatten verbrettert und mit gelben Verbotsschildern verhängt worden waren. »Schön, daß Sie Zeit gefunden haben, Harry«, sagte er und ging an uns vorbei.

Harry Prough schenkte ihm ein argwöhnisches, halbherziges Lächeln.

Dann drehte er sich zu mir. Er warf den Kopf zurück und hob die Augenbrauen. »He, vielleicht war das gar nicht dein Vater, der mir da eingefallen ist.«

Mein Vater hatte mir nie von diesem Attila erzählt. Von überhaupt keinem Attila, den er je getroffen hatte.

Ich hatte immer versucht, mich um ihn zu kümmern, ihn zu beschützen. Auch meinetwegen, denn es schmerzte mich beinahe körperlich, mir vorzustellen, daß er immer das falsche Ende der Wurst erwischte.

Der Richter lachte mit seinen ehemaligen Mitarbeitern und zog George mit in das Grüppchen hinein.

Ich zwang mich, ihren Schilderungen zu folgen, was alles im Federal Building los gewesen war während des Erdbebens: Bücherregale und Aktenschränke waren umgekippt, und ein meterhoher Haufen Papier und Bücher mußte neu eingeordnet werden.

»Wir waren Tage damit beschäftigt«, sagte einer der Schriftführer.

»Wir waren billiger als irgendwelche Hilfsarbeiter, die man dafür hätte einstellen müssen«, sagte ein anderer.

Ich rollte Harry Proughs Visitenkarte in meiner Hand zusammen und beobachtete ihn, wie er die vier anderen beobachtete. Dem Richter gegenüber hatte Prough kein Wort zu der Befangenheitserklärung gesagt. Warum sollte er auch? Nachdem der Richter einmal beschlossen hatte, den Fall abzugeben, war jede Diskussion überflüssig. Und immerhin erwartete man von Richtern, daß sie besonders skrupulös waren.

Prough behielt den Richter im Blick, mit dem Anflug eines unverbindlichen Lächelns auf den Lippen.

Skrupulös. Seit wann war Richter Shanna so skrupulös, daß er sich Gedanken darüber machte, daß sein Urteil in der nächsten Instanz aufgehoben werden konnte?

Harry Prough hatte recht. Das war nicht der wahre Grund.

Prough wandte sich zu mir, sein Lächeln wurde breiter. »Schleichen wir uns doch mal runter für fünf Minuten.«

Ich fühlte mich geschmeichelt. Obwohl ich schon vielen linken Anwälten in meinem Leben begegnet war, beeindruckte mich Harry immer wieder. Vielleicht weil er einer der wenigen war, die ich nie richtig kennengelernt hatte. Ich schob den Gedanken an Julian Warneke wieder unter die Eisdecke.

Wir schlenderten ins sechzehnte Stockwerk, zur Kantine des Federal Building – beige Möblierung, zu grelles Licht, und in der Luft der Geruch von zu lange gekochten Bohnen, verbranntem Kaffee und kaltem Tabakrauch. Wir setzten uns an einen der hinteren Tische und tranken sicherheitshalber nur Saft aus der Flasche.

Harry Prough neigte den Kopf zur Seite. »Wailes, Roth – hab ich recht in Erinnerung, was Clement mir erzählt hat? Wie war's denn da so?«

Et tu, Harry? »Es ging dabei nur um Geld.«

»Geld.« Er spitzte den Mund und schüttelte den Kopf.

»Sie haben mir einen Job angeboten, als ich einen brauchte.« Ich beließ es dabei. Ich erzählte nichts davon, daß ich entsetzt war über das Angebot, bis ich erfuhr, daß der Job neunzigtausend Dollar im Jahr einbrachte.

»Wünschte, das hätte ich gewußt. Du hättest zu mir kommen können.«

Ich bemerkte an Harry den gleichen vergeßlichen, abgespannten Gesichtsausdruck wie bei meinen früheren Arbeitgebern; das Aussehen von jemand, der aufgegeben hatte, Fragen zu stellen, und sich in den gefräßigen Rachen der Geschäftswelt geworfen hatte.

»Ich war ein wenig frustriert damals«, gab ich zu.

»Frustriert, worüber ...?«

Ein Teil von mir riet mir zur Vorsicht, erinnerte mich daran, daß er ein potentieller Arbeitgeber war. Ein anderer Teil wollte es aussprechen, um bösen Überraschungen vorzubeugen. Die zwei Jahre bei Julian Warneke wollte ich nicht noch mal durchmachen.

»Ich hatte ein paar Schwierigkeiten mit Julians Kanzlei. Die Fünfhundert-Dollar-Arbeitsessen mit Spitzenweinen dazu – so was würde man vielleicht von Wailes & Roth erwarten. Aber in einer anti-elitären Kanzlei, die für die kleinen Leute da sein will ...« Ich schob die Ellbogen auf der Tischplatte nach vorne. »Und dann die Gerichtsverhandlungen, die in politische Propagandaveranstaltungen ausarteten, die nur als Gelegenheit betrachtet wurden, aufs Rednerpult zu steigen und –«

»Schon kapiert.« Prough nickte ungeduldig. »Mein Trip ist der, meine Mandanten vor dem Gefängnis zu bewahren, und Schluß. Manchmal läßt sich vielleicht ein Stück mehr Freiheit für alle erreichen, indem man die Freiheit eines einzelnen opfert. Meinetwegen. Aber mein Grundsatz ist der, die Freiheit meiner Mandanten wird nicht geopfert. Nicht, wenn ich's verhindern kann.«

Exakt das, was ich hören wollte.

»Ich vermisse den Kontakt zu den Mandanten« gab ich zu. »Es fehlt mir, mit Menschen zu arbeiten anstatt mit Banken und Großunternehmen.« Und mit Richtern. »Mir fehlt sogar der Teil daran, der einen verrückt macht.« Wenn man den Leuten klarmachen mußte, daß es nicht darauf ankam, was gerecht war; nur darauf, was juristisch durchfechtbar war.

»Versteh mich nicht falsch.« Prough starrte in die Ferne. »Ich denke, daß Warneke ein verdammt bewundernswerter Mensch war.«

Ich spürte, wie ich mich verspannte. Ich wollte nicht über Julian reden. Über die Kanzlei meinetwegen; aber nicht über die Person.

»Vor allem eins muß man ihm lassen.« Prough nahm hastig einen Schluck Saft. »Er konnte einen lächerlichen kleinen 08/15-Fall nehmen und ihn zur Größe eines Weltkriegs aufblasen, zur letzten, entscheidenden Schlacht zwischen der Rechten und der Linken. Und weißt du was? Ich glaube, in gewisser Hinsicht hatte er recht. Diese Fälle waren tatsächlich Entscheidungsschlachten.«

»Soll das heißen, die Linke ist untergegangen?«

»Ja. Sie ist immer noch dabei.«

Seine Einstellung gefiel mir. Es gibt viel zuviele von diesen grenzenlosen Optimisten auf der Welt, die glauben, die guten Seiten der sechziger Jahre seien von der Gesellschaft übernommen worden, und um den Rest sei es nicht schade.

»Meine Meinung ist, sie haben uns niedergemäht und in den Boden Salz gesät. Jetzt irren wir hier herum ohne Organisation, ohne Zahlen, ohne Kampfkraft. Wenn ein Heilmittel gegen AIDS gefunden wird und die Kinder der Achtziger-Jahre-Yuppies die Sexualität wiederentdecken und – wer weiß – vielleicht sogar von diesem Vulgärmaterialismus wieder wegkommen, dann schwingt die Politik vielleicht auch wieder zurück. In der Zwischenzeit heißt die Devise, so viele Linke wie möglich vor dem Gefängnis zu bewahren. Ich hasse es, so darauf herumzureiten, aber ich glaube wirklich, so einfach ist das Ganze.«

Ich konnte meinen Vater förmlich hören, wie er gespottet hätte, daß es natürlich nicht so einfach sei. Daß nur Zynismus, nicht aber politische Realität so simpel sei.

Ich gab keine Antwort.

»Das ist der springende Punkt für mich. In meiner Praxis.« Seine Augen leuchteten, als er mich ansah. »Das ist das, was ich mir von einem Partner wünsche. Jemand, der pragmatisch denkt, aber dabei ein Ziel verfolgen kann, nicht bloß eine Tagesordnung abhaken – verstehst du, was ich meine?«

Diesen Punkt hatte ich wohl an die hundertmal in Diskussionen mit meinen Eltern verteidigt. Und sicher war es auch genau dieser Punkt, der mir – in seiner Umkehrung – in Julians Büro so mißfallen hatte. Trotzdem, als ich Harry zustimmend anlächelte, fühlte ich mich plötzlich unwohl mit seinem »Pragmatismus«. Es kam mir vor, als schaute ich in einen politischen Spiegel und sähe nur das geisterhafte Nichts.

24. KAPITEL

»George«, sagte ich, »erzähl mir noch mal von dem Fall mit dem Wertpapierschwindel.«

Er saß blaß aus, hatte verquollene Augen und wischte die letzten Tropfen eines verschütteten Perriers von seinem Schreibtisch auf. »Willst du die Akten sehen?«

»Ja.« Ich warf ein paar liegengebliebene Partyservietten in den Papierkorb. Der ehemalige Schriftführer des Richter hatte ganz recht gehabt – wir waren billiger als Putzfrauen.

»Sie sind in Rondis Büro rübergeschickt worden. Es ist ja jetzt sein Fall.«

»Und was ist mit deinen Arbeitsaufzeichnungen?« Unsere Aufgabe war es, Gerichtsakten zu analysieren und Berichte darüber für den Richter anzufertigen, aus denen er ersehen konnte, wie die bisherige Rechtsprechung war und wie vor ihm in ähnlichen Fällen verfahren wurde. Die Berichte für den Richter galten als »Arbeitsaufzeichnungen« – vertrauliche Korrespondenz zwischen Schriftführer und Richter –, und sie verblieben für immer in seinem Büro.

»Ich weiß nicht«, er gähnte und blickte aus dem großen Fenster, auf die Strahlen eines blutleeren Sonnenuntergangs. »Ich hab schon nach dem Zeug gesucht – hier ist es nicht mehr. Richter Shanna muß es haben. Frag doch morgen mal Margaret.«

»George«, sagte ich noch mal.

»Was?« Er sah immer noch aus dem Fenster und knöpfte geistesabwesend seinen Kragenknopf wieder zu.

»Erzähl mir von dem Fall.«

Er zog den Krawattenknoten fester. »Junk Bonds. Das haben wir doch schon mal durchgekaut.«

»Du sagtest, Junk Bonds sind im Grunde –«

»Ich nehme nicht an, daß du gerne mit mir und meinem Vater zu Abend essen würdest?«

Ich sah quer über unsere beiden überquellenden Schreibtische hinüber zu George. Er starrte immer noch verdrießlich in den blassen gelben Himmel hinaus. Einen Moment lang glaubte ich, ich hätte mir die Einladung nur eingebildet.

Dann sah er mich an und sagte noch einmal: »Möchtest du mit mir und meinem Vater zu Abend essen?«

»Ich wußte gar nicht, daß deine Familie hier in der Gegend lebt«, wich ich aus.

»Tut sie auch nicht. Mein Vater wohnt in Manhattan. Er ist geschäftlich hier.« George zeigte wenig Begeisterung darüber. »Ich wurde zum Abendessen bestellt.«

»Da möchte ich nicht stören. Er wird mit dir allein sein wollen –«

»Ich aber nicht mit ihm!« George saß vollkommen ruhig da, mit geröteten Wangen und Schweißperlen auf der Stirn.

Aha, aha. »Ihr kommt wohl nicht gut miteinander aus?«

Er preßte die Lippen zusammen, so daß man meinen konnte, von der Nase bis zum Hals sei alles nur Bart. »Wir kommen blendend miteinander aus, schon immer«, murmelte er. »Die Leute sagen immer, wir könnten geklont sein.« Wenn das so war, dann sah er nicht glücklich darüber aus. »Aber ich dachte, wenn du frei bist . . .?«

Es klang nach einem dieser Abendessen, bei denen man dasitzt und lächelt, bis man in ein geselliges Koma versinkt. Aber ich konnte immer noch erkennen, wenn jemand bettelte.

»Sicher, ich denke schon.« Warum nach Hause hetzen und allein herumsitzen?

Georges Haltung wurde entspannter. »Gut. Sehr gut. Er müßte jeden Moment da sein.«

Die Voraussage erfüllte sich fünf Minuten später, als der Summer auf Margarets Schreibtisch ertönte. George bedeutete mir, ihm ins Vorzimmer zu folgen. Wollte er mich sogar dabeihaben, wenn sein Vater durch die Tür kam?

Einen Augenblick später trat ein attraktiver, gut gekleideter Mann ins Zimmer. Das erste, was er sagte, war: »Was ist denn das?«

George zuckte zusammen und griff sich reflexartig an den Bart.

Vielleicht hätte George ein bißchen wie sein Vater aussehen können, wenn er sechzig Pfund zugenommen hätte, aber ansonsten lief er nicht Gefahr, für ein geklontes Abbild seines Vaters gehalten zu werden.

Als George mich vorstellte, wanderte der Blick seines Vaters immer wieder auf den Bart.

»George erwähnte, daß Sie geschäftlich unterwegs sind?« Ich mußte zugeben, ein Gutes hatte es zumindest, wenn ich die Eltern anderer Leute traf: Ich lernte wieder die meinen zu schätzen. (Warum nur hatte Mutter dieses »zufällige« Treffen zwischen mir und Hershey arrangiert? Wollte sie mich wirklich verkuppeln? In meinem Alter?)

Georges Vater zwang sich, nicht mehr auf den Bart zu starren. Er lächelte mich an und schüttelte mir die Hand. »Ich arbeite für ein Börsenmaklerbüro – eines der ältesten und größten übrigens – und bin im Zusammenhang mit meinen Transaktionen ziemlich viel auf Reisen. Aber diesmal hat meine Reise nichts mit Geschäften, sondern mit Politik zu tun.«

George stand jetzt neben seinem Vater, die Schultern hochgezogen und die Arme vor der Brust verschränkt. »Bundesvorstand der Republikaner.«

»Oh.« Ich lächelte und spürte schon die ersten Anzeichen des Absinkens ins Koma.

Das Essen zog sich hin; aber so lang es mir auch vorkam,

ich hatte den Eindruck, George kam es noch viel länger vor.

Das einzige, was mich mit der Sache versöhnte, waren die Erläuterungen von Georges Vater zum Thema Junk Bonds, die er mit der Klage schloß: »Um die Wahrheit zu sagen, wir halten sie immer noch für eine glorreiche Erfindung, und wir sind ganz wild auf sie – oder waren es jedenfalls, bis einige Unternehmen eine Anzeige wegen Betrugs bekamen.« Er schob das Dessert weg, das er soeben noch mit großem Appetit probiert hatte. »Betrug! Was für ein Quatsch. Ich verstehe nicht, wie ein Käufer Anteile erwerben kann – die klar als solche gekennzeichnet sind – und dann plötzlich erwartet, daß sie sich in Aktien verwandeln, sobald er sie wieder verkaufen will. Es kommt einem vor, als ob die Geier ihre Kreise ziehen – das ist das Wiederaufkeimen einer Antiwettbewerbs-Haltung, von der wir glaubten, sie sei in den siebziger Jahren schon ausgestorben.«

George setzte seine Kaffeetasse übertrieben geräuschvoll ab, offensichtlich um sich gegen einen heftigen Angriff zu wappnen.

Und tatsächlich fügte sein Vater hinzu: »Und was macht mein eigener Sohn? Er arbeitet für den verrücktesten Radikalen im ganzen Bundesgericht!«

25. KAPITEL

Richter Rondis Gerichtssaal war ein exaktes Duplikat desjenigen von Richter Shanna – grauer Teppichboden, Geländer und Bestuhlung aus Eichenholz, geschmackvoll gepolsterte Geschworenenbänke, Marmor an den Wänden, und über der Richterbank, so groß wie Kinder-Planschbekken, die Wappen der Vereinigten Staaten und des Landes Kalifornien. Die ganze Ausstattung war hier teurer und würdevoller als in einem Landesgericht; die einen schüchterte dies um so mehr ein, die anderen fühlten sich dadurch um so wohler. Das Publikum war hier für gewöhnlich disziplinierter, die Klienten aus der Wirtschaft entspannter. Jedenfalls machten die drei Männer an Philip Delacorts Seite kein besorgtes Gesicht. Harry Proughs kleine Investoren, sofern sie erschienen wären, hätten sich von der Erhabenheit der Justiz schon eher einschüchtern lassen.

Ich saß in der hintersten Reihe der Zuschauerränge und erinnerte mich, wie ich als Angeklagte in diesem Saal gesessen hatte. Ich sah Julian Warneke noch vor mir, wie er damals seine eloquente Rede über das Wort »fuck« gehalten hatte – einen Teil des Fluchs, den ich dem Militärpolizisten vor dem Presidio an den Kopf geworfen hatte. Julian hatte das Wort stolz in seine Verteidigungsrede eingebaut, und ich hatte ihm fasziniert zugehört – eine Zeitlang wenigstens. Bis mir langsam aufgefallen war, daß Rondi rot anlief, unruhig wurde und die Fäuste ballte; schließlich hatte ich nur noch darauf gewartet, daß er gleich explodieren würde. Und mit einem Mal war mir klargeworden, worauf ich mich mit Julian als Verteidiger eingelassen hatte: Er inszenierte eine Show, anstatt eine Verteidigung zu führen. Zugegebenermaßen eine gute Show – er bekam viel Applaus von den Zuschauerrängen –, aber eine Show, die nicht im geringsten dazu angetan war, für mich einen Freispruch zu erringen. Ich hatte Julian weiter beobachtet, aber mit einem zunehmenden Gefühl der Hilflosigkeit, verloren, verraten und verkauft. Und als mein Blick auf den Bundesmarshal gefallen war, hatte ich gesehen, wie er mit geistesabwesender Miene bereits die Handschellen polierte.

Wir haben keine Macht, wir haben immer nur die Wahl zwischen zwei Alternativen; das hatte Rita Delacort gesagt. Ich hatte Julian als meinen Anwalt gewählt. Später hatte ich ihn als meinen Arbeitgeber gewählt.

Sein Begräbnis fiel mir ein. Ein Klient aus der Teamster-Gewerkschaft hatte auf der Orgel gespielt: »Which side are you on, Boys.«

Jetzt verkündete der Saaldiener das Erscheinen des Gerichts unter dem Vorsitz des Ehrenwerten Richters Manolo M. Rondi. Kurz darauf wogte Rondi herein.

Er räusperte sich und sagte: »Meine Herren, ich habe Ihre Schriftsätze gelesen und bin bereit, ein Urteil zu sprechen. Mr. Delacort, Sie haben das Wort. Wenn Sie noch etwas sagen möchten, bevor ich meine Entscheidung verkünde, dann sprechen Sie jetzt.«

»Euer Ehren«, Delacort stand kerzengerade da, als käme er direkt aus dem Fitneßclub, und strömte Selbstsicherheit aus. »Sie wissen aus unserer Schrift, daß es hier keine erheblichen Rechtsfragen gibt; daß die Tatsachen weitgehend unbestritten sind und daß mein Klient ein Anrecht auf ein gerechtes Urteil hat. Mein Klient ist seiner Offenlegungspflicht nachgekommen, indem er den Klägern anbot, die Rechnungsbücher der fraglichen Firmen einzusehen, bevor sie die Anteile kauften, und –«

»Ja, ja, Mr. Delacort«, unterbrach Rondi ihn. »Ich habe Ihre Verteidigungsschrift gelesen. Ich kenne das alles. Bitte beschränken Sie sich auf die Dinge, die ich noch nicht weiß.«

Delacort zögerte. Aber er kannte Rondi, wußte, wie Rondi zu Weißer-Kragen-Kriminalität stand. Er konnte es sich leisten, dies über sich ergehen zu lassen. »Nun, Euer Ehren, ich denke, wir haben unseren Standpunkt ziemlich gründlich in unserer Schrift dargelegt.«

»Das haben Sie, Mr. Delacort.« Er gab ihm ein Zeichen, Platz zu nehmen. »Mr. Prough, haben Sie Ihrer Klageschrift irgend etwas hinzuzufügen?«

Harry Prough stand langsam auf.

Er sagte: »Sechzehn Investoren, Euer Ehren, haben in ihrer Klage geschworen, daß niemand – nicht ein einziger Mitarbeiter der Firma des Beklagten – ihnen jemals erklärt habe, was ›Junk Bonds‹ seien, oder habe diesen Ausdruck überhaupt je benutzt, wenn ihnen die Investition, die sie machen sollten, erklärt wurde. Sechzehn Investoren, Euer Ehren, bekamen keine Aufklärung darüber, daß diese Wertpapiere, im Gegensatz zu solchen, die von renommierten Firmen ausgegeben werden, eine Schuldenlast repräsentierten, die die ausgebende Firma ohne weiteres in den Ruin treiben konnte« – er schnippte mit den Fingern –, »einfach so. Sechzehn Investoren wurden nicht darüber informiert, daß es praktisch unmöglich ist, Junk Bonds auf dem offenen Markt zu verkaufen. Wenn sich Mr. Delacort jetzt also hinstellt und behauptet, die Tatsachen seien weitgehend unbestritten, gebe ich ihm recht. Aber wenn er sagt, sein Mandant habe der Pflicht der Offenlegung Genüge getan –«

»Halt!« Rondi hob die Hand, sie zitterte. »Das steht alles in Ihrer Klageschrift, Mr. Prough.«

»Euer Ehren –«

»Beenden Sie den Satz nicht, Mr. Prough, es sei denn, es handelt sich um eine Information, die mir noch nicht vorliegt!«

Prough verschränkte die Hände. »Euer Ehren, ich habe das Gefühl, daß Sie beabsichtigen, gegen meine Mandanten zu entscheiden.«

»Das ist vollkommen richtig, Mr. Prough.«

Prough zog einen Computerausdruck aus seiner Aktenmappe. »Seit neunzehnhundertneunundfünfzig haben Sie, Euer Ehren, in allen Wertpapierbetrugsfällen gegen die Investoren als Kläger entschieden, in jedem einzelnen solchen Fall, der vor Ihnen verhandelt wurde. Insgesamt einundzwanzigmal, Euer Ehren, und davon gab es in achtzehn Fällen ein beschleunigtes Verfahren, das heißt, die Kläger wurden in der Verhandlung nicht einmal persönlich gehört.«

Rondis Kinnlade klappte herunter. Er richtete sich auf, als müßte er sich von einem Schlag erholen.

»Außerdem, Euer Ehren, haben Sie beschlossen, den Fall selbst zu hören, obwohl er Ihnen in Ihrer Funktion als kommissarischer Vorsitzender Richter zur Neuzuweisung gegeben wurde. Sie hätten den Fall irgendeinem der neunzehn anderen Richter übertragen können, aber Sie haben ihn selbst behalten. Zieht man die Statistik über die früheren Wertpapierbetrugsfälle vor Ihrem Gericht in Betracht, Euer Ehren . . .« Er hielt inne, die Schultern hochgezogen, als wüßte er nicht, ob er den Angriff wagen oder fliehen solle.

Ich konnte es nicht fassen, konnte nicht glauben, wieviel Mut Prough hatte. Ich wollte am liebsten aufstehen und Beifall klatschen.

»Wie bitte – *was* werfen Sie mir vor, Mr. Prough?« Rondi erhob sich halb von seinem Sitz. Er schien bereit, über die Bank zu springen und Prough an der Gurgel zu packen.

Neben mir flüsterte George: »Heiliges Kanonenrohr.«

Prough kam hinter seinem Tisch hervor. »Wie Sie alle

wissen, werden die Fälle vor dem Bundesgericht nach dem Zufallsprinzip vom Computer an die einzelnen Richter verteilt. Es gibt eine Möglichkeit, diesen Zufall zu umgehen, Euer Ehren, wenn ein Fall vor den Vorsitzenden Richter kommt, damit er neu zugewiesen wird. Wenn der Vorsitzende Richter den Gegenstand der Verhandlung in Betracht zieht und dann entscheidet, den Fall selbst zu behalten, um seine persönlichen –«

»Zweifeln Sie etwa an – « Rondi stützte sich mit dem ganzen Gewicht auf seine unter der Robe versteckten Arme; der Kopf des alten Mannes zitterte. »Wenn Sie meine Unparteilichkeit anzweifeln, Mr. Prough« – er zischte den Namen –, »wären Sie besser beraten, die Sache vor den Rechtsausschuß zu bringen, anstatt ein Spektakel in meinem Gerichtssaal zu veranstalten! Mr. Prough!«

»Ich ziehe es vor, Euer Ehren, gemäß Artikel achtundzwanzig, Absatz vierundvierzig zu beantragen, daß Sie sich angesichts des hier vorliegenden statistischen Materials für befangen erklären und eine Neuzuweisung des Falles anordnen.«

Ich schlug George auf die Schulter, was ihn ziemlich überraschte, und lächelte ihn an.

»Sie kommen gefährlich nahe an den Punkt der Mißachtung des Gerichts, Mr. Prough.« Die Augen des alten Faschisten leuchteten. »Sie wissen sehr wohl, wie ein solcher Antrag zu stellen ist – wenn das je Ihre Absicht war –, und Sie wissen ganz genau – Aber genug! Nichts mehr! Ich werde nun fortfahren und meine Entscheidung fällen über den Antrag auf beschleunigtes Verfahren, der mir hier vorschriftsgemäß vorliegt.«

»Euer Ehren«, beharrte Prough, »ich beantrage, daß Sie den Fall wegen Befangenheit abgeben und an den nächsten Richter zur Neuzuweisung weitergeben.«

»Ich sagte *genug*, Mr. Prough! Diesmal werde ich Sie –«

»Ich fürchte, ich muß darauf bestehen, daß Sie sich für befangen erklären und –«

»Sie sind zu weit gegangen!« Die Worte kamen in erstickter Wut heraus. »Zu weit! Sie haben das Gericht mißachtet!« Er gab den Bundesmarshals einen Wink. »Dem Antrag der Verteidigung auf ein beschleunigtes Verfahren wird stattgegeben, und Sie, Mr. Prough, bleiben in Verwahrung, so lange, bis Sie bereit sind, vor diesem Gericht Ihre falschen Anschuldigungen zurückzunehmen und sich vor dem Gericht angemessen zu entschuldigen!«

»Ich werde keinen berechtigten Antrag zurückziehen, Euer Ehren.«

»Mir liegt ein solcher Antrag nicht vor, Mr. Prough, denn Sie haben keinen der Form entsprechenden gestellt!«

Prough hielt ein dickes rotes Taschenbuch hoch – *Bundeszivilprozeßordnung.* »Die Paragraphen eins-vierundvierzig und vier-fünfundfünfzig geben mir das Recht, von Ihnen zu fordern, daß Sie sich für befangen erklären, da Ihre bisherige Rechtsprechung eindeutig eine Voreingenommenheit zeigt zugunsten von Beklagten, die wegen Weißer-Kragen-Kriminalität vor Gericht stehen.«

Die Bundesmarshals zögerten, so daß Rondi ihnen erneut ein unmißverständliches Zeichen geben mußte.

Delacort, der zuschaute, wie die Marshals sich Prough näherten, sah aus wie ein Dressman auf einem Werbefoto, kein Gesichtsausdruck, perfekte Haltung.

Ich sah, wie die Marshals Prough die Handschellen anlegten, und bemerkte die Unruhe unter den paar übrigen Zuschauern. Einer von ihnen, den ich als den Gerichtsreporter des Abendblattes erkannte, stürzte aus dem Gerichtssaal.

»Freiheit für Harry Prough«, hörte ich mich flüstern. Wenn ich bloß ein Transparent gehabt hätte.

Ich sah, wie die Marshals Prough durch den Gerichtssaal zur Seitentür hinaus abführten. Ich wußte, wo sie ihn jetzt hinbrachten: zum Gefangenenaufzug, für eine schnelle Fahrt nach oben ins Gefängnis.

Hoffentlich reagierte Prough mit größerer Haltung auf diesen Ort, als ich es getan hatte. Hoffentlich sank er nicht an der kalten Wand zusammen und verbrachte die halbe Nacht mit Heulen. Immerhin hatte er keine zwei Monate vor sich.

Oder vielleicht doch? Er hatte ja bereits gesagt, daß er seinen Antrag nicht zurückziehen würde.

Ich stellte mir vor, eingesperrt zu werden, bis ich versprechen würde, Rondi in den Arsch zu kriechen. Wie lange würde es wohl dauern, bis ich kapitulierte?

Ich überlegte, wie ich Prough helfen konnte. Vielleicht würde ich bald für ihn arbeiten, sofern er sein Angebot, mich einzustellen, ernst gemeint hatte; ich sollte ihm irgendwie helfen, jetzt. Ich konnte ihm helfen, Widerspruch einzulegen, wenn er mich ließ.

Richter Rondi starrte kreidebleich und mit eingefallenen Kinnbacken auf die Tür, durch die die Marshals Prough abgeführt hatten. Dann wanderte sein Blick im Gerichtssaal nach hinten.

Einen prickelnden Augenblick lang sah er mich mit zu Schlitzen zusammengekniffenen Augen an. Zwei Monate Knast, weil das alte Aas es nicht mochte, wenn »junge Damen« das Wort »fuck« benutzten. Aber Harry Prough würde es ihm zeigen, diesmal. Jeden Tag, den Harry Prough im Gefängnis verbrachte, würden die lokalen Medien über seinen Vorwurf diskutieren, daß Rondi voreingenommen sei zugunsten Weißer-Kragen-Kriminalität. Die schlaueren unter den Reportern würden vielleicht darauf kommen, daß Rondi auch voreingenommen gegen politische Aktivisten war und gegen Angeklagte, die einer Minorität entstammten. Das Aufsehen, das durch den ganzen

Trubel erregt würde, konnte Rondi glatt in die frühzeitige Pensionierung treiben.

Ich lächelte den alten Nazi an, um ihm zu zeigen, daß ich jeden einzelnen Augenblick seines peinlichen Auftritts in der Öffentlichkeit genoß.

Und einen Moment lang sah er aus, als würde er die Marshals gleich zu mir schicken.

26. KAPITEL

»Ist Harry Prough nicht großartig?« Ich hatte mich noch immer nicht wieder beruhigt. George zuckte die Achseln. Er hatte sein Sakko ausgezogen und die Krawatte gelokkert, als verspätete Reaktion darauf, daß Richter Shanna und Margaret vor einer Stunde gegangen waren.

»Du bist so ergebnisfixiert.« Das war Georges Vorstellung von einer vernichtenden Beleidigung.

Er schob mir die *Bundeszivilprozeßordnung* hin. »Weißt du noch, welche Paragraphen Prough zitiert hat? Sieh sie dir an!«

George hatte sie markiert. Ich überflog den ersten Absatz, der den Untertitel »Befangenheit und Vorurteil des Richters« trug. Ich überflog ihn und las ihn dann noch einmal genauer. Dann klappte ich das Buch zu, und ein grauenhaftes Gefühl stieg in mir auf.

»Verstehst du jetzt, was ich meine?« stichelte George. »Prough hätte *vor* dem Verfahren eine schriftliche eidesstattliche Erklärung einreichen müssen. Wenn er eine schriftliche Erklärung abgegeben hätte, die besagt hätte, daß Rondi befangen sei, dann wäre der Fall automatisch zu einem anderen Richter gekommen. Automatisch.«

Er streckte die Hand aus, nahm das Buch wieder an sich und las vor: »›Gibt eine Partei in einem Verfahren vor einem Bundesgericht rechtzeitig und der Form genügend eine schriftliche Erklärung des Inhalts ab, daß gegen den Richter, vor dem der Fall anhängig ist, Besorgnis der Befangenheit besteht, sei es wegen persönlicher Voreingenommenheit oder aus anderen Gründen, sei es zugunsten oder gegen eine der beiden gegnerischen Parteien, dann soll dieser Richter den Fall nicht weiter behandeln, sondern ein anderer Richter soll angewiesen werden, der Verhandlung vorzusitzen.‹«

»Ich hab verstanden, George.« Entweder hatte Harry Prough nicht wirklich die Absicht gehabt, Rondi dazu zu bringen, daß er den Fall abgab, oder er hatte nicht wirklich daran geglaubt, daß er die Befangenheit würde nachweisen können. Er hatte eine Show abgezogen, um Rondi zu provozieren, vielleicht hatte er es sogar darauf angelegt, wegen Mißachtung des Gerichts belangt zu werden.

Eigentlich hatte Harry Prough die Tradition von Julian Warneke fortgeführt. Trotz aller großen Worte, die er gestern mir gegenüber gemacht hatte, hatte er heute eine Show inszeniert. Und ich saß da und bewunderte an Harry genau das, was ich an Julian verachtet hatte – daß er es vorzog, sich selbst in Szene zu setzen, anstatt einen Fall zu gewinnen.

»Der andere Absatz ist ebenfalls beunruhigend.« George kratzte sich am Bart. »Aus verschiedenen Gründen. Aber der Punkt ist, dich interessiert nur das Ergebnis. Du kannst Rondi nicht leiden, und deshalb ist es dir egal, wie er herausgefordert wird, auf legale Weise oder auf illegale.«

In dem Punkt hatte er recht.

»Also«, George klappte seine *Bundeszivilprozeßordnung* wieder zu, »ich finde, der Auftritt war sinnvoll, wenn man nur das Ergebnis betrachtet. Eine schriftliche Erklärung hätte Rondi den Fall zwar genommen, aber die Presse hätte Rondi nicht den Prozeß gemacht.«

Auch wahr. Aber ich war mir meines Gefühls bei der ganzen Sache nicht mehr so sicher.

»Weißt du, daß Richter Shanna heute nachmittag bei Rondi Fürsprache gehalten hat? Damit Prough freigelassen wird?« Was ich George zugute hielt, war, daß er stolz auf Shanna war.

»Ja.« Einige andere Richter hatten dasselbe getan, wahrscheinlich in der Hoffnung, dadurch den Sturm von Sensationsmeldungen in der Presse abzuwehren.

Natürlich wünschte ich Harry Prough nichts mehr als die Freilassung aus dem Gefängnis, aber ich konnte nicht umhin, dieses eine Mal eine klammheimliche Freude daran zu haben, daß Rondi so ein sturer alter Bock war. Prough hatte, wie George ganz richtig bemerkt hatte, Rondi den Prozeß gemacht. Und jetzt ließ er die Presse Rondi das antun, was dieser seit 1959 anderen angetan hatte.

Und trotzdem ... Prough hatte ein Spektakel veranstaltet, anstatt eine schriftliche Erklärung abzugeben. Es beunruhigte mich, daß er dies in offensichtlichem Widerspruch zu seiner Verteidigerphilosophie getan hatte. Es beunruhigte mich um so mehr, als das Ergebnis so verdammt lohnend schien – es war die Sache so verdammt wert. Das konnte ich natürlich leicht sagen, meine eigene Freiheit stand ja nicht auf dem Spiel.

Meine politische Überzeugung schien von meiner persönlichen Bequemlichkeit abzuhängen. Ich hätte ebensogut Republikanerin sein können.

27. KAPITEL

Clement Kerrey faßte mich an beiden Händen, küßte mich auf beide Wangen und strahlte mich mit seinem schiefen Gebiß an. Mit überschwenglicher Herzlichkeit, wie es nun einmal seine Art war, versicherte er mir, natürlich sei es okay, daß ich einfach vorbeikäme, ohne vorher anzurufen, ich gehörte doch schließlich zur Familie.

Wir standen vor seinem Haus im Eureka Valley, einem kleinen zweistöckigen Reihenhaus mit einer bescheidenen Veranda und einem kleinen Garten voller Unkraut. Es lag in einer der freundlicheren Gegenden San Franciscos – eine ruhige Vorstadt, durchsetzt mit den üblichen Tacquerias, chinesischen Lebensmittelläden und Schwulenkneipen. Das Umfeld paßte zu Clement, der sogar an diesem kühlen Abend Sandalen und ein kurzärmeliges Hemd trug.

Das Innere seines Häuschens war mit Büchern und Akten vollgestopft. Das Mobiliar erinnerte mich an das meiner Eltern – ein Kuddelmuddel aus Kaufhaus-Restbeständen. Aber die Möbel traten in den Hintergrund gegenüber der unüberschaubaren Sammlung von gerahmten Arbeiter-Fotos, die überall an den Wänden hingen. Einige davon erkannte ich als die gleichen, die er meinen Eltern geschenkt hatte. Es gab auch andere, interessantere, von Strippern, Polizisten, Sportlern – nicht nur die politisch korrekte und gewerkschaftlich organisierte Arbeitskraft war in seiner Sammlung vertreten.

Ich nahm in einem von der Decke hängenden Korbsessel Platz, und Clement setzte sich auf einen Rattansessel mit Fächerlehne.

»Wie schön!« wiederholte Clement. »Wie schön, dich zu sehen.«

»Ich hab an dich gedacht. Gestern, als jemand deinen Namen fallenließ. Das war Harry Prough.«

»Harry, der alte Gauner.« Clement grinste, und ein wenig von dem früheren Leuchten trat wieder in seine Augen. »Der ist ja heute in aller Munde.«

»Er hätte eine eidesstattliche Erklärung abgeben können, Clement. Er hätte Rondi nicht zu der Festnahme provozieren müssen.«

Clements Grinsen wurde breiter. »Ah, aber Harry hat erreicht, was er wollte. Und weißt du, er hat keine Angst vor ein bißchen Gefängnis, nicht nach den – wieviel? – vier Jahren, die er gesessen hat.«

»Vier Jahre«, bestätigte ich, aber mein Magen krampfte sich zusammen.

»Ein, zwei Tage – gerade lang genug, damit er in die Nachrichten kommt mit seinem Versuch, den Fall zur Neuzuweisung zu bringen – und dann entschuldigt er sich. Keine große Sache.« Er bekam einen besorgten Gesichtsausdruck, beugte sich zu mir und tätschelte mir die Hand.

»Übrigens, vielen Dank, daß du mich ihm empfohlen hast.«

Er nickte, sah mir direkt in die Augen. »Du warst so eine wertvolle Mitarbeiterin für Julian und mich. Ich denke immer noch, wie schade es war, daß du dir einen anderen Job suchen wolltest.«

Immer schön gute Miene machen. Was ich mir damals suchen wollte, das war eher eine andere Bezahlung.

»Ich glaube, du und Harry, ihr würdet euch gut ergänzen. Ihr könntet 'ne Menge erreichen zusammen.«

»Ach, wirklich?« Ich hörte, wie meine Stimme brach; ich versuchte nicht mal, die gute Miene zu bewahren. »Nach diesem vergangenen Jahr weiß ich nicht, ob ich es überhaupt probieren will. Ich weiß nicht recht, was ich davon halten soll.«

Mit der Spitzfindigkeit eines Rechtsprofessors fragte er: »Was meinst du mit ›davon‹?«

»Die Sechziger, die Siebziger, die Politik der Bewegung, die Linke – wie auch immer du es nennen willst, was wir im Sinn hatten. Ich meine, ich bin immer noch der Meinung, daß die Salvadorianer ein Recht auf Asyl haben und daß die Nicaraguaner in Ruhe gelassen werden sollten und die Obdachlosen Unterstützung bekommen müssen, damit sie nicht erfrieren. Ich glaube das alles immer noch. Ich will nur« – es war hart, so etwas auszusprechen – »ich will nur persönlich nichts mehr damit zu tun haben. Soll sich doch mal jemand anders damit herumärgern und dabei müde und frustriert werden. Soll sich doch mal ein anderer mit diesen Idioten und ihren hochkonspirativen Sitzungen abgeben. Ich nicht. Ich will es nicht. Und ich will mich nicht verpflichtet fühlen, es zu tun.«

Ich hatte erwartet, daß er mich entgeistert ansehen, sich mit Verachtung von mir abwenden würde. Statt dessen nickte er. »Das war genau der Grund, weshalb Julian und ich damals die Kanzlei aufgemacht haben. Um durch unsere Arbeit, in unserem Beruf, politisch zu wirken. Meine Überzeugungen galten bei vielen Leuten in der Linken als exzentrisch« – ein schmerzliches Lächeln –, »wie du dich vielleicht erinnerst. Die Teamsters waren nicht besonders beliebt, obwohl sie, wenn du mich fragst, eine der fähigsten Gewerkschaften waren – zumindest auf der Ebene der Ortsverbände –, die unser Land oder irgendein Land je gesehen hat. Und der ganze Wirbel um den Traubenboykott . . .« Er seufzte. »Die hätten mich doch auf ihren Versammlungen gelyncht – der SDS, die Yippies, so ziemlich alle. Julian weniger – er war immer bereit, ein paar Blumen blühen zu lassen – vielleicht keine tausend, aber ein paar. Jedenfalls habe ich mich nie dazu verpflichtet gefühlt, alle Versammlungen abzuklappern. Ich habe es immer vorgezogen, am Arbeitsplatz Gutes zu tun.«

Ich nahm an, das war der Grund, warum Clement mich auf seine väterliche Art bei liberalen Richtern und radikalen Anwälten so gerühmt hatte.

Und ich nahm an, daß das der Unterschied zwischen uns beiden war. Clement hatte seine Arbeit immer als politisch richtig empfunden und aus dem gesellschaftlichen Nutzen seiner Arbeit Befriedigung gezogen. Ich hatte, für Clements Begriffe, in genau dem gleichen politischen und rechtlichen Umfeld gearbeitet, aber ich hatte dabei nur die Ironie des Ganzen im Blick gehabt. Ich hatte es Julian übelgenommen, daß er mich unterbezahlte und mir Überstunden aufbrummte, im Namen des Kampfes der Arbeiterklasse. Ich hatte ein kritisches Auge auf seine Partner geworfen – die mit ihren Turbo-Saabs herumfuhren, ausgesuchte Weine tranken und Mandanten auf ihre Segelboote einluden.

»Aber schließlich«, fuhr er fort, »komme ich aus einer Familie, in der die Arbeitsethik großgeschrieben wird. Es ist meine Grundüberzeugung, daß der Mensch sich in der Arbeit selbst verwirklicht.«

»Warum hast du aufgehört? Mit deinem Ruf hättest du jederzeit ein neues Büro aufmachen können. Deine Arbeiterklientel wäre dir treu geblieben.«

Er kniff die Augen fest zu, die Stirn und die Wangen legten sich in tiefe Falten. »Nicht ohne Julian. Ohne Julian hätte ich das nicht geschafft.«

Aber Julian hatte doch gar keine Arbeitsrechtsfälle gemacht – er hatte eigentlich überhaupt nicht viel gemacht, außer daß er ein weithin sichtbares Aushängeschild abgegeben hatte.

»Warum?« Sag mir, was Julian dir bedeutet hat, damit ich vielleicht herausfinde, was er mir bedeutet hat. Damit ich weiß, warum ich es nicht ertragen kann, an ihn zu denken, geschweige denn, um ihn zu trauern.

Er machte die Augen auf und blinzelte schnell, als sei seine Sicht getrübt. »Darüber habe ich schon oft nachgedacht.« Es klang ein wenig nach Rechtfertigung. »Julians Stärke als Rechtsanwalt und als politischer Aktivist lag in seiner Fähigkeit, sich persönlich mit etwas Größerem, Großartigerem zu identifizieren. Er wußte instinktiv, wie er Symbole einsetzen mußte.« Wieder eine Pause. »Fühlst du dich nicht wohl?«

»Seine Fähigkeit, Symbole einzusetzen – seine Vorliebe für das Spiel mit den Symbolen –, die brachte viele Leute ins Gefängnis, Clement; Leute, die leicht einen Freispruch hätten bekommen können.« Raus mit der Sprache! Sei ehrlich! Vertrau wenigstens Clement! Deshalb bist du doch hergekommen. »Leute wie ich. Wie meine Eltern.«

Er sah mich ein wenig mißtrauisch an. »Aber glaubst du nicht, diese Mandanten haben damit schon von vornherein gerechnet?«

»Wir schwelgten in einer Flut von romantischen Vorstellungen über die Revolution. Wir waren jung und naiv!«

Er schüttelte den Kopf. »Deine Eltern nicht. Sie waren noch alte Kämpfer aus den Zeiten lange vor den Studentenprotesten.«

»Und wo bin ich dabei geblieben? Hat Julian je an mich gedacht, als er meine Eltern ermutigt hat, Blut auf die Einberufungsbescheide zu kippen? Oder als er ein großes Spektakel aus ihrem Prozeß gemacht hat?«

Clement setze sich in seinem Rattansessel auf. »Du bist einmal bei Julian und Bess geblieben, als du ein Baby warst. Kannst du dich daran erinnern?«

»Nein.«

Er zuckte die Achseln. »Wir haben immer aufgepaßt, wenn Kinder mit im Spiel waren. Und wenn die Eltern niemanden hatten, dann haben wir uns bemüht, jemanden für die Kinder zu finden. Manchmal haben sogar die Sekretärinnen ausgeholfen.«

Ich sah Clement an und dachte: Was nützt das? Was nützt es, einem kopflastigen alten Junggesellen klarmachen zu wollen, daß Kinder keine Haustiere sind, die man jedem x-beliebigen anvertrauen kann, der zufällig freigesprochen worden ist; daß der Schrecken eines Kindes, das von seinen Eltern getrennt wird, vor allem wenn ihm die Eltern von groben, bewaffneten Männern einfach weggenommen werden, daß dieser Schrecken etwas mehr Zuwendung erfordert als die, mit der Sekretärinnen aushelfen können.

»Deine Eltern«, sagte Clement gelassen, »stehen in der Welt mit einem starken Empfinden für Leid und Ungerechtigkeit. Sie sind ebensowenig in der Lage, dazusitzen und nichts tun, wie sie persönlich politische Gefangene foltern könnten. Du müßtest am ehesten von allen verstehen, welche Unmittelbarkeit ihre Ideale für sie haben.«

O ja, das verstand ich nur zu gut. Wie oft hatte ich Mutter erlebt, wenn sie einen Wutanfall bekam über die Behandlung irgendeines armen Bauern oder eines armen Gefangenen oder eines armen Ausländers?

»Du fühlst das vielleicht nicht so oder nicht in der gleichen Intensität, Willa. Aber kannst du dir vorstellen, eine so starke emotionale Reaktion auf Ungerechtigkeit zu haben und *nichts* dagegen zu unternehmen? Es würde dich in Stücke reißen.«

»Ich hatte eine starke emotionale Reaktion auf den Vietnam-Krieg.«

Er nickte heftig. »Und du warst draußen auf den Straßen und hast demonstriert. Du wußtest, daß ganze Dörfer mit Napalm niedergebrannt wurden und daß es eine halbe Million gefallener Soldaten gab. Wie sonst hättest du reagieren sollen, als mit deiner Präsenz? Was sonst wäre aufrichtig gewesen?«

»Aber vom Ende aus betrachtet, zeigt sich doch, daß das alles so sinnlos gewesen ist, Clement. Gut, wir haben die Kosten des Krieges erhöht, und vielleicht war das ja einer von vielen Faktoren, die den Krieg schließlich beendet haben – irgendwann. Aber im Verlauf dieser ganzen Geschichte haben wir unsere besten Liberalen in Mißkredit gebracht und die neue Linke in etwas so Trostloses und Übergeschnapptes verwandelt, in etwas so Reaktionäres, daß sie einfach verblichen ist, als der Krieg zu Ende war.« Ich raufte mir die Haare. »Ich glaube, wir werden den Konservativen die Macht nie wieder aus der Hand nehmen können. Ich glaube, Jimmy Carter hat unsere letzte Chance verspielt.«

Clements Schultern wurden wieder locker, seine Gesichtszüge entspannten sich. »Das bereitet dir alles ziemliches Kopfzerbrechen, nicht wahr?«

So nüchtern festgestellt, war das eine ziemlich peinliche Behauptung. Da saß ich also vor ihm, gebeutelt von fünfzehn Jahre alten politischen Ängsten, und heulte ihm was vor. Und ich hatte *Clement* für kopflastig gehalten. »Sieht ganz so aus. Du hast recht, ich hatte damals wirklich das Gefühl, keine andere Wahl zu haben – ich mußte einfach rausgehen und gegen den Krieg protestieren, um mir selbst ins Gesicht schauen zu können. Aber trotzdem habe ich jede einzelne Minute davon gehaßt. Die Politik hat mein Leben zur Hölle gemacht« – besonders im Gefängnis – »und heute habe ich das Gefühl, als ob alles umsonst gewesen ist. Die Demokraten stellen immer noch irgendwelche unpopulären Vizepräsidenten und driften immer weiter nach rechts; die Radikalen zerreißen sich wie eh und je gegenseitig in der Luft und bezichtigen sich gegenseitig des ideologischen Verrats; und die Liberalen lassen sich immer noch von irgendwelchen Ideologen überrollen und den Mund verbieten.«

Ich merke, wie ich rot wurde. Und warum auch nicht? Wieder einmal beurteilte ich die Geschichte mit meinem Mißmut darüber, persönlich von ihr belästigt worden zu sein.

»Verachtest du Leute, die mitgemacht haben, nur weil es ihnen Spaß gemacht hat?«

Leute wie meine Eltern. »Vielleicht tue ich das. Dafür, daß sie immer so getan haben, als müßte der Rest von uns genausoviel tun. Als müßten wir immer noch mehr tun.«

»Glaubst du nicht, daß wir das müssen? Bei all den Problemen, die wir in unserem Land haben? Du mit deiner Ausbildung, mit deinen speziellen Fähigkeiten, mit dem Titel, den du hast, und der dich in die Lage versetzt, anderen zu helfen?«

Ich sah ihn an, wie er dasaß in seinen bescheidenen Hemdsärmeln und Sandalen, inmitten seiner eindrucksvollen Schwarzweißfotos von Arbeitergesichtern. Und wieder mußte ich an das alte Gewerkschaftslied denken – Julians Begräbnislied: *Which side are you an, boys, which side are you on?*

»Doch, das glaube ich, Clement, würde ich mich sonst so mit dir unterhalten?«

Er schaute ein wenig verdutzt drein.

»Ich müßte etwas tun, aber ich will nicht, ich will absolut nicht. Weil es langweilig ist und frustrierend und eine schreckliche Zeit- und Energieverschwendung.«

»Und du hast das Gefühl, dieses ›müßte‹ vermitteln dir deine Eltern.«

»Ja. Kann sein.« Ich schlug die Arme um meinen Körper. Ich fühlte mich blutleer und kalt, ich bekam Gänsehaut. »Nicht nur sie.«

»Das bringt mich wieder auf Julian.« Er seufzte. »Wir

waren in so vielen Dingen verschiedener Meinung. Er bezog eine radikale linke Position; ich stellte mich hinter die Gewerkschaften, wo immer sie standen. Ich schätze, man könnte sagen, er war ein neuerer Linker als ich.« Hinter ihm hingen die von Anstrengung verzerrten Gesichter von Arbeitern, die Kisten verluden, ihre Kleider auszogen oder Streithähne trennten. »Aber Julians Instinkt für das Symbolische, der war wirklich meisterhaft. Seine Art, mit einem kleinen Fall eine große Aussage zu machen, die war für mich ganz was Besonderes. Es war, als hätte man eine Taschenlampe in einer dunklen Höhle. Wir tasteten uns alle in der Dunkelheit voran in der Hoffnung, daß wir uns vorwärts und nicht im Kreis bewegten, und dann kam Julian, leuchtete mit seiner Lampe hinein, und plötzlich konnten wir ein Stück weit in die Höhle hineinsehen. Es mochte genauso aussehen wie die vielen Meilen, die wir schon hinter uns hatten, aber plötzlich konnten wir etwas sehen.« Er lächelte traurig. »Wir sahen, was wir getan hatten, und warum wir es getan hatten.«

»Ihr habt einen kleinen Fall genommen, Clement, und dann habt ihr ihn so sensationell geführt, daß irgendein armer Schlucker ins Gefängnis wanderte.«

»Vielleicht siehst *du* das so. Ich sah darin Engagement – das Engagement des Mandanten, unser Engagement. Ich sah darin Kontinuität, Fortschritt.«

Als ob wir über zwei verschiedene Menschen sprachen.

»Als Julian starb, konnte ich mir nicht vorstellen, mich allein durch die dunkle Höhle zu tasten«, schloß Clement. »Obwohl sein Stil ganz anders als der meine war, brauchte ich ihn an meiner Seite, um mich dabei wohl zu fühlen, wie ich die Dinge anpackte. Denn für jeden einzelnen Fall, den er auf diese Weise an die Öffentlichketi brachte, wußte ich, daß ich fünf weitere Fälle im stillen behandelte.«

»Und du hast es ihm nicht übelgenommen, daß er die ganze Aufmerksamkeit und Anerkennung geerntet hat?«

»Warum sollte ich? Ich habe dir doch gesagt, ich war der Arbeitstyp. Je mehr ich arbeitete, desto wohler fühlte ich mich. Und je mehr Anerkennung Julian bekam, um so wertvoller kam mir meine Arbeit vor.« Er schwieg, aber seine Augen leuchteten. »Du könntest dich fragen, ob du nicht die gleiche Beziehung zu deinen Eltern hattest wie ich zu Julian.«

»Symbiotisch?« Ich schüttelte den Kopf. »Ich halte nichts von Symbolen.«

»O nein, sie halten ihr Licht nicht auf Symbole – dafür hatten sie ja Julian. Wenn ich deine Eltern mit einem Wort charakterisieren müßte, mit einem Wort, das ihr ganzes Wesen umschreibt und ihre Kraft, dann wäre das das Herz. Herz.« Er schlug sich auf die Brust. »Sie tun das, was sie tun, weil sie es fühlen. Sie fühlen eine ehrliche Liebe für die Leute, für die sie sich einsetzen.«

Ich dachte an meinen letzten Besuch bei ihnen. »Stecken sie wieder in irgendeiner Klemme, Clement? Weißt du etwas?« Lieber wollte ich das glauben, als die schmerzhafte Vorstellung zuzulassen, daß sie mit Edward Hershey ein Komplott geschmiedet hatten.

»Nun . . .« Plötzlich hatte er den Blick des Anwalts auf – eine ausdruckslose Version, wie von einem Gerichtszeichner porträtiert. »Ich glaube, sie versuchen vielleicht, jemandem aus der Patsche zu helfen.« Beim Anblick meines entsetzten Gesichts fügte er hinzu: »Auf ganz legale Weise.«

»Aber nicht Edward Hershey, oder?«

Einen Moment war er wie erstarrt, dann schüttelte er langsam den Kopf. »Nein, der ist es nicht.« Einen Augenblick später: »Wirklich, Willa, es ist ganz legal – beinahe sanktioniert. Glaub mir. Sie versuchen nur, jemandem zu helfen.«

Jemandem helfen. Ich dachte an die Jahre, die sie als Entwicklungshelfer in staubigen afrikanischen Dörfern verbracht hatten. Und an die Frauen aus El Salvador, die mit ihren Horden von Babys in meinem Zimmer campierten oder in dem, was einmal mein Zimmer gewesen war. Und an Mutters tränenbefleckte Briefe an Gefangene in Texas.

Ein großes Herz. Das konnte ich bewundern – ich bewunderte es auch –, solange es nicht wider jede Vorsicht, jede Vernunft handelte.

»Wenn du sagst, ich sollte etwas tun . . .«

»Im Moment ist es wahrscheinlich schon genug, daß du dir über all das Gedanken machst.« Er lächelte und zeigte mir dabei sein Gebiß. »Ich bin sicher, du findest irgendwann den richtigen Platz.«

Es wäre bestimmt nett gewesen, so zu denken, nach Amateurpsychologenart. Aber ich sah keinen Grund, daran zu glauben.

Ich stand auf und streckte die Hand aus. Clement nahm sie und erhob sich; er machte einen Schritt auf mich zu, so daß aus dem Händeschütteln eine Umarmung wurde.

»Ich mag dich«, sagte er.

Ich fühlte eine heiße Welle der Dankbarkeit. Ich hatte einige wenige wertvolle Anrufe bekommen in L. A. – nicht viele von meinen linken Freunden wollten mit Wirtschaftsanwälten zu tun haben. (Leider war es mir im Privatleben ebenso ergangen.) Clements Anruf war einer dieser wenigen gewesen. Er hatte mir die Stelle beim Richter verschafft. Und er war dabei, mir meine nächste zu besorgen.

Ich wollte ihm gefallen, so werden wie er.

Wäre er der Zauberer von Oz gewesen, ich hätte ihn auf der Stelle um ein blutendes Herz gebeten.

Aber er war es nicht, also ging ich nach Hause und rauchte stattdessen einen Joint.

28. KAPITEL

Don Surgelato stand in meiner Tür. Ein stattlicher Mann, mit seiner gebrochenen Nase und seinen lichter werdenden Locken, seinen engelhaften Augen und dem Kinngrübchen.

Ich hatte mich noch nicht in den Feierabenddreß geworfen, war noch fast komplett angezogen, nur auf Strümpfen. Auch er war noch in seinen Dienstkleidern; feiner blauer Anzug, blaue Krawatte. (Wie war das noch mit George Bush und den blauen Krawatten?)

Dem ganzen Durcheinander in meinem Kopf und meiner angeschlagenen Laune zum Trotz gelang es mir, mein sexuelles Verlangen im Zaum zu halten. Aber ich forderte mein Glück auch nicht heraus. Ich sah ihn mir lieber nicht zu genau an und hielt genügend Abstand, um sein Rasierwasser nicht zu riechen.

Ich sagte: »Ich komme gerade von der Arbeit.« Mit einem kleinen Umweg über Clements Haus.

»Und bin immer noch im Dienst«, antwortete er ernst. »Darf ich bitte reinkommen.« Das war nicht als Frage gemeint.

Ich zögerte. Worüber er auch reden wollte, ich wollte nichts hören. Es war dumm von mir gewesen, meine Finger nach einem verheirateten Mann auszustrecken, und ich hatte sie mir auch gehörig verbrannt. Die Abfuhr war unmißverständlich gewesen; ich brauchte keine persönliche Aufklärung.

»Es ist dienstlich«, sagte er. »Du kanntest doch Margarita Delacort, nicht wahr?«

Kanntest.

Ich spürte, wie meine Finger durch mein Haar fuhren.

Ich sah Rita vor mir, auf den Kissen ihres Sofas auf der Veranda. Beinahe war mir, als ob ich ihre Stimme hören könnte, diese leise, gefühlvolle Stimme.

Sie hatte sich mir anvertraut, und sie hatte damit meine Aufmerksamkeit gefesselt und an mein Herz gerührt. Ich hatte nicht darüber nachgedacht, geschweige denn es ausgesprochen. Aber ich mochte sie.

Es konnte unmöglich noch jemand gestorben sein, den ich gern gehabt hatte. Das war einfach unmöglich.

Ich drehte mich um und ging zum Fenster. Ich sah hinaus. Die Oberleitungen der Straßenbahn durchkreuzten meinen Blick auf die tristen Apartments. Im schwachen Licht der Straßenlampen wirkten sie wie ein obskures Gekritzel. *Spring und du brauchst die Wahrheit nie zu erfahren.*

Die Leute um mich herum können doch nicht einfach so sterben. Ich kann nicht dauernd Leute kennenlernen, und dann sterben sie. Das können sie einfach nicht tun.

Ich drehte mich wieder um und sah ihm ins Gesicht. »Niemand in L. A. ist gestorben.«

Er stöhnte.

»Mein Therapeut wollte immer, daß ich darüber rede«, hörte ich mich selbst jammern. »Über die anderen. Über Julian. Das ist einer der Gründe, warum ich L. A. verlassen habe. Ich wollte nicht darüber reden. Ich wollte nicht mehr daran denken. Ich wollte, daß es offiziell vorbei ist.«

Er seufzte, trat herein und schloß die Tür hinter sich. »Dir wird nichts geschehen«, sagte er. »Aber es ist nicht vorbei. Wir müssen über Margarita Delacort reden.«

Ich wich zurück bis ans Fenster, bis ich an meinem Oberschenkel das Fensterbrett spürte.

»Rita Delacort geht es gut«, beharrte ich. »Ich habe sie gesehen. Sie hat mir von ihrer Schwiegermutter erzählt. Von ihren Ehemännern. Und Edward.« Ich streckte die

Hände aus, als könnte ich den Worten durch meine Arme mehr Wirklichkeit zufließen lassen. »Ich mag sie. Ihr geht es tut. Ihr Hund, dem geht es schlecht.«

Er beobachtete mich, sein Gesicht nahm eine eingeübte tragische Miene an. »Das ist mein Job«, sagte er. »Ich muß das tun. Ich komme in solchen Momenten.«

»Wir haben uns unterhalten. Sie hat zwei Kinder.«

»Denen geht es gut.«

»Nicht, wenn es ihr nicht auch gutgeht.« Ich lehnte mich mit dem Rücken an die Scheibe.

»Sie ist tot. Sie wurde heute niedergeschossen mit einer Schnellfeuerwaffe – einem Maschinengewehr, mit anderen Worten. Im Garten ihres Hauses, oben in den Santa Cruz Mountains. Du warst kürzlich dort. Nach Aussage ihres Mannes.«

Man läuft weg vor manchen Dingen. Auch wenn das heißt, daß man eine Stadt verlassen muß, mehr als eine Stadt. Du verläßt den Therapeuten. Verläßt deine politische Philosophie. Du läufst und hoffst, daß dich die Dinge nie einholen werden. Du ziehst um. Du vergräbst dich. Du trinkst. Du rauchst Haschisch.

»Der Fall liegt zwar außerhalb meines Zuständigkeitsbereiches«, erklärte er. »Aber ich habe mich seinerzeit darum gekümmert, daß Margarita Delacort in das Zeugenschutzprogramm des FBI aufgenommen wurde. Fast zwanzig Jahre ist das her, damals trug ich noch die grüne Uniform.« Ein versonnener Blick. »Und war sonst auch noch recht grün.

»Wer war sie?«

»Nein.«

»Vor wem wurde sie beschützt?«

Ein übertriebenes, italienisches Achselzucken.

»Du willst es mir nicht sagen?«

»Ich kann es nicht sagen. Wir sind hinter ihnen her. Wir

und die Bezirkspolizei von Santa Cruz. Und das FBI.« Sein Gesicht sah abgespannt aus, älter, als ich es in Erinnerung hatte.

Du bist nicht glücklich mit deiner Frau, dachte ich. Trotz all deiner Worte über Loyalität und über die Einsamkeit, du hast nie gesagt, daß du sie liebst. Du hast nie gesagt, daß du glücklich bist.

»Du willst, daß ich dir erzähle, woher ich Rita Delacort kenne.«

»Ja.«

»Gut. Setz dich. Ich – kann ich Kaffee machen? Ich brauche einen.«

»Nur zu.«

Ich spürte, wie meine Füße mich in die Küche trugen. Aber sie fühlten sich nicht an wie meine Füße, sie fühlten sich an wie schlechtsitzende Prothesen. Mechanisch spulte ich die Handbewegungen ab: Wasser aufsetzen, Kaffee in den Filter füllen.

Ja, ich hatte Rita Delacort gekannt.

Und Bob LeVoq. Jim Zissner. Julian Warneke. Greg Parker. Susan Green.

Ich stand immer noch an derselben Stelle, als Don zur Tür hereinkam. Er gab ein Brummen von sich, das ich als Erschöpfung deutete. Ich wischte mir mit dem Ärmel Tränen vom Gesicht und stammelte irgendeine Entschuldigung.

Er zog mich an sich und hielt mich fest in seinen Armen. Ich klammerte mich an ihn, eine ganze Weile, glaube ich.

Ich merkte, wie die Qualität der Umarmung sich plötzlich änderte, ebenso wie meine Aufmerksamkeit sich umlenkte: auf seine Haare, die mich an der Schläfe streichelten, auf die Wärme seiner Wange, den Druck seiner Muskeln, die ich durch die Jacke spürte, auf den Geruch von Seife und Shampoo und eine Spur von Zigarettenrauch. Er hielt mich in den Armen, und es war mehr als Trost.

Dann glitten seine Arme von mir ab wie schmelzendes Eis. Seine Stimme war leise und ernst. »Wir leben nicht mehr in den Sechzigern oder Siebzigern, als man nur ein bestimmtes Gefühl zu haben brauchte und schon stürzte man sich darauf – ›if it feels good, do it‹.«

Ich wandte mich ab, verlegen, weil ich (im falschen Moment) meine Begierde so unverhüllt gezeigt hatte.

Das Wasser im Kessel kochte. Ich riß mich am Riemen und brühte den Kaffee auf.

Während ich mit dem Geschirr klapperte, fügte er hinzu: »Verstehst du nicht, Willa?«

Was, daß Sex riskant ist, Liebe unprofessionell? Selbstbeherrschung, Vernunft, Sicherheit, Heirat mit einem verflossenen Liebhaber: Das waren die Neunziger.

Hinter meinem Rücken ging er unruhig auf und ab, irgend etwas Unverständliches murmelnd, dann blieb er stehen.

Über die nächsten paar Minuten rettete mich das Ritual des Kaffeetrinkens hinweg. Dann ging ich, ohne ihm in die Augen zu sehen, voran ins Wohnzimmer.

Ich erzählte dem Lieutenant, wie ich Rita Delacort kennengelernt hatte, und lieferte ihm einen Bericht über meine Unterhaltung mit ihr. Dabei saß ich die ganze Zeit steif da.

Schließlich fragte ich ihn noch einmal, wer sie wirklich gewesen war und vor wem man sie hatte schützen wollen.

Er sah mich an, sah mich direkt an, mit wäßrigen Augen und angespannten Mundwinkeln. Aber er erzählte mir nicht viel. Nur, daß Rita Delacort in einem Prozeß als Zeugin ausgesagt hatte und ihr im Gegenzug eine Anklage erspart geblieben war. Und daß sie mit ihrer Zeugenaussage ein Risiko eingegangen war, das sie schließlich dazu gezwungen hatte, eine neue Identität anzunehmen.

»Wir vermuten, daß ihre neue Identität nicht ganz wasserdicht war«, schloß er ab. »Auch der Anonymitätsschutz kann keine lückenlose Sicherheit bieten. Soviel ich gehört habe, hatte sie einen Hund zu ihrem Schutz.«

»Er war krank.«

»Tot. Er wurde vergiftet.«

»Und es ist jemand in Edward Hersheys Haus eingebrochen und hat ihn zusammengeschlagen. Sie hat vorübergehend dort gewohnt.«

»Ja. Das wußten wir.«

»Aber sie war nicht da, in dieser Nacht?«

Surgelato schüttelte den Kopf.

»Ihr alle wißt, wer sie war – wer sie wirklich war. Wenn du es mir nicht sagst, dann grüble ich immer weiter und mache mir Sorgen und habe Angst, daß ich was mit ihrem Tod zu tun habe.«

Er machte ein finsteres Gesicht. Schließlich hob er die Hände, hielt mir die offenen Handflächen entgegen. »So handhaben wir die Dinge nicht.«

Wir alle verbergen uns hinter unserem Beruf. Das tun wir alle, wenn wir genug dafür geopfert haben. Es schützt uns. Es erspart uns die schmerzlichen Fragen nach der Moral.

Ich hatte verstanden.

Ich war nicht wert, daß man sich meinetwegen über die Regeln hinwegsetzte.

29. KAPITEL

»Bitte sagen Sie mir, wer sie war.«

Philip Delacort blinzelte mich an. Er stand in der Tür seines Hauses in den Bergen, die Wangen fahl und eingefallen, die Schultern verkrampft eingezogen. Aus irgendeiner Ecke des Hauses hörte man die plärrende Titelmelodie einer Zeichentrickserie.

Er sah über die Schulter zurück und dann wieder zu mir. Er hob zu einem Satz an, schüttelte den Kopf, warf die Arme hoch. Schließlich tat er einen Schritt zurück, um mich einzulassen. Ich war froh, von der Veranda wegzukommen und nicht mehr das Holzsofa sehen zu müssen.

Sein Haus war ein architektonisches Wunderwerk – so viel Glas, daß man sich fragte, wodurch das Dach oben gehalten wurde. Er mußte einige Glaser nach dem Erdbeben beschäftigt haben.

Ich folgte ihm in ein Zimmer, das von einem offenen Kamin aus Naturstein, um den ausladende Ledersessel gruppiert waren, beherrscht wurde. Trotz seiner kühlen, unwohnlichen Atmosphäre hatte das Haus etwas, wofür ich einem Ehemann bestimmt alles verziehen hätte.

Delacort setzte sich auf die Kante eines Sessels, das lederne Sitzkissen gab ein ächzendes Geräusch von sich. »Was wollen Sie hier?«

»Ich weiß, daß Ihre Frau unter Anonymitätsschutz stand.« War das das Wort, das Don benutzt hatte?

Mit Erstaunen sah ich, wie Delacort bleich wurde. »Ich möchte wissen, wer sie wirklich war.«

Er sank in sich zusammen, die Schultern fielen in die Sessellehne. Die schlechte Haltung ließ ihn aussehen wie einen kleinen Studenten, genauso verletzlich.

»Sie wurde als Christine Rice geboren.«

Der Name sagte mir nichts. »Was hat sie getan? Warum war sie in dem Zeugenschutzprogramm?«

»Sie hat die Polizei gerufen.« Er hielt sich die Hand vor die Augen. Seine Hand war trocken und gerötet, die Fingernägel gepflegt.

Aus der Ferne war der Ton des Zeichentrickfilms zu hören, jemand wurde verprügelt. Delacorts Kinder mußten davorsitzen, aber man hörte sie nicht lachen.

Delacort blieb eingeknickt in dem Sessel sitzen, das Gesicht hinter aufgesprungenen Knöcheln verborgen.

Ich kam mir grausam vor, daß ich ihm das antat. Und ich zitterte davor, daß ich es mir selbst antat. Das Haus kam mir vor, als läge ein Fluch auf ihm. Zum Teufel mit Surgelato. Warum hatte er es mir nicht gesagt – und mir die zweistündige Autofahrt im Frühnebel erspart.

»Tut mir leid, wenn ich neugierig erscheine, aber . . .« Aber was? Aber ich habe nach dem Aufwachen einen Joint geraucht und bin im Haschischrausch die Klippen der Küstenstraße entlang gefahren. So etwas habe ich noch nie getan. Ich habe es getan, obwohl ich weiß, daß es dumm ist. Obwohl ich Angst hatte. Ich habe es getan, weil es zu schrecklich ist, daß noch jemand, den ich kannte, ermordet wurde. »Haben Sie Kaffee?«

Er rührte sich nicht, er schien mich nicht gehört zu haben. Eine Sekunde lang hatte ich den Gedanken, er könnte gestorben sein hinter diesen roten Knöcheln.

»Christine war Mitglied einer militanten Gruppe. Die Gruppe entführte ein Baby –«

»Sprechen Sie etwa von Highway 61? Und dem Industriellenbaby?«

»Ja.«

Highway 61. Harry Proughs schrecklicher Konspirationsprozeß.

Plötzlich fiel mir ein, wie Rita Delacort – Christine Rice – letzten Samstag auf meine Erwähnung des Namens Harry Prough reagiert hatte. Als ich ihr erzählt hatte, daß Prough der gegnerische Anwalt in einem Fall ihres Mannes sei, in dem es um Wertpapierschwindel gehe, da hatte sie »O nein« gesagt. O nein. Und ich hatte mich nicht einmal gefragt warum.

»Sie entführte das Baby des Vizepräsidenten von DOW Chemical«, fuhr Delacort fort, »oder war es DuPont? Hm.« Er schien sich kaum zu wundern, daß ihm dieses Detail entfallen war. »Weil das Unternehmen Napalm produzierte.« Seine Stimme klang eher müde als anklagend. »Sie haben das Baby in Ritas – Chris' – Haus gebracht.«

Die Geschichte kam mir bekannt vor, der Name nicht. »Sie hat die anderen angezeigt.« Kein Wunder, daß sie so auf dem Thema Sicherheit herumgeritten war, darauf, daß sie sich nur mit ihren Hunden sicher fühlte und mit Delacort.

Er nahm die Hand vom Gesicht. In seinen blauen Augen lag eine indifferente Heiterkeit, sein Gesicht war wie abgewischt von jeglicher Emotion. »Sie konnte sich nicht vorstellen, daß sie dem Baby etwas antun würden, aber sie war sich nicht sicher. Die anderen sprachen darüber, daß man es verbrennen sollte – als symbolischen Akt, wegen des Napalms, verstehen Sie? Es waren ihre Freunde, ihre Genossen, aber sie war sich nicht sicher – einem oder zweien von ihnen traute sie nicht ganz. Irgendwann drehte sie durch und ging zur Polizei. Sie erzählte alles, sie sagte gegen sie aus – wie gesagt, gegen ihre Freunde. Sie ist sich bis heute ... bevor sie starb, war sie sich immer noch nicht sicher, ob sie das Richtige getan hatte. Dann gab das FBI ihr eine neue Identität. Nach einer Weile. Ich habe sie in meinem letzten Jahr auf der Universität kennengelernt; sie arbeitete in der Bibliothek. Als Hilfskraft, Bücher einsortieren und so. Sie lebte zurückgezogen – in der Gegend um San Francisco gibt es jede Menge politisch engagierte Leute. Als ich einen Job in San Jose bekam, dachten wir, es sei ausgestanden.« Ein schlaffes Wedeln mit dem Arm. »Ein ruhiges Leben in den Bergen.« Sein Blick schweifte zu einer Fensterfront, durch die man seinen in Terrassen angelegten Garten überblicken konnte. »Aber sie wurde ruhelos. Sie wurde meiner überdrüssig. Kein Wunder, bei ihrer aufregenden radikalen Vergangenheit und all dem.«

Seine Mundwinkel kräuselten sich. Sein Kinn verkrampfte sich zu einem Knoten. Er wiederholte: »Sie wurde meiner überdrüssig. Ich bin kein besonders interessanter Typ; mein Leben besteht aus meinem Beruf, sonst nichts. Nicht sehr ruhmreich – die normale Durchschnittskarriere, verstehen Sie. Aber was sollte ich tun? Ich konnte ja schlecht mit Leuten aus der Linken zusammenarbeiten, die sie womöglich wiedererkannt hätten.«

Er fixierte mich mit seinen hellen Augen. Sein Blick hatte etwas Flehentliches, er flehte um Verständnis dafür, daß er einen langweiligen Weg eingeschlagen hatte, nur aus Rücksicht auf seine Frau. Daß er sich nicht aus freien Stücken dafür entschieden hatte, einer der unzähligen perfekten Haarschnitte mit gutsortiertem Weinkeller zu werden.

»Harry Prough zum Beispiel, er verteidigte Leute von Highway 61. Sicher, ich hätte auch gerne die Art von Arbeit gemacht, die er machte – seine Rolle in der Öffentlichkeit, sein knallhartes Image – aber . . . aber das konnte ich nicht; ich hätte ihn im Gesellschaftsleben ständig irgendwo getroffen, meine Frau wäre ihm früher oder später über den Weg gelaufen. Er hätte sie sofort erkannt. Jeder linke Anwalt konnte sie wiedererkennen – konnte sie als Zeugin gesehen haben. Also . . .« Ein Achselzucken.

Ich machte wenigstens keinen Hehl daraus, daß ich mich hatte kaufen lassen. Daß ich mich verkauft hatte für ein neues Auto und neue Möbel. Von der Linken zur Versandhauskundin; meine freie Entscheidung.

»Diese Leute von Highway 61 – wie viele von denen sind eigentlich schon wieder aus dem Gefängnis draußen?«

»Die meisten – Gott, ich habe einen von ihnen im Aufzug des Gerichtsgebäudes gesehen. Aber woher sollten sie wissen, daß Rita Chris ist?« Delacorts Stimme kam einem Winseln nahe. »Woher sollten sie wissen, wo sie wohnte? Sie fuhr nicht oft rauf nach San Francisco. Sie fuhr kaum mal nach Santa Cruz.« Er streckte sich, bog den Rücken durch. »Es sei denn, sie und Hershey ... Na ja, zugegeben, was wußte ich schon von ihrem Leben? Ich versuchte, sie zur Vorsicht anzuhalten. Aber woher sollte ich wissen, was sie tat, wenn ich nicht da war.«

»Edward Hershey wußte das alles.«

Irgend etwas in meiner Äußerung glättete Delacorts schmerzvolles Gesicht. Die Spur von Verletzlichkeit – Menschlichkeit wich einem routinierten Gesichtsausdruck. Er sah wieder aus wie ein Anwalt.

»Vielleicht auch nicht. Meine Frau war nicht der Typ, der viel darüber spricht. Auch wenn sie nicht in dieser ständigen Gefahr geschwebt hätte – sie war sich ihrer Gefühle zu den Menschen nie ganz sicher. Sie sprach nicht gern darüber, auch mit mir nicht. Vor allem seit der Geburt ihrer Kinder.«

Er sagte *ihre* Kinder, nicht *unsere* Kinder. Ob er sie jetzt dem Fernseher und irgendwelchen Au-pair-Mädchen überlassen würde? Ob er in der Versenkung seines Berufslebens verschwinden würde, das ihn abstumpfte?

»Sie war als junges Mädchen einmal schwanger gewesen. Und hatte unter dem Druck der Familie beschlossen, das Baby zur Adoption freizugeben. Sie hatte schreckliche Schuldgefühle deshalb – und das war einer der Hauptgründe, warum sie die Leute von Highway 61 anzeigte. Weil sie das Baby des Vizepräsidenten bedroht hatten.«

»Edward Hershey kannte die ganze Geschichte.« Ich erinnerte mich, was sie über eine frühe Affäre mit ihm erzählt hatte und daß sie zu ihm gezogen sei, als die Dinge sich verschlimmerten. Nachdem der Prozeß gegen Highway 61 stattgefunden hatte, meinte sie damit wohl.

Mir wurde klar, daß auch meine Eltern die ganze Geschichte kennen mußten.

Deshalb hatten sie Edward erlaubt, mir »zufällig« vor ihrem Haus zu begegnen. Er wollte mich um einen Gefallen bitten für eine Radikale, die in der Patsche saß. Natürlich waren meine Eltern bereit, ihm dabei zu helfen. Natürlich baten sie ihn herein. Kein Fünkchen Schicksal, das war eine Verschwörung.

Aber was genau hatte ich denn für Edward getan? Was hatte ich für Christine/Rita getan?

30. KAPITEL

Es war nicht gerade professionell, daß ich erst am späten Nachmittag ins Büro geschneit kam, immer noch ein wenig stoned. Wäre mir das nicht selber klargewesen, hätte ich es deutlich auf George McLeods Gesicht ablesen können.

Er sah von einem Verhandlungsprotokoll auf. Seine Augenbrauen senkten sich, seine Lippen verschwanden zwischen rasiertem Kinn und Schnurrbart. »Oh, guten Morgen.« Sein Sarkasmus war so subtil wie der eines Achtkläßlers. Er warf seinen Bleistift hin. »Wirklich nett von dir, uns anzurufen und uns wissen zu lassen, daß du etwas später kommst.«

»Keine Ursache. Ich kündige noch mal.«

Er schüttelte den Kopf, der Mund stand ihm offen wie einem Karpfen. »Du kannst einen Job nicht kündigen, den du gerade erst angefangen hast!«

»Weil es sich im Lebenslauf nicht gut macht?«

»Nein! Ja, das stimmt natürlich auch. Aber es ist einfach unprofessionell. Sehr unprofessionell.«

Ich wartete auf irgendeine Empfehlung. Er hatte mir gerade genau das ins Gesicht gesagt, womit ich mir selbst schon den Kopf gewaschen hatte – bei der letzten Kündigung. Aber ich starrte in sein wutentbranntes Gesicht, auf seine geballten Fäuste, und fühlte gar nichts. Ja, es wäre unprofessionell, ein zweites Mal zu kündigen; ja, ich hatte Jahre meines Lebens daran gesetzt, ein Profi zu werden und mich auch wie einer aufzuführen.

»Ich habe nachgedacht, George, auf dem Weg die Küstenstraße herauf, und ich habe mich gefragt, was ich für Edward Hershey eigentlich getan habe. Ich meine, er hat sich die ganzen Umstände gemacht, meine Eltern einzuspannen –«

»Oder ist dir einfach alles egal?« George sprang auf die Füße. »Ist es dir völlig egal, wie viele Bewerbungen der Richter und ich gelesen haben, bevor du eingestellt wurdest? Etwa zweihundert waren es. Und an die fünfzehn Vorstellungsgespräche müssen wir geführt haben. Wir hatten uns auch schon entschieden. Wir mußten einer ausgezeichneten Frau aus Harvard absagen, nur damit du heute am Spätnachmittag hier hereintanzen und dich aufspielen kannst mit deinem: Ach Gott, ich brauche diesen lumpigen Job sowieso nicht.«

»Meine Eltern haben es eingefädelt, daß Hershey Gelegenheit hatte, allein mit mir zu reden, daß er Gelegenheit hatte, mich um seinen Gefallen zu bitten. Also dreht sich die ganze Sache ganz offensichtlich um diesen Gefallen. Nachdem aber an diesem Gefallen nichts Besonderes dran war, muß der springende Punkt das Endergebnis sein. Die Tatsache, daß Shanna den Fall abgegeben hat.«

»Du meinst, du hast ein Recht auf deine kleine Krise, ja, und der Richter kann dich mal. Der Richter mitsamt seiner Arbeit. Aber diese Arbeit ist zufällig verdammt wichtig. Verdammt wichtig!« Er sah mich an, als würde er mir im nächsten Moment an die Gurgel springen, falls ich es wagen sollte, ihm zu widersprechen.

»Was mich an der Sache stört, ist, woher konnte Hershey wissen, daß der Richter den Fall abgeben würde? Denn der Richter war, jedenfalls nach der *Zivilprozeßordnung*, gar nicht verpflichtet, das zu tun.«

»Du kommst hierher und führst dich auf, als ob du bloß die Zeit totschlagen müßtest, bis du dir überlegt hast, was du eigentlich machen willst. Als ob das Juradiplom für dich bloß ein Klotz am Bein wäre. Als ob du eine große Märtyrerin wärst, nur weil du ein Jahr in einer großen Anwaltsfirma in L. A. verbracht hast. Nun, ein Jahr ist nichts!« belehrte er mich. »Gar nichts! Du wirst dich an den Gedanken gewöhnen müssen, noch eine sehr lange Weile in diesem Boot zu sitzen!«

Er machte ein paar wütende Schritte auf mich zu.

Ich haßte wütende Männer vor meiner Nase. »Wo, George? In welchem Boot soll ich sitzen, das mir grenzenlose und unterwürfige Loyalität abverlangen kann?«

Ich hatte es satt, mir anzuhören, daß ich mich mit Haut und Haaren irgendeinem transzendental wichtigen Zweck verschreiben sollte, egal, ob das die Politik der Bewegung oder eine langfristig angelegte Karriere war. Als ob Loyalität irgendein monolithisches Ding war, eine Alles-oder-Nichts-Frage, die man völlig unabhängig von den Umständen stellen konnte.

George wich zurück, setzte sich. »Sind es die Drogen?«

»Was?«

»Du bist drogenabhängig, habe ich recht?« Er sah mich durch enge Augenschlitze an.

»Nein!« Er hatte ein bißchen Gras in meinem Wohnzimmer geschnuppert – was für eine Sorte von weltfremdem Republikaner würde daraus schließen, daß ich süchtig war? »Nein, das bin ich nicht.« Diesmal etwas weniger überzeugungskräftig. Ich war immer noch stoned. Bekifft im Dienst.

Ich setzte mich ebenfalls. »Gib mir mal deine *Zivilprozeßordnung*, George.«

Er warf mir einen vernichtenden Blick zu. Ich mußte aufstehen, mich hinüberstrecken und sie mir selbst von seinem Schreibtisch holen.

Unter seinem starren, biblisch ernsten Blick schlug ich das Buch an der markierten Stelle auf, die ich bereits gestern gelesen hatte – bei dem Absatz, aus dem hervorging, daß Harry Prough eine schriftliche Erklärung abgeben und damit seine Festnahme wegen Mißachtung des Gerichts hätte vermeiden können.

Ich blätterte weiter, bis zu dem zweiten Abschnitt, den George markiert hatte. Paragraph 455, Umstände, die den Richter zwingen, einen Fall abzubrechen.

Es war ein sehr ausführlicher Paragraph, eine ganze Seite Kleingedrucktes. Aber nichts Überraschendes: Richter müssen einen Fall abgeben, wenn ihre Unparteilichkeit begründet in Zweifel gezogen wird, wenn sie bezüglich einer der Parteien befangen sind, wenn sie persönlich in den Fall verwickelt sind, wenn sie ein persönliches oder finanzielles Interesse am Ausgang des Falles haben, wenn ihre Ehegatten, Kinder oder andere »Verwandte zweiten Grades« einer der beiden Parteien angehören oder vom Ausgang der Verhandlung betroffen sind.

Kein Wort über richterliche Angestellte, die privat den Fall nicht berührende Unterhaltungen mit den Anwälten der Parteien führen.

Ich gab George das Buch zurück, wobei ich den Finger in der Seite mit der entsprechenden Stelle hielt. Er verstand den Wink nicht, also beugte ich mich näher zu ihm und schlug das Buch vor ihm auf.

»Du hast diese Stelle gestern rausgesucht«, half ich seinem Gedächtnis nach. »Harry Prough hat sie zitiert.«

George überflog den Abschnitt. Ich hätte es nicht für möglich gehalten, aber sein Gesichtsausdruck wurde noch einmal um eine Schattierung düsterer. »Du bist besessen davon, daß Richter Shanna den Fall abgegeben hat. Warum regst du dich darüber so auf? Meinetwegen, vielleicht hatte er ein bißchen zu viele Skrupel, aber . . .«

»Nicht zu viele, aber er hatte Skrupel. Er mußte den Fall abgeben, und der Grund dafür steht hier drin.«

»Natürlich steht er hier drin. Ich meine, nicht im Speziellen, aber vielleicht dachte er . . .« Er ging den Abschnitt nochmals durch. »Ich weiß nicht, was er dachte. Aber er wollte dir nicht persönlich eins auswischen; du machst aus einer Mücke einen . . .«

»Er hat nicht den wahren Grund gesagt, warum er den Fall abgegeben hat. Das mußte er nicht, denn er hatte mich als Vorwand. Als seine Strohfrau.«

»Wovon redest du überhaupt?«

»Er hat mich benutzt, George. Shanna hat mich benutzt.«

With a little help from my friends.

31. KAPITEL

Der Richter war in die Lektüre des *Examiner* vertieft, als ich eintrat. Ich hatte nicht angeklopft und erntete ein erstauntes Gesicht. Als er die Zeitung beiseite legte, konnte ich die Schlagzeile auf dem Titel des Lokalteils lesen: BUNDESRICHTER DER BEFANGENHEIT BEZICHTIGT. Ich fühlte Schadenfreude in mir aufsteigen. Die Zeitungen verurteilten Rondi, nicht Prough.

»Sie und Clement Kerrey sind gute Freunde.« Ich klopfte mit dem Finger auf das Tryptichon mit den Fotos von Jimmy Carter. Aus dem Filz des Bilderrückens staubte es.

Richter Shanna war blaß unter seinen Sommersprossen. Die grelle Mittagssonne schien durch die Fensterfront herein und machte ein paar unscheinbare Male auf seinem Kinn und seiner Stirn sichtbar. Im Zimmer roch es nach heißer Sonne und altem Teppich.

»Ja.« Seine Stimme war nüchtern und verbindlich. »Aus dem Präsidentschaftswahlkampf.«

»Er ist Ihr Anwalt. Sie gehen zu ihm, wenn Sie einen persönlichen Rat brauchen.«

Sein Gesicht war ebenso ausdruckslos wie das Delacorts. War das eine Berufskrankheit? Ich fragte mich bange, ob meine Anwaltsmaske genauso nichtssagend aussah.

»Wenn ich persönlich einen anwaltlichen Rat brauche, stimmt, dann gehe ich zu Clement.«

»Sie sind zu ihm gegangen und haben ihm gesagt, Sie könnten einen Fall nicht verhandeln, den Philip Delacort vor Gericht verteidigt.« Er zuckte kaum merklich zusammen, als ich den Namen aussprach. »Aus einem Grund, der in der *Zivilprozeßordnung* steht.«

»›Verwandte zweiten Grades‹«, zitierte er.

Wenn er mit Delacort verwandt gewesen wäre, dann hätte er das einfach sagen können.

»Christine Rice war im Zeugenschutzprogramm.«

Sie mußte auch mit Richter Shanna verwandt sein, sonst ergab dies alles keinen Sinn. Sonst hätte Shanna sich nicht gezwungen gesehen, einen Fall abzugeben, der von ihrem Ehemann vor Gericht vertreten wurde.

Das Problem war gewesen, wie konnte er – als gewissenhafter Jurist – diesen ethischen Auftrag mit der vom Staat auferlegten Verpflichtung in Einklang bringen, die Identität einer Staatszeugin geheimzuhalten? Wie konnte er den Fall abgeben und dennoch das Stillschweigen bewahren, das notwendig war, um ihre Anonymität zu gewährleisten?

»Sie haben Clement erzählt, Sie könnten einen Fall nicht verhandeln, der von ihrem Ehemann vor Gericht vertreten würde. Aber Sie könnten ebensowenig ihre Identität preisgeben. Sie hätten es mit Delacort besprochen und seien sich mit ihm einig gewesen, daß Sie irgendeine Art von Vorwand brauchten. Wegen des gegnerischen Anwalts. Wegen Harry Prough.«

Der Richter klemmte das Kinn zwischen Daumen und Zeigefinger und seufzte. »Wenn es jemand anders gewesen wäre, aber ausgerechnet Harry . . .« Harry, der Christine Rices Kameraden verteidigt hatte. »Es ist seltsam, erst schlummern diese Dinge so lange im verborgenen, und dann auf einmal, wohin man auch blickt . . .«

Wohin man auch blickt?

»Ich bekam glücklicherweise rechtzeitig Wind davon, daß die Staatsanwaltschaft eine Anklage gegen Tom Rugieri vorbereitete.«

Tom Rugieri, zu dessen Gunsten ich vor kurzem eine Urteilsbegründung mit einem leidenschaftlichen Plädoyer für die Unverletzlichkeit von Person und Wohnung und das Vierte Amendment verfaßt hatte (bevor der Staatsanwalt beschloß, sich die Mühe zu sparen und die Anklage vor Richter Shanna fallenließ). Tom Rugieri, ehemaliges führendes Mitglied der Gruppe Highway 61.

Gott, warum war er mir nicht schon früher eingefallen? Vielleicht rauchte ich tatsächlich zuviel Gras.

Der Name Christine Rice hatte mir nichts gesagt, aber Chris Rugieri – die Verräterin von Highway 61. An Chris Rugieri konnte ich mich erinnern. Ein Rotschopf war sie damals gewesen. Ja, jetzt erinnerte ich mich an Chris Rugieri.

Tom Rugieris Frau. Bei unserer ersten Begegnung hatte Rita den Namen Tom fallenlassen; sie sagte, sie hätte ihn gesehen, sei bei seiner Verhandlung gewesen. Großer Gott, und wenn Rita Delacort die Frau gewesen war, die nach der Verhandlung im Korridor vor dem Gerichtssaal direkt neben Don und mir gestanden hatte? Rita mit einer blonden Perücke, in der Hoffnung, unerkannt einen Blick auf ihren Mann zu erhaschen.

Der Richter fuhr fort: »Ich war ziemlich zuversichtlich, daß der Staatsanwalt einen Antrag auf Einstellung des Verfahrens gegen Rugieri stellen würde. Aus genau den Gründen, die Mr. Prough ihm dann ja auch vorgeworfen hat.«

In Wirklichkeit waren das die denkbar lächerlichsten Gründe gewesen. Gründe, die einen anderen Richter womöglich mißtrauisch gemacht hätten.

Ich wartete darauf, daß er weiterredete, aber er saß einfach nur da und fuhr mit dem Daumen an seinem Kiefer entlang. Es juckte mich in den Fingern, ihn an seiner Krawatte zu packen, ihn von seinem Stuhl hochzuziehen und von ihm eine Entschuldigung dafür zu verlangen, daß er mich angelogen hatte – um Verzeihung betteln sollte er.

»Clement kannte Chris Rugieri. Oder Sie haben die beiden miteinander bekannt gemacht.«

Shanna nickte schwach, seine Schultern rundeten sich.

»Und dann kam Edward Hersheys Name auf. Chris Rugieri sprach von Edward Hershey.«

»Nein, Christine haben wir von Anfang an aus der Sache rausgehalten. Es war Delacort, der vorgeschlagen hat, Hershey dazuzuziehen. Als routinierten Schnüffler – ein Detektiv, der in die Sache eingeweiht war, falls wir einen brauchen sollten. Es ist eine Ironie des Schicksals. Kurz darauf soll sie bei ihm eingezogen sein.«

Ich fragte mich, mit welcher Geschichte Hershey mich wohl zu dem Treffen mit Delacort zu ködern versucht hätte, wenn sie das nicht getan hätte.

»Wir waren mit unserem Latein am Ende, Clement, Delacort und ich, wir wußten keinen Ausweg mehr aus dem ganzen Schlamassel.«

Clement hatte von mir und Edward Hershey gewußt. Er hatte uns zusammen gesehen, als Edward mich das erste Mal in San Francisco besuchte. Und Jahre später hatte er mitbekommen, wie wir uns auf Julian Warnekes Beerdigung in die Haare geraten waren. »War das, bevor oder nachdem Sie mich eingestellt hatten?«

Er lehnte sich zurück und blinzelte hinaus in den kalten blauen Himmel. »Davor.«

Daher also Clements aufgeregter Anruf, ich solle mich unbedingt kurzfristig um die Stelle beim Richter bewerben – »Sie haben mich nur dazu eingestellt, daß ich Ihnen diesen Vorwand liefern sollte.«

»Sie waren qualifiziert.«

Überqualifiziert; zuviel Berufserfahrung, schon zu lange aus der Universität, um das Schoßhündchen eines Richters zu spielen. Unter normalen Umständen hätte Shanna sich einen jüngeren, weniger erfahrenen Juristen gesucht. Jemanden wir George.

»Clement sagte zu Edward, er solle mich irgendwie dazu

bringen, Delacort aufzusuchen. Das war der Zweck, zu dem Sie mich eingestellt haben.«

»Ich hätte es vorgezogen« – der Richter streckte die Handflächen aus –, »Sie direkt anzusprechen und an Ihr humanes Empfinden zu appellieren.«

»Nun ja.« Clement hatte meinen Zynismus aus der Nähe mitbekommen. Vielleicht hatte er sich auf mein humanes Empfinden nicht so recht verlassen wollen. Möglicherweise hatte das hinter dem Abendessen bei meinen Eltern gesteckt: Es war ein Test gewesen; und die Gruppe hatte anschließend beschlossen, daß ich keine aufrechte Linke, keine zuverlässige Genossin mehr war. »Ich glaube, Clement wußte, wenn es dazu kommen würde, daß ich im nachhinein die Wahrheit herausfinde, daß ich dann den Mund halte.«

Niemand würde je Richter Shannas Befangenheitserklärung in Frage stellen, es sei denn, ich machte Stunk. Beamte, die im Fall Rugieri ermittelten, würden keinen Zusammenhang erkennen, selbst wenn sie davon Wind bekämen; alle würden glauben, allein mein standeswidriges Verhalten sei der Grund. Der Richter würde eine reine Weste behalten. Und ich hatte einen Gedanken daran verschwendet, von der Brücke zu springen.

»Verstehen Sie doch, Willa.« Seine tiefe Stimme war überschattet von der Besorgnis eines Onkels. »Das Leben meiner Nichte stand auf dem Spiel. Ich konnte weder den Fall verhandeln noch den wahren Grund meines Rückzugs preisgeben. Clement und ich waren, nach reiflicher Überlegung, beide der Meinung, daß das Risiko für Christine schwerer wog als jede Verlegenheit, die Sie dabei empfinden würden, sich unwissentlich standeswidrig verhalten zu haben.«

Aber trotz seiner Blässe und seiner schönen Worte konnte ich Michael Shanna die Trauer um seine Nichte

Christine Rice Rugieri nicht wirklich abnehmen. Er behielt sie nur als einen verzwickten Fall in Erinnerung, eine moralische Abstraktion wie das Grundrecht auf Unverletzlichkeit der Person.

»Unterm Strich war alles umsonst. Sie haben Ihre Nichte nicht retten können. Sie wurde trotzdem getötet.« Und Sie haben mich durch die Hölle geschickt, obwohl ich vielleicht aus freien Stücken geholfen hätte.

Er lehnte sich zurück, soweit es ging, ohne umzukippen. »Jedenfalls haben wir getan, was in unserer Macht stand, um ihre Identität zu schützen –«

»Oh, verschonen Sie mich!« Ich stieß das Tryptichon mit den Carter-Fotos um. »George nennt Sie immer ergebnisfixiert, aber das stimmt gar nicht. Sie interessieren sich nur für den Weg, der zum Ziel führt. Sie und die ganze verdammte Linke. Wir schaffen es nie, die Objekte unserer Wohltätigkeit zu retten, richtig? Wir lieben nur das Gefühl, es zu versuchen. Dabei sind wir so blind gegeneinander, so rücksichtslos in unserem Drang, Gutes zu tun –« Es war ein Wunder, daß nicht mehr von uns auf irgendeiner Brücke endeten, entschlossen zu springen.

Aber vielleicht war das nicht fair. Wenn es Clement Kerreys aufrichtiges Bedürfnis gewesen war, Christine Rugieri zu retten – wenn er meine Eltern und meinen Exlover dazu überredet hatte, mich zu täuschen, um meinem Arbeitgeber zu helfen –, er hatte schließlich nicht wissen können, daß ich kündigen würde, daß ich mir die Sache so zu Herzen nehmen würde.

Vielleicht war es nicht fair, ihm böse zu sein und meinen Eltern böse zu sein. Aber ich war es. Ich nahm es ihnen übel, daß sie ohne ausreichendes Wissen beschlossen hatten, mich zu täuschen, nur um eines höheren Zieles willen. Ich nahm es ihnen übel, daß sie mich zum unwichtigen Mittel eines wertvollen Zwecks gemacht hatten.

Zugegeben, der Zweck war überaus edel. Aber hätten sie nicht meinem Instinkt so weit vertrauen können, daß sie mich für ihre Sache zu gewinnen versuchten, anstatt mich zu benutzen? Daß ich ein Jahr für ein kapitalistisches Unternehmen gearbeitet hatte, machte mich noch lange nicht zu einer Margaret Thatcher, um Himmels willen.

Aber auch über mich selbst ärgerte ich mich, daß ich mir die Umstände gemacht hatte, mein Vertrauen – zu Clement, zum Richter, zu meinen Eltern – auf die Probe zu stellen. Traue niemandem – meine schlimmste Angst hatte sich wieder bestätigt.

32. KAPITEL

Unter Einsatz meiner Ellbogen erkämpfte ich mir einen Platz in dem bereits überfüllten Lift. Unter Schluchzen und spanischem Gebrabbel wurde ein mißmutiger Teenager von seiner Familie umarmt, bis seine Haare zerwühlt waren. Dem Jungen war der ganze Wirbel sichtlich peinlich, er ließ ihn über sich ergehen. Aus dem Hintergrund des Aufzugs hörte ich jemanden in abfälligem Ton sagen: »Rondi hat ihn mit Bewährung davonkommen lassen. Nicht zu fassen!«

Das war Harry Prough, mit zerzausten Haaren und unrasierten Wangen. Eine Büromaus in korrektem Kostüm rümpfte angewidert die Nase in seine Richtung und drängelte sich ein Stück von ihm fort.

»Seine Verhandlung war unmittelbar vor der meinen«, fuhr Prough fort. »Irgendein mieses Republikanerschwein aus dem Büro des Gouverneurs hat für ihn gebürgt. Das ist es, was man heutzutage braucht – so eine lächerliche Kleinigkeit wie die Bill of Rights zählt nicht mehr.«

Eine untersetzte alte Frau stotterte: »Guter Junge, nie Probleme gemacht.«

Ich war entsetzt, Prough in Freiheit zu sehen. Selbst ich hätte länger als einen Tag an meinem Stolz festgehalten. Sogar ich hätte noch einen Tag mehr ausgeharrt, ehe ich Rondi die Füße geküßt hätte.

Als sich die Aufzugtüren öffneten, fiel mir nichts anderes ein als: »Du solltest im Gefängnis sitzen.«

Ich ließ ihn mit diesem hartherzigen Ausspruch stehen.

33. KAPITEL

Ich hatte die Vorhänge zugezogen, die Tür verriegelt und den Hörer neben das Telefon gelegt. Ich rauchte Gras.

Okay, nüchterne, distanzierte Gleichgültigkeit – das wäre eher die richtige Reaktion gewesen. Aber warum Haltung zeigen, wenn niemand da war, der sie würdigte? Schließlich trug man auch keine Spitzendessous, wenn man allein zu Hause war.

Nicht, daß ich gezwungenermaßen allein gewesen wäre. Zur Abendessenszeit kamen meine Eltern und klingelten und klopften an die Tür. Ich hörte, wie sie auf dem Gang miteinander sprachen – daher wußte ich, daß sie es waren. Ich blieb auf der Couch liegen und betrachtete den Rauch, der sich von dem Joint um meine Finger schlängelte.

Ich hörte, wie meine Mutter sich näher heranschlich und kibitzte, während mein Vater der geschlossenen Tür erzählte, daß er mit Clement gesprochen habe, der wiederum mit Shanna gesprochen habe; und daß sie alle wüßten, daß ich im Grunde meines Herzens die Sache verstehen würde. Er vertraue auf meine Einsicht, daß manchmal das Beschützen des – metaphorisch gesprochen – gemeinschaftlichen Nestes bedeutete, daß man seinem eigenen Küken den (metaphorischen) Rücken zudrehen mußte.

Ich hörte, wie Mutter hinzufügte: »Diesmal kann sie uns wirklich nicht Sozialwichser nennen. Es war eine Radikale, um die wir uns Sorgen gemacht haben.«

»Clement hat es uns so erklärt«, fuhr mein Vater fort. »Der Richter fühlt sich verpflichtet, sich für befangen zu erklären, und wenn er keine Ausrede findet, dann muß er den wahren Grund nennen. Die Identität der Frau wird gelüftet, und ihr Leben ist in Gefahr.«

»Wir wollten es dir sagen, Liebling, wirklich. Aber Edward meinte, je weniger Menschen eingeweiht wären, desto sicherer wäre sie. Wir haben nur versucht, ein Leben zu retten«, schloß Mutter. »Jemandem geholfen, der unsere Hilfe brauchte.«

Jemandem helfen. Das waren für sie nicht bloße Worte. Während meiner ganzen Kindheit hatten Flüchtlinge auf unserer Couch campiert, der Tisch lag voll mit Bittgesuchen, und überall stapelten sich Kaffeedosen mit Spenden für Streikende. Egal, wie pleite meine Eltern waren oder wie leer ihre Speisekammer war, die Obdachlosen aus der Nachbarschaft konnten immer auf eine Mahlzeit in unserem Haus rechnen.

So waren meine Eltern eben. Ich verstand sie. Ich bewunderte sie. (Merkten sie denn nicht, daß ich sie dafür bewunderte?)

Aber ich öffnete die Tür nicht.

Schließlich gingen sie wieder weg.

Dann kam Harry Prough. Er hämmerte an die Tür und verkündete, daß er es sei, in einem Ton, als erwartete er von mir, daß ich Fanfaren hervorholte und ihm einen kaiserlichen Marsch blies.

Er sagte: »Mach die verdammte Tür auf. Ich weiß, wer Chris Rugieri umgebracht hat. Es ist meine Schuld, und es geht mir verdammt mies, und du mußt mir helfen, die Dinge wieder in Ordnung zu bringen.«

Ich saß da und starrte auf die Tür. Ich brachte nichts in Ordnung, wenn ich stoned war. Ich saß auf der Couch.

»Verdammt!« Prough rüttelte am Türknauf. »Ich bin nicht vor Rondi auf dem Boden gekrochen, nur um hier zu stehen und darauf zu warten, daß du aufhörst, dich wie eine Prinzessin zu benehmen.«

Warum war er also vor ihm gekrochen?

»Mach die Tür auf!«

Mein Held. Selbst ich hatte mehr Mut, zu meinen Überzeugungen zu stehen. Selbst ich hätte länger als vierundzwanzig Stunden durchgehalten. Andererseits hatte ich nicht vier Jahre traumatische Gefängniserinnerungen. Und ich hatte mehr Grund, Rondi zu hassen.

Ich wurde unsicher. Bald würde ich einen Job brauchen, und Prough konnte mir einen bieten.

Aber im Moment widerte mich die Vorstellung an, als Anwältin zu arbeiten.

»Ich erzähle dir keine Geschichten, Willa! Ich weiß, wer Chris Rugieri getötet hat. Und ich weiß auch warum – weil ich die verfluchte Sache nicht zu Ende gedacht habe. Weil ich so ein vorlautes Mundwerk habe.«

Gegenüber Tom Rugieri? »Warum erzählst du mir das alles?«

»Ja, okay, ich weiß, es klingt ein bißchen verrückt, wenn ich das sage. Aber ich mach keine Scherze.«

Ich stand da und zitterte. Allein im dunklen Zimmer, fühlte ich mich beinahe unsichtbar. Körperlos.

»Komm schon«, redete er mir zu. »Laß mich rein.«

Ich hätte die Tür für Julian Warnekes Mörder aufgemacht, ohne lange zu zögern. Ich hätte sie für Susan Greens Mörder aufgemacht. Für Bob LeVoqs Mörder.

Heute würde ich die Tür für niemanden aufmachen. Keinen. Nicht mal für meine eigenen Eltern.

»Sieh mal«, bat er, »ich kann das nicht hier in den Hausflur schreien. Es war ein Mandant, verstehst du? *Nicht* der, der du denkst! Rugieri sitzt im Gefängnis. Sie haben ihn vorm Landesgericht angeklagt.«

Meinte er, was er sagte? Nicht Tom Rugieri?

»Es war einer der Kläger in meinem Fall mit den Junk Bonds – jemand, von dem mir nicht klar war, daß er etwas mit Highway 61 zu tun gehabt hat. Ich machte einen Aufstand wegen Shannas Befangenheitserklärung, und der

Mandant dachte die Sache zu Ende. Es ist kein Geheimnis, daß Shanna Chris Rugieris Onkel ist, weißt du. Offensichtlich hat mein Mandant sofort kapiert, daß Shannas vorgegebener Grund für seine Befangenheit eine Finte war.«

Shannas vorgegebener Grund – *ich* hatte ihm diese Information gegeben. Wenn Prough damit sagen wollte, daß ich die Lawine ins Rollen gebracht hatte, die den Mord an Rita Delacort ausgelöst hatte, dann wollte ich das nicht hören. Ich konnte es nicht ertragen, das zu hören.

»Der Mandant hat schneller gedacht als ich«, fuhr Prough fort. »Er ist auf Delacort gekommen. Und daß Chris Rugieri was mit dem gegnerischen Anwalt zu tun haben muß.«

Eine lange Schweigepause.

»Es ist meine verdammte Schuld«, schloß er. »Weil ich so über den Rückzug des Richters hergezogen bin. Weil ich meine Zweifel so hinausposaunt habe.« Pause. »Scheiße.«

Fast konnte ich meinen Therapeuten hören, wie er sagte, nein, man kann das Verhalten anderer Leute nicht kontrollieren, man hat keine Verantwortung für Handlungen, über die man keine Kontrolle hat. Therapeuten können es sich leisten, so zu reden. Aber niemand anders nimmt es ihnen ab.

»Wer ist der Mandant?«

»Scheiße – glaubst du vielleicht, ich verrate das einer geschlossenen Tür? Wir sprechen von einem meiner Mandanten. Du könntest ein Tonbandgerät da drin haben. Ich sag's dir unter vier Augen.«

»Nein.«

»Ich kann es nicht einfach so sagen. Ich muß wissen, daß du allein bist und daß du nicht abgehört wirst. Um Himmels willen, jetzt mach schon die Tür auf.«

Sicher. Wenn einer so reizend darum bitten konnte.

»Komm schon. Ich meine es ernst. Ich habe einen Plan.«

»Einen Plan.« Die Worte kamen alles andere als abfällig heraus.

»Okay, ich geb's ja zu, die Sache klingt ein bißchen nach Schmierenkomödie. Aber eine Frau ist tot. Es ist meine Schuld. Ich will nicht, daß sie Tom Rugieri deshalb schikanieren – er hat nichts damit zu tun. Und meine Möglichkeiten sind begrenzt. Ich brauche dich. Ich brauche deine Hilfe.«

Wieder eine lange Pause. »Warum nicht, Willa? Du wirst doch das Junk-Bonds-Verfahren zusammen mit mir vor Gericht durchziehen, nicht wahr?«

Eine Wiederholung des Jobangebots. Soviel zum Thema die schwachen Momente des anderen ausnützen.

»Darf ich ehrlich sein, Harry?«

»Ja.«

»Ich traue dir nicht.« Ich traute niemandem. Und ich wünschte, ich hätte es auch nie getan.

Ich wartete auf irgendeine Antwort. Ich wartete bestimmt fünf Minuten. Schließlich knipste ich ein Licht an, eine Art Deco-Stehlampe, die im Katalog schöner ausgesehen hatte als in meinem Wohnzimmer.

Unter der Tür lag, halb durchgeschoben, ein Aktendeckel. Ich pirschte mich vorsichtig heran.

»Harry?« sagte ich.

»Ja?«

»Geh weg.«

Ich bückte mich, um den Aktendeckel aufzuheben. Er war nicht beschriftet. Ich öffnete ihn und fand eine Liste der einzelnen Namen von Proughs Klägergemeinschaft.

Ich ging die Liste durch.

Ein Name war dabei, den ich kannte.

Mein Gott. Diese Person konnte er nicht meinen. Das konnte nicht sein.

34. KAPITEL

Zwei Jahre zuvor war ein Haftbefehl im Mordfall Julian Warneke ausgestellt worden. Auf meinen Namen. Ich war Julians Mörder knapp entronnen, um ein Haar wäre ich noch ein zweiter Blutfleck auf Julians Büroteppich geworden. Ich hatte mich auf einem Fenstersims zusammengekauert; zitternd vor Kälte und panischer Angst, überzeugt davon, daß ich jeden Augenblick sterben müßte, war ich versucht gewesen zu springen; einfach die Augen zu schließen und alles hinter mir zu lassen.

Später war ich durch die Straßen gewandert und mir langsam über die Mitschuld meiner Eltern klargeworden – in guter Absicht, natürlich; freundlich gemeint, natürlich. Ohne jede Verbindung mit dem Mord, und doch kriminell. Eine Mitschuld, für die sie mit Sicherheit ins Gefängnis kommen würden, wenn ich die Identität von Julians Mörder preisgab.

Und ich gab sie preis. Ich verriet sie Don Surgelato auf dem Rücksitz seines Dienstwagens, mit dem er zum Haus meiner Eltern gefahren war, um mich zu verhaften. Er hätte auch die Kollegen schicken können, hatte er zu mir gesagt. Aber er sei selbst gekommen. Er sei gekommen, um mir zu sagen, daß er nicht an meine Schuld glaube. Und um mir zu versprechen, daß er alles tun würde, um mir zu helfen. Ich müßte ihm nur vertrauen. Ihm die Wahrheit erzählen.

Und wie eine Ratte im Käfig hatte ich das Knöpfchen gedrückt. Verrückt nach ihm auf eine Weise, die nur so strotzte von jugendlicher Protesthaltung gegen die Eltern. Verrückt nach einem Bullen.

Ich legte die Freiheit meiner Eltern in seine Hände. Auch wenn sie mir nicht viel bedeutete.

Und er zog die Sache durch. Er beschützte meine Eltern, indem er das einzige tat, was sie überhaupt schützen konnte. Er tötete Julians Mörder. Und garantierte damit Schweigen.

Seitdem hatte ich jede Nacht an Don Surgelato gedacht. Jede Nacht hatte ich den Kopf in mein Kissen gegraben und mir vorgestellt, das Kissen hätte sein Gesicht. Hatte versucht, mir den Geruch seines Rasierwassers in Erinnerung zu rufen, und hatte ihn in meine Arme gesehnt.

Hin und wieder hatte ich einen Vorstoß gewagt, indem ich zu seinem Haus ging oder ihn anrief und ihn auf einen Kaffee traf. Hin und wieder mußte ich mir die Bestätigung holen, wie einseitig das Ganze war. Daß er mich wegstieß.

Es war beinahe den Schmerz wert, der hinterher kam. Ihn zu sehen war es beinahe wert.

Das gleiche sagte ich mir, als ich in dieser Nacht an seiner Tür klingelte.

Ich sagte es mir immer noch, als seine Frau die Tür öffnete.

Tina Surgelato trug einen bodenlangen Frotteebademantel mit Gürtel, in rauchigem Purpur. Ihr schwarzes Haar trug sie inzwischen kurz, ein frecher, jugendlicher Haarschnitt über dem zahmen Gesicht einer gesetzten Fünfundvierzigjährigen. Ihr Gesicht war eingecremt. Sie hatte fast keine Falten, hübsche grüne Augen und Lippen, so voll, als seien sie von einem Bienenstich geschwollen. Sie war schlank, groß, vollbusig. Auf eine Weise attraktiv, von der ich gar nichts hatte. Ich sah zu ihr empor und fühlte mich farblos, mager, unscheinbar.

Ich sagte: »Ist der Lieutenant zu Hause?«

Sie sah aus, als ob sie sich anstrengte, keine Miene zu verziehen. Winzige Falten traten zwischen ihre Augenbrauen, verschwanden und traten wieder hervor. Die Haut glänzte an der Stelle.

»Nein«, sagte sie.

»Gut. Ich möchte mit Ihnen sprechen.«

Sie schüttelte den Kopf. »Nein. Sprechen Sie mit ihm. Er wird es mir dann erzählen, wenn er will. Das ist seine Sache.«

Seine Sache? Mein Gott, dachte sie etwa, ich hätte ein Verhältnis mit ihm? Ich mußte ihr Pluspunkte für ihren Stolz geben.

»Es ist nicht, was Sie denken.« Hinter ihr führte eine mit dickem Teppich belegte Treppe nach oben in ein Wohnzimmer im oberen Stockwerk. Ich erinnerte mich daran, von meinem ersten und letzten Besuch in dem Haus. Bequeme Möbel, hübsche Aquarelle an den Wänden. Ein ganzes Haus in North Beach. Gekauft mit Geld aus der Familie. Geld aus der Italo-American Bank.

Ihre Wangen röteten sich leicht. Sie sah schön aus. Ein bißchen alt, ein bißchen zu dick geschminkt. Ein bißchen zu aufgedonnert, zuviel Creme, zuviel Purpur, zuviel Busen. Aber schön.

»Ich will nicht mit Ihnen sprechen. Ich weiß, daß Sie Don angerufen haben. Ich weiß, daß Sie sich mit ihm getroffen haben.«

»Nein. Das ist es nicht.«

»Ich werde nicht anfangen, von ihm Rechenschaft über seine Freizeit zu fordern! Ich bin keine neunzehn mehr, ich will so was nicht noch mal durchmachen.« Sie fuhr sich mit langen Fingernägeln durchs toupierte Haar.

Er hatte sie als launenhaft beschrieben. Und das letzte Mal, als ich sie gesehen hatte, hatte sie ein falsches Lächeln aufgesetzt, während ihr Blick verzweifelt durch das Zimmer geirrt war. Heute nicht.

»Ich bin nicht Dons Mama. Wenn er, wenn er mit Ihnen –«

»Es ist nichts gewesen. Bitte lassen Sie mich mit Ihnen

sprechen.« Ich hielt den Aktendeckel hoch, den Harry Prough unter meiner Tür durchgeschoben hatte. »Es geht um eine Rechtssache. Bitte.«

Sie stieß mit geschlossenen Augen den Atem aus. Es war unübersehbar, daß sie sich zusammennahm. Sie hielt die Wirbelsäule kerzengerade in ihrem majestätischen Purpur – sie mußte beinahe Dons Größe haben. Vielleicht war es für große Menschen einfacher, Haltung zu zeigen.

Sie drehte sich um und ging die Treppe hinauf. Ich schloß die Tür und folgte ihr.

Das Wohnzimmer war umgestellt. Keine gemütliche Sitzgruppe mehr. In der Mitte war viel freier Raum, die Sessel waren gegen die Wände gerückt, an denen Bücherregale aus Kirschbaumholz und ein Stereoturm standen. Die Aquarellbilder waren geblieben, Boote vor Anker in der windstillen Bay. Durch die Lamellen der Jalousien sah ich das Blinken der Großstadtlichter.

Mit einem Seufzer setzte sie sich auf die Armlehne eines weißen Sofas.

Ich setzte mich ihr gegenüber auf einen dazugehörigen Sessel, die ganze Weite des großen Raumes zwischen uns.

»Sie sind eine der Klägerinnen in einer Klägergemeinschaft«, sagte ich. Mrs. Don Surgelato, der letzte Name auf Proughs Liste, handschriftlich angefügt. »Ihr Anwalt, Harry Prough, hat sich Ihnen gegenüber mißfallend über den Richter geäußert, der sich für befangen erklärt hat.« Ich beobachtete sie. »Oder etwa nicht?«

Ihre Wangen wurden feuerrot. Ein starker Kontrast zu ihrem schwarzen Haar und der weißen Haut. Beinahe zu stark. Beinahe so, als habe sie Fieber. »Don erzählt mir immer davon, wenn er Sie trifft. Er hat mir erzählt, daß Sie ein wenig durcheinander sind, daß Sie verstört sind, seit diesen Morden. Und daß Sie sich an ihn wenden wegen seiner Autoritätsrolle. Seiner väterlichen Ausstrahlung.«

Es hätte weniger weh getan, wenn sie mich geschlagen hätte.

»Ich bin inzwischen eine zugelassene Therapeutin«, sagte sie. »Ich weiß, es ist hart für Sie, das von mir zu hören, aber haben Sie schon einmal daran gedacht, sich mit Ihrem Problem an jemanden zu wenden?« Ein Anflug von Gereiztheit. »Jemand anderen als Don.«

Er hatte mir Jahre zuvor einmal erzählt, daß seine Frau studiere und einen Doktor in Psychologie mache. Es hätte mich eigentlich nicht so überraschen sollen.

»Denn«, so fuhr sie fort, »ich muß Ihnen leider sagen, ich habe nie von einem Harry Prough gehört. Und ich war noch nie im Leben in einen Prozeß verwickelt.«

Ich merkte, wie der Aktendeckel in meiner Hand zu zittern begann. Ich sah ihn an, beinahe beängstigt, ihn zu öffnen. Wenn ihr Name nun gar nicht da stand? Wenn ich ihn mir eingebildet hatte? Immerhin wußte ich doch, daß sie höchstwahrscheinlich gar kein Motiv hatte, gar keine Gelegenheit, ja nicht einmal eine Ahnung davon, wer Chris Rugieri war. Und wenn ich einfach nur wollte, daß sie eine Mörderin war? Nur um sie von ihm zu trennen?

»Würden Sie sich das bitte ansehen?« hörte ich mich sagen. Ich litt doch nicht an Halluzinationen!

Ich streckte meine Hand mit der Akte aus und hielt sie ihr hin.

Dabei konzentrierte ich mich mit meiner ganzen Aufmerksamkeit auf den Aktendeckel, um nur nicht ihr Gesicht ansehen zu müssen. Ich sah ihre Hand danach greifen, sah ihn auf ihrem Schoß liegen, eingerahmt in purpurnen Frottee, sah, wie er geöffnet wurde, wie der lakkierte Fingernagel die Liste entlangfuhr. Wie er plötzlich stoppte.

»Ich werde nie ›Mrs. Don‹ genannt«, sagte sie. »Meine Schwiegermutter nannte sich so.«

Ich sah ihr Gesicht an. Sie runzelte die Stirn, ohne auf ihre eingecremten Falten zu achten.

»Aber die ist letztes Jahr gestorben.«

35. KAPITEL

Der Sicherheitsbeamte am Eingang erkannte mich und winkte mich vorbei, so daß ich nicht vor dem Metalldetektor warten mußte. Der Beamte im Obergeschoß erkannte mich ebenfalls; er verzog keine Miene, als ich ihn bat, mir die Tür zu Shannas Amtsräumen mit dem Generalschlüssel aufzuschließen.

In Georges und meinem Büro schaltete ich das Deckenlicht an und bildete mir einen Moment lang ein, ich könnte in dem Neonlicht violette Farbimpulse sehen, ich könnte das Aufblitzen der einzelnen Elektronen wahrnehmen. Wahrscheinlich war ich einfach nur müde.

Zu müde, um hier zu sein. Zu paranoid, um nach Hause zu gehen. Nur, ich wußte nicht, wo ich sonst hingehen sollte.

Vielleicht zu meinen Eltern. Sie würden sich freuen, wenn ich käme, sie wären sogar dankbar. Das war immerhin etwas, auch wenn ich im Moment zu wütend war, um zu ihnen zu gehen. Immer noch wütend, weil sie mich als Werkzeug für einen guten Zweck benutzt hatten. (Und trotzdem konnte ich es verstehen, daß sie an meiner Bereitschaft, für einen guten Zweck einmal etwas Standeswidriges zu tun, gezweifelt hatten. Ich hatte ihnen schließlich nie erzählt, was für Gefühle ich zu meiner Arbeit bei Wailes & Roth gehabt hatte. Ich hatte ihnen nur meinen Zynismus gezeigt, aber nicht meine Ratlosigkeit.)

Ich überlegte, ob ich zu Clement Kerrey fahren sollte – ich hatte in ihm immer einen treuen Freund gesehen. Aber er hatte das alles eingefädelt. Ich mußte andere Freunde finden. Ebenso nette. Aber ehrlichere. Irgendwann, irgendwie.

Ich rief Edward Hershey an, um eine offene Rechnung zu begleichen.

Beim dritten Klingeln hob er ab, er sprach ein wenig atemlos, leise. Vielleicht absichtlich. Eine sexy Telefonstimme.

»Edward«, sagte ich. Nur dies eine Wort. Das genügte als Anklage.

»Willa?« Ein Hauch von Schuldgefühl oder Angst.

»Du hast mich angelogen, du Mistkerl. Du hast mir mitten ins Gesicht gelogen.«

Ein kurzes Schweigen. »Fällt mir schwer, mir deswegen jetzt Vorwürfe zu machen.«

»Ach, tatsächlich?« Ich hatte einen hysterischen Jammerton in der Stimme.

»Schau, es tut mir ja leid. Aber was sollte ich denn tun? Ich konnte es dir nicht erzähen. Es stand zuviel auf dem Spiel. Das Leben einer Freundin, ihr *Leben* – Ich wollte dich doch nicht anlügen, aber . . . Verdammt, ich konnte mir um nichts anderes Gedanken machen als –«

»Ich will es nicht hören.« Warum hatte ich dann angerufen? Weil ich glauben wollte, daß wir immer noch gute Freunde waren? Weil ich glauben wollte, ein früherer Liebhaber könnte mich nicht so fallenlassen? »Ich danke dir vielmals für das große Vertrauen.«

»Willa, um Himmels willen, ich hab's doch nur getan, um –«

»Um des guten Zweckes willen? Ich pfeife auf den guten Zweck. Was weißt du schon von guten Zwecken?«

»Um einer Freundin zu helfen, wollte ich sagen. Um ein Leben zu retten.« Ein erstickter Laut, gefolgt von einem kaum hörbaren Schluchzen. Er weinte.

Vielleicht würde ich das eines Tages auch können, um Julian Warneke weinen. Vielleicht würde es mich befreien.

Edward nahm sich zusammen. »Du machst mir immer

nur Schuldgefühle. Aber ich habe keine Schuld. Ich bin nicht schuld! Ich habe nur versucht, Chris zu beschützen. Ich hab's wirklich versucht. O Chris, Chris, ich hab es wirklich versucht.«

Ein Augenblick Schweigen. Ich fragte mich, ob er aufgelegt hatte.

»Was sollte ich denn sonst tun? Plötzlich steht sie vor meiner Tür. Ich kann sie doch nicht wegschicken. Sie sagt mir nicht, daß sie Rugieri gesehen hat. Daß sie zu seiner Verhandlung gegangen ist – als ob er sie nicht erkennen würde! Scheiße, natürlich erkennt er sie – natürlich hält er Ausschau nach ihr. Sobald er weiß, daß sie sich in der Bay Area aufhält, wird er sie suchen. Er wird mich suchen, um über mich an sie heranzukommen. Er kommt her und tötet zuerst ihren Hund, damit er dann sie kriegen kann. Auf halbem Weg zum Tierarzt ist es mir wie Schuppen von den Augen gefallen. Ihre Worte. Daß sie hingegangen ist, um Rugieri zu sehen. Rugieri – Mein Gott, es ist so verrückt, und ich höre es nicht mal, wenn sie mir das sagt. Ich höre es erst zehn Minuten später. Ich hab sie, so schnell es ging, von hier weggebracht –«

»Ich dachte, Rugieri sitzt im Gefängnis.«

»Quatsch. Bullen haben ihn heute morgen aus seinem Hotel geholt, zur Vernehmung.«

Ich gab keine Antwort. Ich sah aus dem Fenster in die Nacht hinaus: Betrunkene torkelten unter Straßenlampen, Autos zischten an Bussen vorbei, die in zweiter Reihe hielten, erleuchtete Büros mit silhouettenhaften Gestalten. Geschäftigkeit, Trubel, alles von meinem Standpunkt hier oben aus gesehen. Politik, Arbeit. Alles ich, ich, ich, alles ging mich etwas an.

»Sie hätte eigentlich in Sicherheit sein müssen bei Delacort. Ich verstehe nicht, wie sie von mir die Verbindung zu Delacort gezogen haben. O mein Gott – wenn ich das gewußt hätte, ich hätte sie bestimmt nicht nach Hause zurückgebracht. Niemals.« Er schluchzte, erstickte beinahe an seinen Selbstvorwürfen. »O Chris, es tut mir so leid.«

Ich legte auf. Ich sah ihr Gesicht vor mir, von Schatten umspielt, wie sie ihr absolutes Vertrauen in ihn betonte.

Laß ihn trauern.

Hätte ich einen Augenblick früher aufgelegt, dann hätte ich vielleicht gehört, wie leise Schritte im Flur auf die Tür zu kamen. Jetzt hörte ich das leise Knarzen, mit dem die Tür aufging.

Die Tür ging auf. Ich sprang von meinem Stuhl auf, gleichzeitig knipste ich das Licht aus. Das Büro wurde schlagartig dunkel, nur von den Straßenlampen weit drunten drang etwas Licht herauf.

Ich huschte auf die andere Zimmerseite, vor die Regale, um nicht vor dem hellen Fenster sofort entdeckt zu werden.

Eine Gestalt schlüpfte ins Zimmer. Sie blieb in Türnähe. Auf der Suche nach dem Lichtschalter? Aus dem beleuchteten Korridor kommend, die Augen nicht an die Dunkelheit gewöhnt; auf der Suche nach dem Schalter, in einem Zimmer, in dem er nachts noch nie gewesen war?

Auf dem Weg durch die Stadt war mir eine Frage nicht aus dem Kopf gegangen: warum? Warum war er zu mir nach Hause gekommen, mit einer getürkten Mandantenliste? Warum hatte er einem der Mandanten Schlüsse untergeschoben, die nur er hatte ziehen können? (Und ich hatte es ihm selber erzählt, warum Richter Shanna den Fall abgegeben hatte. Ich hatte die Lawine ins Rollen gebracht. Mein Gott.)

Was hätte Harry Prough mir angetan, wenn ich ihn in meine Wohnung gelassen hätte? Was würde er mir jetzt antun?

Ich ertastete mit den Füßen das unterste Fach des Bücherregals. Ich stieg auf das Brett, stellte mich darauf, zwanzig Zentimeter über dem Boden. Ich schob die Bücher zurück, um auf ein paar Zentimetern festem Eichenholz zu balancieren. Ich breitete die Arme aus, meine Finger berührten abgegriffene Buchrücken. Ich roch den Staub von gebrochenen Einbänden, den scharfen Geruch von vergilbtem Papier.

Ich drückte mich flach gegen das Bücherregal, konnte gerade noch das Gleichgewicht halten.

Gerade noch. Genauso wie in der Nacht vor Julian Warnekes Fenster. Genauso wie in meinem Traum, nur daß es hier nichts gab, wohin ich springen konnte, keinen Weg, die Fesseln der unerträglichen Wirklichkeit zu durchschneiden.

Ich balancierte auf dem Regal, als ginge es nur darum, die Angst vor dem Sprung zu überwinden.

Aber das war nicht der Fall.

Ich stand da und wußte, plötzlich und endgültig. Plötzlich und endgültig akzeptierte – und verteufelte – ich meine nackte Wirklichkeitsflucht.

Ich hatte mich davor verschlossen, Freunde zu finden. Hatte mich von meinen Eltern zurückgezogen. Mich mit meinem Kummer eingeigelt.

Hatte mich auf der Kante vor dem Abgrund eingerichtet. Worauf wartete ich? Rettung? Daß Don Surgelato auf seinem weißen Pferd angeritten kam und mich hinwegtrug?

Don Surgelato mit einer Frau, die er erst kürzlich geheiratet hatte?

Rettung würde keine kommen, jetzt ebensowenig wie damals. Nur all das würde kommen, wovor ich mich mit meiner Flucht vor der Therapie drücken wollte. Ich hatte keine andere Wahl, ich mußte tun, was ich auch in Julian Warnekes Büro hätte tun müssen – wieder hineinklettern in das Fenster, in den Raum. Diesmal mußte ich mich der Situation stellen, nicht nur zuschauen.

Ich stieg von dem Regal herunter, als das Licht anging.

Harry Prough und ich blinzelten uns an.

Er war unrasiert, seine Kleider zerknittert. Vielleicht war er nicht zu Hause gewesen, seit Rondi die Strafe wegen Mißachtung des Gerichts aufgehoben hatte. Ich bildete mir ein, durch den kleinen Raum hindurch den Geruch des Gefängnisses über uns an ihm wahrzunehmen. Schlechte sanitäre Anlagen, Desinfektionsmittel, Zigarettenrauch; das Ganze haftete einem irgendwie an den Kleidern.

»Ich hab dich immer bewundert«, sagte ich. »Du warst wirklich gut.«

»Im Sinne von schlau? Oder in einem moralischen Sinn?« Er ließ sich auf einen Stuhl fallen, meinen Stuhl. Zu seinen Füßen stellte er eine große quadratische Aktenmappe ab, wie man sie für Gerichtsakten benutzt.

»Beides, schätze ich.«

»Und, wohin hat es mich gebracht?« Sein Gesicht war durchzogen von Schmerzfalten, und es war aufgedunsen. »Man hat mich hingehängt, wie man so sagt. Vier Jahre, harte Zeit. Hat meine Gesundheit ruiniert. Und meiner Laune hat es auch nicht gerade gutgetan.«

»Das ist lange her.«

Er schüttelte den Kopf. »Das war gestern. Das war vor zehn Minuten.«

»Du hast Chris Rugieri getötet?« Ich wollte, daß er nein sagte. Mein Tonfall bettelte geradezu nach einer Verneinung.

»Ich hab jemanden angerufen, ja. Jemand, der mal zu Highway 61 gehörte.« Seine Mundwinkel zogen sich nach unten. Er sah aus wie ein kleiner Junge, der gleich zu heulen anfangen würde. »Man geht nicht einfach hin und bringt seine Freunde ins Gefängnis. Das tut man seinen Freunden einfach nicht an.«

»Ihre Freunde hatten vor, ein Baby zu verbrennen.«

»Das war nur Gerede.« Er beugte sich vor und fingerte mit den Schnallen seiner Aktentasche herum.

»Natürlich haben sie hinterher alles abgestritten.«

»Barry Kilmer, den haben sie so böse zugerichtet, daß er nach vier Jahren Gefängnis blind geworden ist. Joe Nikdeka hat im Knast einen umgebracht, in einem Bandenkrieg hinter den Mauern, der sieht kein Tageslicht mehr in seinem Leben. Rugieri kriegen sie vor dem Landgericht. Und den beiden, die auf Bewährung draußen sind, werden sie so zusetzen – Drogentests, Schikane am Arbeitsplatz, die ganze übliche Palette –, daß sie garantiert innerhalb eines Jahres wieder hinter Gittern sind.«

Hinter Gittern. Das war auch meine schlimmste Angst. Ich sah in Harry Proughs ausgezehrtes Gesicht, und ich spürte seinen Horror.

»Du mußtest diesen Anruf nicht machen. Du wußtest, daß sie sie umbringen würden. Was hast du damit erreicht? Wem hast du damit geholfen?«

Er drehte sich auf dem Stuhl herum, so daß er hinaussah in den nächtlichen Himmel. »Ich mußte ihnen sagen, daß es mir leid tat – daß ich ihren Prozeß damals nicht gewonnen habe – und daß ich sie nicht vor dem Gefängnis bewahren konnte. Die süße Christine war einfach zu vertrauenerweckend dort oben, mit ihrem ernsten Gesicht und ihrem guten Elternhaus.« Er rieb sich die Augen. »Verfluchtes Weib.«

»Wieso erzählst du mir das alles? Warum bist du zu mir nach Hause gekommen?« Um mir eine getürkte Mandantenliste zu zeigen? Mir die Lüge aufzutischen, daß Rugieri im Gefängnis sei? Um mich dann bei der Arbeit zu überfallen?

»Weil du Bescheid weißt.«

»Was weiß ich?«

»Alles. Wie du mich im Aufzug angeschaut hast – zu mir gesagt hast, daß ich im Gefängnis sein sollte. Du wußtest es. Du hast alles herausgefunden. Du wußtest, daß ich es war.«

»Nein, das wußte ich nicht!«

»Quatsch! Du hast mich nicht in deine Wohnung gelassen. Hast mir gleich gesagt, du würdest mir nicht trauen. Ich dachte, wenn ich Surgelatos Name auf die Liste setze, dann würdest du die Tür vielleicht aufmachen –«

»Warum?« Meine Stimme war angespannt, explosiv. »Warum sein Name?«

»Wie bitte – das weißt du nicht? Eine Zeitlang warst du das heißeste verdammte Thema in linken Anwaltskreisen. Deine Mutter hat sich bei jedem darüber ausgeheult – Aktivistentöchterchen verknallt sich in Superbullen.« Er zog das Kinn zurück und legte den Hals in Falten, daß er aussah wie ein Beagle. Seine Augen unter den herabgezogenen Brauen blickten plötzlich böse drein, aber auf fast kindliche Weise. »Auf jeden Fall steht eines fest, ich kann nicht zulassen, daß du redest. Ich gehe nicht zurück in den Knast.«

»Aber das hast du doch gerade erst getan.« Ich griff nach jedem noch so dünnen Strohhalm, ich redete, um Zeit zu gewinnen. »Du bist freiwillig rein, um Rondi eines auszuwischen.«

»Um ein Alibi zu haben.«

O Gott, und ich hatte geglaubt . . .

»Eine Nacht«, fuhr Prough fort, »die mir vorkam wie zehn Jahre Hölle.«

Ja, ich kannte das Gefühl.

»Ich werde dich nicht hinhängen«, sagte ich gelassen. »Ich kenne das Gefängnis. Ich würde niemanden in den Knast bringen.«

Ein schwaches Lächeln. »Du hast gegen einen Freund ausgesagt. In der Universität.«

Ein »Freund«, der drei andere Freunde umgebracht hatte. Ich hatte befürchtet, daß er sich daran erinnern würde.

Eigentlich war jetzt der richtige Moment, um zu gehen. Aber mein Körper fühlte sich an wie gefesselt, wie betäubt. Ich hatte Gänsehaut. Meine Lungen verkrampften sich, weigerten sich, auszuatmen.

Ich befahl meinem Fuß, sich vorwärts zu schieben. Die Bewegung war ganz fremd, wie ein Eisbrocken fühlte der Fuß sich an. Ich sah, wie Prough gemächlich seine Aktenmappe auf den Schoß hievte. Eine innere Stimme sagte mir, daß er eine Waffe hatte; vermutlich hatte der Sicherheitsbeamte ihn ebenso an dem Metalldetektor vorbeigewinkt wie mich. Prough ging genausooft ein und aus, man kannte sein Gesicht.

Ich schob mich im Zeitlupentempo durch die Tür. Vorbei am Tisch der Empfangssekretärin.

Ich hörte Metall klicken und zuschnappen. Ich versuchte mich zu beeilen, ich wartete auf eine Adrenalinausschüttung. Aber, mein Gott. Ich war gelähmt, die Panik lähmte mich, anstatt mich aufzuputschen.

Ich starrte auf die zwei Türen vor mir, die eine führte zum Gang, die andere zum Richterzimmer. Nicht einmal schnell denken konnte ich. Welche war näher?

Ich machte noch ein paar schwerfällige Schritte. Wohl wissend, als ich Metall gegen Metall hörte, daß eine Waffe zusammengebaut wurde.

Vielleicht war Trödeln auch eine Art zu springen. Aufzugeben. Ich schleppte mich vorwärts, gefangen in einem langsamen Traum, während mein Bewußtsein auf eine Tür zu stürzte, die meine Beine nicht zu erreichen schienen.

Welche Tür? Richterzimmer? Gang?

Sollte ich mich umdrehen, um zu sehen, was Harry Prough machte? Möglicherweise mit ihm zu reden versuchen? Eine scharfe Schneide schnitt mir das Herz aus dem Leib: Schau nicht. Tu, als ob nichts wäre.

Ich sah, wie meine Hand nach der Tür zum Gang griff. Ich berührte die Klinke, meine Finger bekamen einen leichten elektrischen Schlag.

Da wurde plötzlich die Tür aufgerissen, sie traf mich mit voller Wucht, so daß ich seitwärts stolperte und zwischen Türklinke und Wand eingequetscht war.

Ich hörte den schrillen gebieterischen Wutausbruch: »Und was für eine Erklärung könnten Sie mir hierfür liefern, Mr. Prough?«

Ich glitt an der Wand hinunter. Jeden Augenblick würde ich Schüsse hören, die Manolo M. Rondi, Bundesrichter der Vereinigten Staaten, niederstreckten.

»Nun, Mr. Prough? Ihnen ist doch bekannt, daß es gegen das Gesetz verstößt, im Besitz einer solchen Waffe zu sein?« Eine lange Sekunde des Schweigens. »Wenn Sie meinen, Sie könnten Ihre Mandanten beschützen, indem Sie Waffen heimlich aus dem –«

O Gott, er konnte doch Manolo Rondi nicht einfach töten. Er *konnte* ihn nicht töten.

Ich gab der Tür einen Tritt, daß sie dem alten Mann direkt ins Gesicht flog und ihm einen erstickten Schrei entrang. Dann kroch ich dahinter hervor, kroch auf ihn zu, wedelte mit den Armen, um ihn hinauszubugsieren.

»Das hätte ich mir denken können!« schrie Rondi. »Daß Sie beide unter einer Decke –«

Das letzte Wort blieb ihm im Hals stecken, als ich mich endlich auf die Beine gebracht hatte und mich auf ihn warf, so daß wir beide auf den Gang hinausstürzten.

Ich versuchte doch tatsächlich, dem Mistkerl das Leben zu retten. Gekonnter, als ich es für mich selber schaffte.

Ich rappelte mich auf die Beine und zog gleichzeitig ihn hoch. Japste eine Warnung, die in meinem Hals erstickte, als er mir einen Hieb versetzte – ein harter Schlag mit einer runzligen Hand – und mit beinahe kreischender Stimme nach einem Wachmann rief.

Gesegnet sei der alte Faschist, es kam tatsächlich ein Sicherheitsbeamter durch die Tür vom äußeren Korridor herein. Er zog mich von Rondi weg und schrie: »He, da! He, was machst du da mit unserem Richter?«

Im Würgegriff des Wachmanns, alle drei in der Schußlinie, glaubte ich, ich müßte mich übergeben.

Aber Harry Prough schoß nicht. Er ging geradewegs an uns vorbei, Rondis wüste Beschimpfungen ignorierend. Er ging an uns vorbei, während ich versuchte, mich aus dem Griff des Beamten zu befreien und ihn dazu zu bewegen, hinter Prough herzulaufen.

Harry Prough marschierte unbehelligt zur Tür hinaus.

36. KAPITEL

»Sie haben Tom Rugieri verhaftet. Die Waffe wurde aber noch nicht gefunden – und ich bin nicht sicher, ob sie die Anklage ohne die aufrechterhalten können. Harry Prough haben sie im Tenderloin Hotel ein paar Blocks vom Federal Building entfernt gefunden. Er hatte sich eine Überdosis Kokain gespritzt. Sie glauben nicht, daß er süchtig war. Sondern daß es sich um Selbstmord handelt.«

»Er wollte nicht zurück ins Gefängnis«, sagte der Therapeut.

Ich nickte, sein Anblick beruhigte mich irgendwie, das sandfarbene Haar, die Hornbrille, der weite Pullover.

Irgend etwas an seinem Gesicht – weckte Vertrauen in mir. Ich hatte lange gesucht, um einen zu finden, der klug und kein Spießer war.

»Da haben Sie eine Menge zu verarbeiten«, bemerkte er.

»Ich weiß.«

Mein Geld würde nicht lange reichen, aber auf sechs Monate konnte ich es wohl dehnen. Bis ich mir über ein paar Dinge klargeworden war. Zum Beispiel, ob ich weiterhin Anwältin sein wollte. Wie ich Freunde finden konnte. Was, wenn überhaupt etwas, ich tun wollte – oder konnte – gegen den besorgniserregenden Zustand unseres Landes. (Mit dem letzten Punkt konnte ich mir etwas mehr Zeit lassen. Und dafür brauchte ich nicht unbedingt meinen Therapeuten. Vielleicht meine Eltern.)

»Nun, womit würden Sie gerne anfangen?«

Ich seufzte. »Heute morgen hab ich mein Gras von der Golden Gate Bridge geworfen.«

Epilog

Ich nehme die Waffe, die ich gefunden habe in die billige Zimmer von meine Jungen und ich gehe töten die *puttana*, die ihn kaputtmacht. Schon seine ganze Leben er hat in die Gefängnis verbracht, wegen ihr, und das macht meine Familie kaputt. Meine Tochter Irena, sie wird genauso eine dreckige *puttana*, kein Wort ich werde mehr sprechen mit ihr, und in mein Haus sie darf nie wieder kommen mit ihre Freund, der ist so schwarz wie ein Stück Kohle.

Diese Anwalt Prough, gar nicht gefällt mir. Wie er redet in die Gerichtssaal mit Herrn Richter. Ich glaube, Herr Richter hat recht, daß er ihn schickt vier Jahre in Kittchen. Für Mangel an Respekt, ich habe kein Mitleid. Er ruft an bei meine Sohn in seine billige Zimmer und sagt, ihr Name jetzt Rita Delacort und sie jetzt mit eine Anwalt verheiratet, mit eine hohe Tier. Mein Sohn, der könnte auch hohe Tier sein, wenn er nicht hätte sie geheiratet. Aber nein, sie muß erst seine Leben zerstören, und dann, wo meine ganze Familie ist in *disgrazia*, und ich meine Gesicht nicht mehr auf die Straße zeige, dann sie heiratet eine hohe Tier.

Ich nehme die Waffe – mein Sohn hat nicht gut versteckt. Den ersten Tag, den ich ihn besuche, ich merke, die Fußboden ist nicht gerade, und ich finde darunter die Waffe. Ich habe keine Angst. Vor was ich soll Angst haben, jetzt, wo diese *puttana* meine Tomasino kaputtgemacht hat und meine Tochter so verrückt gemacht, daß sie mit eine schwarze Tier lebt.

Ich nehme zuerst Bus und dann eine Taxi, zu die große Haus auf die Berge. Ich mache mir Sorgen, daß meine Sohn vielleicht schon da ist mit seine Auto. Er hat nur gehört die Name von diese *puttana*, und er tut nichts. Er sagt, er will töten ihre Hund und verprügeln ihre Freund, und das ist genug. Genug – ha! Zweimal schicke ich Männer, die *puttana* verprügeln, aber mein Sohn weiß nichts davon. Mein Sohn sitzt da und trinkt seine Whiskey. Eine Mann geht kaputt, wenn er in *prigione* war. Ich habe das schon gesehen, als Gigetto zurückkam von *campo di concentramento* in Germania. Für drei Jahre er ist geschlagen worden und nur Kartoffeln zu essen, weil die Deutschen haben keine Herz und sie Tiere sind. Mein Bruder kommt zurück, und er taugt für nichts, nur sitzen und *vino* trinken, wie meine Sohn trinkt Whiskey.

Nach dem Krieg, ich bin die Starke, und ich komme nach Amerika, und ich lerne Sprache, und ich verstehe, *etwas* zu machen aus meine Kinder.

Und jetzt ich bin die Starke und gehe auf die Berge mit die große Gewehr in eine Sack. Ich wünsche, ich könnte sie aufhängen, Kopf nach unten, *nuda*, wie sie mit die *puttana* von Mussolini gemacht haben. Ich wünsche, ich könnte sie leiden lassen. Für sie, Sterben ist nicht genug.

Jahrelang weine ich, ich zeige mein Gesicht nicht auf die Straße, und meine hübsche Junge, muß verbringen seine Leben in *prigione*, und jetzt er taugt nur noch für herumsitzen und Whiskey trinken.

Mir tut leid nur eine Sache, daß so schnell geht mit die Gewehr, und die *puttana* wird nicht schreien und nicht in Ewigkeit leiden für ihre Sünden.